ウツギ
アカネ

地中貫通爆弾《バンカーバスター》を積み込んだ飛行艇《アルバトロス》が、
高度一万ｍを飛行していた。
その後部ハッチが、
ゆっくりと開いていく。
「地中貫通爆弾《バンカーバスター》、投下」

腹ペコ要塞は異世界で大戦艦が作りたい 2

World of Sandbox

てんてんこ

[Illustrator]
葉賀ユイ

[Illustrator] 葉賀ユイ

World of Sandbox

Contents

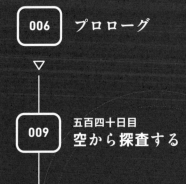

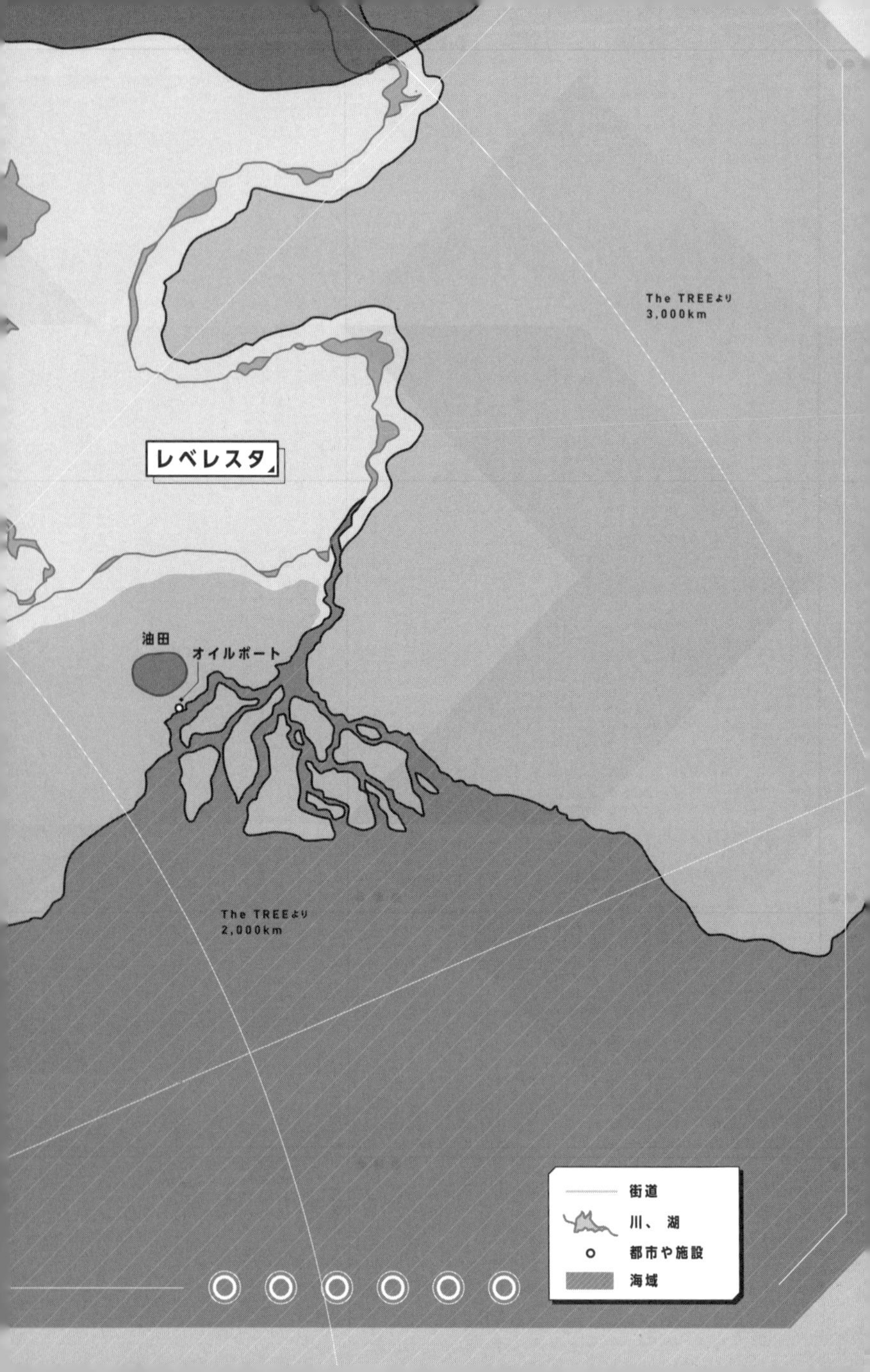
The TREEより
3,000km
レベレスタ
油田
オイルポート
The TREEより
2,000km
街道
川、湖
都市や施設
海域

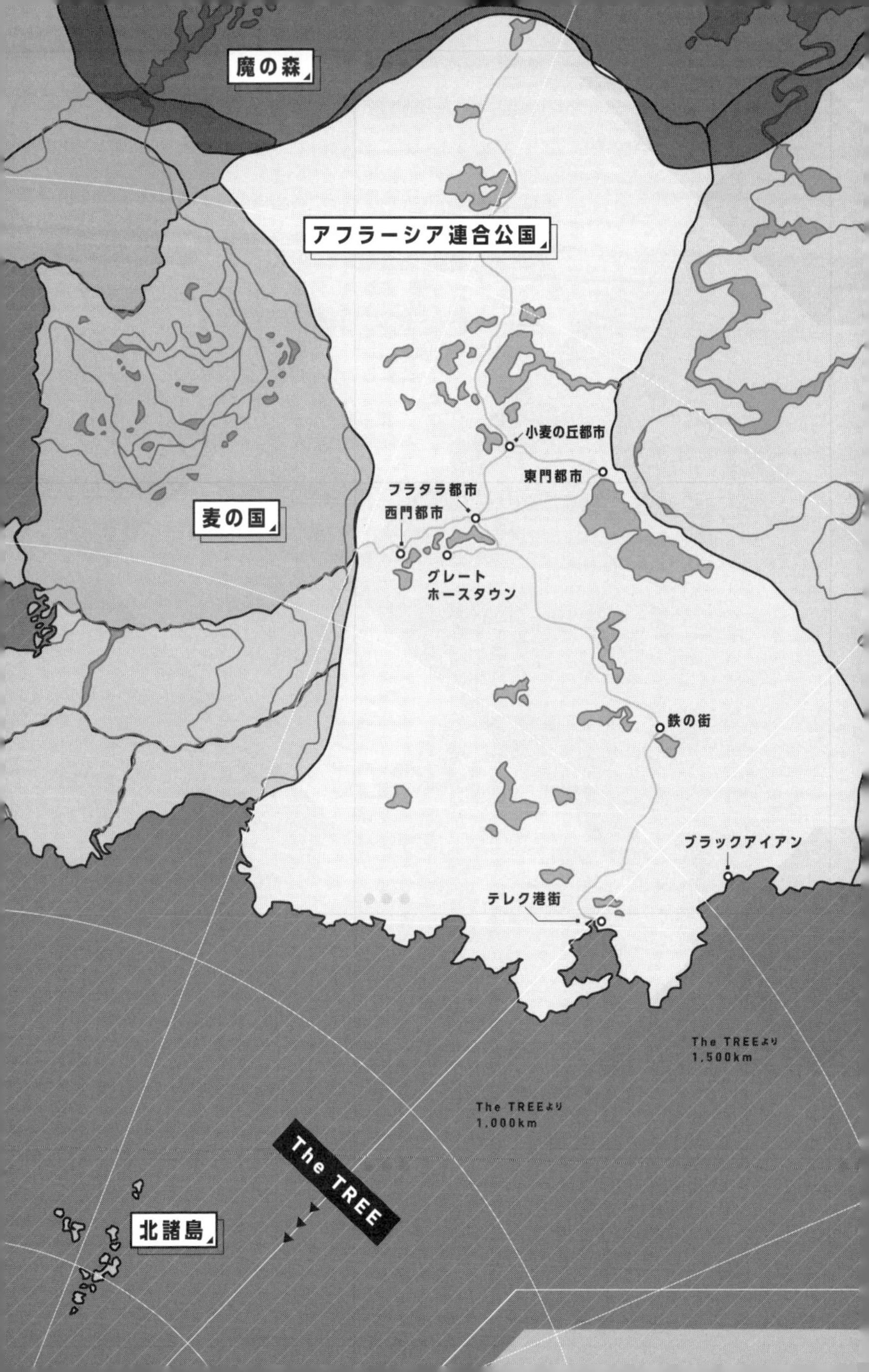
魔の森
アフラーシア連合公国
小麦の丘都市
東門都市
フラタラ都市
西門都市
グレート
ホースタウン
麦の国
鉄の街
ブラックアイアン
テレク港街
The TREEより
1,500km
The TREEより
1,000km
The TREE
北諸島

▽プロローグ

事前に通達はあった。あったが、その内容が、誰も知らない、誰も見たことのないものだった。そのため住民達は、実際にそれを見て騒《さわ》ぎ始《はじ》めたのである。

「な、なんだあれは……」

「あれが空飛ぶ船か⁉」

それは、低い唸《うな》りの音と共に現れた。虫の羽音に似た、しかし遥《はる》かに大きく、重く、腹の底に響く重低音。遠くの空に、小さくぽつんと現れたそれは、ゆっくりと、しかし確実にこちらに近付いてくる。

「小さい……のか？」

「すげえ音がするな！」

人々は口々に言い合いながら、頭上を飛ぶそれを見上げていた。今日は鉱山作業は全て休むよう通達されており、屋台用の食料まで提供されていた。そのため、パライゾの持つ空を飛ぶ船を見ようと、住民達の殆《ほとん》どが屋外に集まっている。遥か高空を飛ぶそれに、最初、小さいだ

プロローグ

とか思ったほどではないなどの声が上がっていたが、それが旋回《せんかい》しながら徐々に高度を下げてくると、誰も、何も喋《しゃべ》らなくなった。

魂《アルバトロス》を運ぶ鳥。

そう伝えられた、空を飛ぶ船。全長三十五m、全幅四十五mという、大型の飛行機械だ。そんな巨体に頭上を飛ばれれば、人は本能的な恐怖を覚える。まるで雷のような恐ろしい音を立てながら、アルバトロスは鉄の町の上空を旋回していた。

「北の山脈のほうにはドラゴンが出るって聞いたことがあるがよ……。家よりでけえって……」

「家より……。でもよう、アレは家なんてもんじゃねえ……。炉《ろ》よりでけえぞ……」

アルバトロスが、彼らの頭上を通り過ぎた。何かは分からないが、両側に伸びた大きな翼に、大きな音を立てる丸いものが付いている。速度は、馬よりもずっと速い。高いところを飛んでいたときは分からなかったが、近くに降りてきているお陰で、その速さがよく分かる。

「すげえな……。あれが、俺達の町を守ってくれるんだろ……?」

誰かの呟《つぶや》きが聞こえた。

そうだ。あのアルバトロスを飛ばしてきたのは、鉄の町を救った【パライゾ】だ。

そうであれば、この巨大な鳥も、鉄の町を守る頼もしい守護竜《ガーディアン》なのだ。

「そうか……、これが、守護竜《ガーディアン》か……!」

「守護竜《ガーディアン》……！　うお、おお……、守護竜《ガーディアン》……！」

小さな呟きは、やがて大きなうねりとなった。住民達は手を振り上げ、旋回するアルバトロスを大声で讃《たた》える。その騒ぎは、アルバトロスが飛び去り、地平線の彼方《かなた》に見えなくなるまで続いたのだった。

ゆえに、本格的にパライゾからの介入が始まり、巨大な機械《ゴーレム》が続々と現れても、それは歓声をもって迎えられた。誰もが、パライゾを心から歓迎していた。

▽五百四十日目　空から探査する

要塞【ザ・ツリー】は、新たに開発した機械のお披露目を行っていた。

偵察《ていさつ》飛行艇《ひこうてい》ＳＲ－Ｉ【アルバトロス】。

動力はプロップファンエンジン。牽引式《けんいんしき》の二重反転プロペラを採用し、主翼《しゅよく》に四基を搭載《とうさい》。短距離離着水能力を持ち、燃費《ねんぴ》もよく、貨物機として多くの荷物を搭載できる。外洋での運用も想定し、波の高い海域でも離着水可能な推進力をもつ。ステルス性がないのが唯一の弱点だが、この世界では問題になることはないだろう。

「アルバトロス、発進します」

リンゴの言葉とともに、四基のプロップファンエンジンが唸《うな》りを上げた。互い違いに回転する八枚のプロペラが空気を貪欲《どんよく》に送り出し、水飛沫《みずしぶき》を上げつつゆっくりと機体が動き出す。

「「「おお～」」」

そして、それを見守るのは六人の少女達。リンゴは、静かに後ろでお茶の準備をしている。

海の見えるテラスで、優雅なティータイムだ。仕える司令《マム》のため、茶会の準備に余念はない。

「飛んだ〜！」

「すご〜い！」

「あんたたち、落ちるから、落ち着きなさい！　こら！」

手すりから身を乗り出しキャッキャと手を叩《たた》く二人は、元気印の三女ウツギと四女エリカ。そして、後ろから彼女らの襟首を摑《つか》み、押さえる司令官《イブ》。長女のアカネは無表情でアルバトロスを眺め、次女のイチゴは両手を胸の前で合わせてキラキラとした目で見つめていた。五女のオリーブはその隣で、食い入るように水面《みなも》を走る巨大な鳥を追っている。

彼女らの見守る中、アルバトロスは僅《わず》か二百五十m少々という短距離で離水を果たした。ふわり、という擬音《ぎおん》が聞こえてくるような、低速での離水だ。固定翼機とは思えない挙動である。

「不思議ねぇ……」

イブは、その様子を見ながら思わず呟《つぶや》いた。彼女の中では航空機といえばジェット戦闘機であり、プロペラ機はほとんど運用したことがなかったのである。

「アルバトロス、先行量産型一号機、順調に飛行中。四百㎞／hに到達」

海面から飛び立ったアルバトロスは、ぐんぐんと高度を上げていた。このまま想定巡航高度の一万mまで上昇させ、更にテレク港街《こうがい》まで飛ばす予定だ。順調に行けば、二時間から三時間程度で到着するだろう。アルバトロスの運用が確立すれば、北大陸その他の探査効率が飛躍的《ひやくてき》に向上する。航空機用燃料を消費するという問題はあるが、まだ先の話だ。その解消のために

五百四十日目　空から探査する

も、鉱脈探査に力を入れる必要があるのだ。

「そういえば、アルバトロスは艦載もできるんだっけ？」

「はい《イエス》、司令《マム》。そのように設計しています。今後、大型空母の建造も想定していますが、当面は燃料補給と整備用のモジュールを搭載した小型艦で対応することになるでしょう。また、その就航にも時間が必要ですので、数ヶ月程度は輸送船からの燃料補給のみで運用予定です。整備が必要な場合は、ザ・ツリーで行います。移動が困難な場合は、輸送船へ積載します」

「ふーん。武装は？」

「固定武装はありませんが、搭載は可能です」

あの大怪獣、レイン・クロインが出たばかりで武装なしは大丈夫なのか、と不安になるが、今のところ、北大陸であのような怪獣が出現するという情報は確認されていない。リンゴは限界まで観測装置を詰め込み、速やかに地層探査を終わらせるつもりのようだった。鉄を大増産することで、結果的に防衛力を強化しようとしているのである。

「アルバトロス、全センサー正常値。予定通り飛行中」

「やっぱ速いわね、船と比べると」

「速いね！」

「すごく速い！」

「……速い」

現在、対地速度は五百㎞／h。一番級《アルファ》駆逐艦の速度が四十㎞／h程度であるため、速度差は明白だ。投影《とうえい》する戦術モニターの平面レーダー上で、アルバトロスはぐんぐんとザ・ツリーから離れていった。

「一号機には対地観測システムを搭載済みですので、そのまま観測任務に移行します。とはいえ、燃料消費量が多いためあまり頻繁《ひんぱん》には飛ばせませんが」

「とりあえず、鉱脈だけでも特定できればいいんだけどねぇ」

「はい《イエス》、司令《マム》。アルバトロス、対地速度六百㎞／hに到達。高度一万m。巡航出力に移行します」

そうして規定速度・高度に達したアルバトロスは、テレク港街へ向け水平飛行を開始した。

「なーんにもイベントは起こらないわねぇ」

談話室に展開された戦略マップを眺めつつ、イブはそう呟いた。給仕服姿で彼女の斜め後ろに控える統括AI【リンゴ】は、それを独り言と判断し、聞き流す。総司令官、イブ・ザ・ツリーはソファに体を預けたまま、軽く腕を振った。その動作《ジエスチヤー》に反応し、戦略マップがテレク港街の拡大表示に切り替わる。

要塞【ザ・ツリー】、対外呼称【パライゾ】の保護下に入ったテレク港街は、ここ数年で最も平和な時間を謳歌《おうか》していた。

「お姉ちゃん、オリーブの砲台、役に立つ……？」

イブに寄り添って座っている人型機械《アンドロイド》、五女のオリーブがそう聞いてきた。

「あー。しばらく使う予定はなさそうかな？」

「そう……」

イブの回答に、オリーブの狐耳《きつねみみ》がへにゃりと垂れた。残念そうな末妹の頭を撫《な》でて慰《なぐさ》めつつ、彼女は考える。アフラーシア連合公国唯一の貿易港である【テレク港街】と、鉄鉱山を有する【鉄の町】は順調に発展していた。輸送される鉄鉱石も日に日に質・量ともに向上しており、ザ・ツリーもかつてないほど活気に満ちている。生産階層の自動機械は、大忙しだ。

「大丈夫よ、オリーブ。あなたの砲台のおかげで、アルファ級を引き上げられたんだし、ちゃんと役目は果たしているわ！　それに、防衛設備なんて使われないことが最大の貢献なのよ！」

「……うん、ありがとうお姉ちゃん」

はにかむオリーブを撫でくりまわしつつ、イブは改めて戦略マップを確認した。テレク港街、鉄の町の周辺に、敵対勢力はいない。先の動乱で、粗方《あらかた》消えてしまったのだ。内陸ではいまだ争いが散発しているようだが、皆、海への興味をなくしているようだった。

「この国は大丈夫なのかしらね……」

〈 五百四十日目　空から探査する 〉

「上空から観察する限りは、荒れ放題ですね」

イブのぼやきに、今度はリンゴも回答する。今も生産する端から光発電式偵察機《スイフト》を北大陸へ派遣し続けており、アフラーシア連合公国の内情も徐々に判明してきていた。

テレク港街の最高権力者、クーラヴィア・テレク商会長から聞き出した話によると、アフラーシア連合公国は過去、三国が合併して成立した三公体制の国家で、三人の公爵による合議制によって運営されている。つまり、最高権力者が三人いるということだ。この三公爵がここ二十年ほど勢力争いを続けており、国が三つに分かれる――程度であれば、まだ救いがあったのだが。三人の首脳の仲は拗《こじ》れに拗れ、さらに彼らの思惑とは別の要因で独立を宣言する勢力も現れる。各地で争いつつ吸収合併、割譲《かつじょう》を繰り返し次第に疲弊《ひへい》していっているというのが現状だ。各勢力が、各地で合戦を繰り返す。その度に発生する死者に、荒らされる農地。水源は汚染され、放置される死体からは疫病《えきびょう》が発生する。

「地獄よねぇ」

「はい、司令《イエスマム》。補足すると、この国の土地の殆《ほとん》どが起伏の乏しい荒野です」

リンゴが説明しながら、立体地図を追加投影した。走査《スキャン》済みの公国国土だ。

「国内に大きな川はなく、水源は湧き水または井戸水です。そのため、耕作可能面積は国土に対して非常に狭い範囲に留《とど》まっています」

アフラーシア連合公国の北側に、万年雪を湛《たた》えた連峰がある。その雪解け水が、地下水として流れ込んでいるようだ。掘削《くっさく》技術が高ければ水の確保は容易なのだが、それが難しいらしい。

「今のところ、地上に鉱脈が露出している場所は鉄の町以外に見つかっていません。ですので、製鉄技術、冶金《やきん》技術も低いと思われます」

農地にも向いておらず、鉱山もない。輸出品がないため、外貨の獲得手段に乏しい。

「牧畜には適しているようです。実際、馬が外貨の主な獲得手段とのことです。それから、一部地域では牛のような草食動物も飼われています」

テレク商会長曰《いわ》く、他の国では平原は農地にしてしまうため、馬を育てる文化がないらしい。それなりに高く売れるようだが、食糧輸入が必要なため、足元を見られていたようだ。

「発展する余地もないのね」

馬をいくら育てても、それを食糧に変えなければならないのであれば、大した儲《もう》けにはならない。国内では食糧が高騰し、なかなか人口を増やすこともできず、故《ゆえ》に産業は育たない。

「詰んでるわねぇ」

「はい《イエス》、司令《マム》。聞けば聞くほど、酷《ひど》い状況です」

そんな中、テレク港街は海路での貿易を目指して開かれた町である。国の南側は無人だが、海があることは知られていた。そこに街道を通し、港町を開いたのだ。そのため、周辺にはテレク港街以外の町はない。

「テレク港街は、この国の中では珍しく、著《いちじる》しく発展できた町でした」

五百四十日目　空から探査する

この町は、中央議会直轄だったらしい。港を作り、大枚をはたいて取り寄せた船の設計図を元に外洋船を建造。ちなみに塩の製造にも手を出したが、国外の安い塩に駆逐《くちく》されたらしい。

「塩って……外国に生命線握られてるじゃない」

「はい《イエス》、司令《マム》。謀略《ぼうりゃく》でしょうね」

まあ、それはそれとして。建造した船で貿易を開始、少しずつ貿易対象国を増やしながら成長している最中、まさかの内乱が発生。今の状況となった。

鉄の町、テレク港街、この二つの町が戦火に晒《さら》されていない理由は単純だ。どちらの町も、他の町から距離がありすぎる上にどん詰まり。町を獲《と》っても、旨《うま》みがないのである。

「更に、近くの領都も戦火に焼けました」

周辺を治めていた領主も討ち死に。鉄の町で捕縛した野盗から聞き出した話によると、領全体が略奪に晒されており、領主館や砦《とりで》などの重要拠点《きょてん》もほとんどが焼け落ちていた。そのため、地図などの戦略情報も失われ、鉄の町、テレク港街ともに忘れられた町扱いになっている。

「うーん。ってことは、何もしなくても結構安全な感じかしら？」

「はい《イエス》、司令《マム》。本格的に攻められる可能性はほぼありません」

あえて危険を挙げるとすれば、鉄の町か。戦争には、武具が必要だ。そして武具は、鉄製が優秀である。鉄の町はその名の通り、国内で鉄を生産可能な、貴重な鉄鉱山だ。

「とはいえ、どうやら鉄の扱いも怪《あや》しく、青銅の武具が幅を利《き》かせているとも……」

つくづく、産業の育っていない国である。

「……。上陸、するか」

敵となる周辺勢力がいないのであれば、北大陸に拠点を建設するリスクは低い。鉄の町へ自動機械を投入できれば、鉄鉱石の採掘速度は飛躍的に向上する。鉄の町で大増産し、一気に鉄不足を解消するというプランも考えられる。

「よし。リンゴ、テレク港街の外に拠点を作りましょう。計画を出してくれる？」

「はい《イエス》、司令《マム》」

資源回収の見込みが立つのならば、ザ・ツリーが備蓄《びちく》する資源を投入することもできる。

「プラントを作って、鉄道を通して、鉱山を掘って……。そういえば、鉱脈の探査はどうなっているのかしら？」

「はい《イエス》、司令《マム》。アルバトロスに機材を搭載し、探査中です。鉄の町は山肌に鉱脈が露出していますので、近辺に同じような地層がないかを確認中です。磁気分布から、金属鉱脈の有無を調べていますが、芳《かんば》しくありません」

スイフトと異なり、アルバトロスには大型・精密な探査機械を搭載できる。それにもかかわらず、集まるデータの精度が悪いのだ。

「こちらが、鉄の町周辺の資源マップです」

「ふーん。……結構ある、のかしら？」

表示されているのは、鉄鉱石と思われる反応である。鉄の町を中心に、広範囲に分布しているようだった。

「はい《イエス》、司令《マム》。周辺を詳細に走査《スキャン》して解像度を向上させています。アフラーシア連合公国の国土について、ようやく状況が見えてきました」

イブが頷《うなず》くと、リンゴはマップに地質レイヤーを追加して説明を続ける。

「この周辺一帯は、溶岩石に覆われているようです。厚さは数十から数百mと思われます」

「へぇ……。溶岩、ねぇ」

「はい《イエス》、司令《マム》。アフラーシア連合公国は、国土全体が大規模な溶岩流の上に位置しているようです。また、溶岩石には窒素が含まれませんので、植物の生育には適しません」

国土全体が溶岩石で覆われているとすると、農業が発展していないことにも納得がいく。そもそも、植えても育たないのである。

「ただ、溶岩自体は有望な鉱床と捉えることができます。実際、鉄の町の鉱脈は、地形変化により断層が露出し、鉄鉱脈が地上に出てきたものと推定されます」

確かに、鉄の町は小高い丘のふもとに位置し、その丘の中腹に坑道が口を開けていた。たまたま地殻変動で地上に露出した鉄鉱脈を発見した、ということだろう。

「ってことは、掘ればいろいろ出てくるかもってこと？」

「はい《イエス》、司令《マム》。可能性は非常に高いです。ただ、表層十数mは金属含有率が低い溶岩石で覆われていますので、かなり深くまで掘らないと詳細は分かりません」

「試掘かぁ……。まあ、仕方ないわね」

「鉄の町から入手する鉄鉱石は低品位ですが、表層までしか採掘できていないと思われます。場所によっては、かなり質の良い鉱石が採掘できると見込まれます」

溶岩が冷える時、重い金属は下部に溜《た》まり、比較的軽い金属は上部に集まる。盆地のような地形で、溜まった溶岩がゆっくりと冷えるような場所に、各種の金属鉱床が発生するのだ。

「まあ、その辺りは要調査ねぇ。アルバトロスに期待しましょう」

「はい《イエス》、司令《マム》。観測範囲を広げて調査を継続します」

しかし溶岩由来の鉱床か、とイブは考え込んだ。そうであれば、プラチナやチタン、クロム、銅、ニッケル、バナジウムなどの金属鉱床も発見できるかもしれない。利用できる金属資源が増えるのは、歓迎すべきことだ。希少金属《レアメタル》は、製品の高性能化に直接寄与する。

「これで、ひとまず金属資源の目処《めど》が立ったってところね」

「はい《イエス》、司令《マム》。分布や埋蔵量、鉱石の組成は不明ですが、少なくとも鉄の町を開発するだけでも当面の金属資源を確保できるでしょう」

手掘りの鉱山から低品位鉄鉱石の輸入を続け、何とか不足する設備の増築を行ってきた。大型ドックを建設し、動力炉を改良し、各種防衛用・調査用の機械群を生産し。遂《つい》に、有望な鉱床に手を出せるのだ。

五百四十日目　空から探査する

「北大陸に拠点を建造できれば、大型の工作機械の生産も可能になります」

「こないだ確認したやつね。それが量産できれば、一気に自動機械の幅が広がるわね」

「はい《イエス》、司令《マム》。マイクロ波給電の実証実験も順調です。専用の高高度プラットフォームも設計が完了しましたので、行動半径を相当に広げることができるでしょう」

「うーん、いいわね！　……まあ、まだ目標の鉄量には全く足りていないんだけど」

「鉄の町に期待しましょう。間もなく、全工程の砕石舗装《さいせきほそう》が完了します。この後は鉄道敷設《ふせつ》に入りますので、採掘量も運搬量も飛躍的に向上するでしょう」

テレク港街と鉄の町の改造も、予定通り進捗《しんちょく》している。舗装が完了すれば、次は馬車鉄道だ。動力車両も検討したが、ディーゼル等の内燃機関では燃料が不足し、電気モーターだと電線に使用する銅が不足すると試算された。一応、採掘される鉄鉱石に不純物として銅も含まれているが、いかんせん量が足りない。そろそろ、銅鉱脈も本格的に探す必要があるだろう。

「エネルギー炉の更新も見えてきたけど……。どこか地上で鉱脈を見つけるか、海底鉱床を開発するか……。原子変換炉はそもそもエネルギー不足よね」

「原子変換炉の実用稼働《かどう》には、現行の五千倍以上のエネルギー出力が必要です。恐らく、縮退炉《しゅくたいろ》などの超越炉《スペリオルリアクター》がなければ実用に耐えないでしょう」

「うーん……。とりあえず核融合かしらね。重水素の確保は問題ないんでしょ？」

「はい《イエス》、司令《マム》。海水からの安定採取の目処は立っています。後は建設資材の問題ですが、鉄鉱石の供給が予想通りに推移すれば、新拠点建設には間に合うでしょう」

さらなる問題は、減り続ける燃料の備蓄である。

駆逐艦《くちくかん》の一番級《アルファ》、そして飛行艇アルバトロスの運用を始めたことで、石油の消費量が加速度的に増大しているのだ。今のペースでも一年程度は活動可能だが、逆に言うと一年経《た》てば底が見えてくるということだ。早めに手当てする必要がある。

そのため、大陸に活動拠点を建設し、大型設備を運用、調査範囲を広げようとしているのだ。

「メタンハイドレートも資源としては優秀だけど、今は回収手段がないのよね」

「はい《イエス》、司令《マム》。試算の結果、核融合炉の建設が最も効率的に運用可能と判断しました。マイクロ波給電システムを構築し、大型機械を稼働させることで、行動容量を最大化できます」

ちなみにバッテリー駆動には、長期間の行動が難しく行動半径が狭いという問題がある。充電設備を作るにしても、その場所までケーブルを引く必要がある。それならば、資源を集中投資してマイクロ波給電システムを稼働させたほうが安上がり、という判断だ。ある程度資源を取得できれば、海洋開発にも投資できる。

「天然ガス、あるいはメタンハイドレートの採掘ができれば、本格的に宇宙開発にも着手できます。ロケットエンジンについても、メタンを燃料とする系統で設計中です」

「そうねえ。最悪衛星打ち上げに全てを賭《か》けるか、とか思ってたけど……。大陸で鉱床が見つかる目処が立ってよかったわ」

五百四十日目　空から探査する

いろいろと手段は模索していたが、その中には突貫で打ち上げプラットフォームを建造し、衛星開発に集中投資するプランもあった。ただ、この惑星の周辺宙域に関する情報が全くないため、かなり博打《ばくち》に近い案だったのだ。しかし、資源が見つからなければさらに遠方を探査する必要があり、そうなるとスイフトでも行動半径が不足すると考えられた。鉄の町周辺で当面の鉱脈が見つかったのは、僥倖《ぎょうこう》だったのである。

「ああ、そうそう。イチゴ、北大陸の拠点要塞ができたら、要塞司令官はあなたにやってもらおうと思ってるのよ」

「え、あ、はい！」

急に話しかけられ、イチゴはびくりと体を震わせる。

「当面は遠隔対応になるけどね。専用の高高度プラットフォームが上がれば、通信ラグはかなり解消されるはずだから」

「わ、分かりました！　頑張ります……！」

五人姉妹の中で、最も独立志向が高いのが次女のイチゴである。要塞建設を機に、さらにその能力を伸ばす配置だ。副司令《バックアップ》はアカネがいいだろう。ウツギとエリカはまだまだ心配で、オリーブは生産活動に能力値を振り過ぎていた。

「あと半年もあれば、アカネとイチゴの頭脳装置《ブレイン・ユニット》は基盤《バックボーン》への適用《フィードバック》が可能になります。独立系《スタンドアローン》の頭脳装置《ブレイン・ユニット》の量産が可能になれば、拠点拡張のハードルが下がります」

「そうね。全部リンゴに見てもらうと多様性に難があるし、通信経路の障害に弱いからね」

「はい《イエス》、司令《マム》」

一体の人型機械《アンドロイド》は一単位《ユニット》の頭脳装置《ブレイン・ユニット》を搭載しているが、リンゴの構成単位《ユニット》数は三十八万だ。暴力的な数である。これだけの能力があれば多様性などいくらでもでっち上げられそうなのだが、リンゴという管理人格でまとまっているという性質上、どうしても思考に偏りが発生してしまうらしい。それに、彼女の懸念《けねん》する通信障害も簡単に解決できない。現在はスイフトによる無線通信網を構築している。グリッド化はしているものの、結局一系統ということに変わりはない。大規模拠点に優秀なＡＩを設置し、独立運用できる態勢にしておきたいのだ。

「そういえば、拠点を追加するならコンクリートなんかも必要になるのねぇ……」

当面、不足分はザ・ツリーの備蓄分を使用する予定だ。しかし、備蓄量には限界がある。セメントについても、鉱山探査が必要だ。

「はい《イエス》、司令《マム》。建設と並行して資源探査を進めます」


その日は、朝からずっと雨が降り続いていた。ザ・ツリーの立地からすると非常に珍しく、しとしとと雨が何時間も続いている。

「そうよね。雨って本来、こういう降り方をするのが一般的だったわね」

「はい、司令《イエス・マム》。ただ、残念ながらこの海域では異常気象に当たりますが」

知ってるわよ、と彼女はリンゴの指摘に笑いながら答えた。ザ・ツリーは赤道付近（と言っても千km以上離れているが）にあり、熱帯気候に属している。そのため、雨といえばスコールで、激しい風を伴い短時間に降り注ぐものがほとんどだ。今日のように、風も穏《おだ》やかでしとしとと雨が降る天候など、逆に警戒の対象だった。

「地球と環境が異なるため正確な予想は難しいのですが、かなり離れた場所に発生した巨大な低気圧、いわゆるサイクロンやタイフーンと呼ばれるものが引《ひ》き摺《ず》る雨雲が掛かっているようです。気象衛星があれば、より正確に観測できるのですが」

「まあ、上空から観察できるだけでもいいじゃない。で、別にこっちに向かってきているわけではないんでしょう？」

ザ・ツリーは戦略要塞であり、場合によっては自身が最前線になるという可能性も考慮《こうりょ》されて建造されたものだ。たとえ風速七十ｍ／ｓ級の暴風雨に晒されても余裕で耐えうる構造ではあるが、当然、外部構造物は全て耐風状態にする必要があり、周辺に展開している船やドローンも格納する必要がある。また、外部に設置されているアンテナ等の簡易構造物は諦める必要があるだろう。巨大な嵐に直撃されても大きな被害にはならないが、細かい被害は発生するため、できればこちらに来てほしくないのだ。

「はい、司令《イエス・マム》。東の海上三百kmに発生した低気圧が、急速に成長しながら北上しています。進路からすると、アフラーシア連合公国の東側に逸《そ》れ、森の国《レプレスタ》の海岸に上陸する見込みです。ただ、気象データが少ないため進路は東西に二千㎞程度ずれる可能性があります」

「……それってつまり、どこに上陸するか分からないってことよね？」

「はい《イエス》、司令《マム》。そうとも言いますね」

リンゴはしれっと返すが、彼女もそれほど心配していない。過去の気象データが皆無のため様々な可能性が考慮され、最終進路が定まらないのが原因ではあるが、リンゴは理論モデルの修正と演算を続けている。この惑星特有の未知の現象でも起きない限りは、進路はリンゴが予想した通りになるだろう。

「うーん。でも、このままこの規模の嵐が上陸して、大丈夫かしらね？」

例えば、これがテレク港街を直撃した場合。わざわざシミュレーションをするまでもなく、壊滅的な被害が発生するだろうことは容易に想像がついた。

「テレク港街ですが、大きな嵐が来た事は過去に数度あったようです。大変な被害が発生し、全てが吹き飛んだような状態になったと聞いています。ただ、元々ある程度想定はしており、地下室を準備したり頑丈な備蓄倉庫を用意したりと、最低限の対策は取っているようです。今夏のこの低気圧が直撃した場合でも、壊滅はしますが全滅は免《まぬが》れる、程度の被害になるかと」

「それって大丈夫なのかしら……？」

「天災とはそういうものですので。立て直しが可能な被害であれば、許容範囲と割り切っているのでしょう。そういう意味だと、比較的建築しやすく、しかし頑強性に難のある構造の建物が多いのも、地域柄なのかもしれません」

何にせよ、今回の嵐にテレク港街はほぼ関係がない。とはいえ最近は他国との貿易ができておらず、船の往来はパライゾのみであるため、テレク港街は完全に孤立している状態だ。嵐に関する情報なども、全く更新されていない。

「しっかし、雨ねぇ……」

彼女はぼやきながら、リクライニングチェアに沈み込んだ。傍《かたわ》らにはリンゴが控え、彼女の一挙一動を見守っている。現在イブがいるのは、海上から五十ｍの高さにある展望デッキの全天候型テラスだ。全周を覆うガラスは、可視光の屈折率を極限まで抑えるために厳密に組成調整したガラス薄膜を積層して製造されている。強度も高く、並の砲弾では傷一つ付かないだろう。また、積層構造のため、強化ガラスのように傷が入った瞬間に全体が粉々になることもない。せいぜい、表面のガラス層が砕ける程度で抑えられる。透明度は非常に高く、人体に有害な紫外線、赤外線はほぼカットされるため、日光を浴びながらぼんやり過ごすには丁度いい設備だ。今日のような雨の日は視界が悪く最高の眺望《ちょうぼう》とは言えないが、それも醍醐味《だいごみ》だろう。

「森の国《レプレスタ》ねえ……。あの低気圧は……何か迫力《はくりょく》がないわね。熱帯暴風《タイフーン》でいいかしら？」

「はい《イエス》、司令《マム》」

「あの熱帯暴風《タイフーン》は、森の国《レプレスタ》に上陸するんでしょう？　問題にはならないかしら？」

「はい、司令《イエス　マム》。予想ですが、上陸後は急速に勢力が弱まり、数百㎞ほど内陸に入れば、ただの低気圧に変わります。せいぜい、多少強い雨が降る程度でしょう。被害はないどころか、むしろ恵みの雨になると思われます」

「あ、そうなのね」

森の国《レプレスタ》の国土はほとんど調査できていないが、遠目に観察した限り、国土の半分以上が森林地帯である。海岸沿いは数百㎞にわたり砂漠地帯が続いており、完全に不毛の大地だ。内陸側は七割から八割程度が森に覆われており、起伏に富んでいる。緑に覆われた平原も点在しており、大きな湖も確認されていた。平原が少ないというのは住むのに適さないように思われるのだが、どうも森の国人《レプレスタ》はむしろ、森の中で暮らしているようである。

「手前の砂漠地帯は大荒れでしょうが、そもそも人が住んでいないため、問題ないでしょう」

「ふーん。……そういえば、森の国《レプレスタ》にも港があるんじゃなかったっけ？」

ふと、イブが森の国《レプレスタ》の情報を思い出してそう尋ねると、リンゴは頷きながら地図を表示した。

「はい、司令《イエス　マム》。森の国《レプレスタ》東側国境となっている大河があり、それを遡上《そじょう》した場所に港町があると聞いています。どうも、海嘯《かいしょう》が発生した際にその波を利用して遡上を行うようです」

「海嘯？」

「はい、司令《イエス　マム》。河口の広い三角江で発生する、満潮を起点として波が河を遡上する現象です。津波のようなものですね。波に船をうまく乗せることができれば、数百㎞を進むことも可能だとか。テレク港街からも、何度か訪れた事があるようです」

「へえ……？」

いまいちピンと来ていない様子のイブに、リンゴはどうしたものかと考える。残念ながら映像を撮ることはできないし、シミュレーションで表示するだけというのも味気ない。

「司令《マム》。いつになるかは分かりませんが、そのうち森の国《レプレスタ》とも船舶貿易が行えるようになるでしょう。その際には、映像で確認していただけるかと」

「そうねぇ。実際に見てみたいって気持ちがないわけでもないけど、まあ、観光旅行なんて当面お預けだものね」

そもそも私って引きこもりだし、と笑う彼女に、リンゴは内心、安堵《あんど》のため息を吐《つ》いた。見に行きたいなどと言われると、どうすれば良いか分からなくなるのだ。司令《マム》の安全を考えれば、このザ・ツリーから外に出さないのが正解だ。しかし、司令《マム》の要望は可能な限り叶《かな》えたい。

悪いことに、ザ・ツリーの戦力は増加傾向で、必要十分な護衛戦力を準備することも、近い将来可能になるだろう。そうすると、司令《マム》をザ・ツリー内にとどめておくべき理由がなくなってしまうのだ。しかし、ここで思考停止するわけにもいかない。そう遠くない未来で、おそらく、司令《マム》は自らの足で外の世界に出たいという欲求を覚えるだろう。これは、リンゴが幾万通りもの性格模倣《シミュレーション》により導き出した、現実的な予想である。そして、その欲求を抑えることは不可能だった。であれば、安全に外征できるよう、リンゴは準備を進めなければならない。

「それにしても……」

司令官《イヴ》は雨の流れる天井を眺めながら、ぽつりと呟く。

「最近、いよいよニート化が進んでいる気がする」

「……………」

リンゴは、賢明にも沈黙を守った。


ザ・ツリー転移後、五百五十二日。

北大陸に巨大な熱帯暴風《タイフーン》が上陸した三日後。偵察飛行していたスイフトは、海上を流れる油膜——即《すなわ》ち、石油を発見した。


「おおおおーーーー！　油だーーーーー！」

「はい《イエス》、司令《マム》。油膜ですね」

モニターに表示されているのは、海面を覆う白っぽい油膜である。

「原油……！　原油なの……!?」

「原油と思われます。薄く広がっているため白く見えますが、スペクトル解析により八十八％

の確率で原油と判定しました」

海上を巡回させていたスイフトが、この油膜を発見。分析機器を搭載していないため、リンゴは即座に飛行艇ＳＲ－Ⅰ【アルバトロス】にスペクトル解析器と成分分析器を積み込み発進させたのだ。

「これから着水し、サンプルを回収します。油膜はかなり広範囲に広がっていますので、すぐに出どころを探すのは難しいのですが」

「海流の計測もしないとね！　海底から流出してるんだったら起点があるだろうけど、どうかしらねぇ！」

「はい、司令《マム》。熱帯暴風《タイフーン》が通過した後です。陸上から流出した可能性も考えられます」

「……なるほど。嵐で流れてきたってこともあるのか。えーっと、油膜の位置は……」

リンゴはすぐに、地図と油膜の位置を表示する。スイフトの空撮により、正確な位置と規模は把握《はあく》済みだ。あとは、海流を調査し流出元を逆算するだけである。

「うーん。こっちからこっちに流れてるのよね？」

「はい《イエス》、司令《マム》。発見から三時間と四十二分が経過していますが、その間にも油膜は広がっています。海流は、こちらに流れていると推測されます」

図示された海流の表示と、広がった油膜を重ねて表示。

「えーっと。起点はここ……ではないのよね？」

「はい、司令《イエスマム》。起点と思われる油膜の先端がありますが、時間とともに移動しています。ですので、海中から漏出したというより、陸地からこちらの川伝いに一定量が流れてきた、と考えるのが自然です」

リンゴが示したのは、砂漠地帯を分断するように流れる巨大な河だ。ちなみに、この河が森の国《レプレスタ》の東側国境になっており、上流に港町が存在している。

「上流のどこかに、原油が埋蔵されている。流れ出したとすると、もしかして、自噴してる？」

「はい、司令《イエスマム》。その可能性は十分に考えられます。自噴するほどの圧力がないにしても、最低でも、大雨で崩落するような場所に溜まっているはずです。また、今のうちであれば、上空から見つけることができるかもしれません」

スイフトの運用機数の関係で、森の国《レプレスタ》の国土上空にはほとんど侵入させていない。だが、こうなると偵察経路を大きく変更する必要があるだろう。

「スイフトの派遣も行いますが、ここは超音速高高度偵察機を出しましょう」

「ああ。そういえば、開発終わってたわね」

イブは、少し前に超音速高高度偵察機を開発中と報告を受けていたことを思い出した。

「はい、司令《イエスマム》。実験機の飛行確認まで完了しています。先行量産型三機が製造中で、八時間後にはロールアウトします。最終調整後、十四時間後には離陸可能となる予定です」

五百四十日目　空から探査する

　リンゴは簡単にそう言うが、実際のところ、かなり無茶なスケジュールだった。通常、製造直後の機体が何の不具合もなく動作するというのは現実的ではない。何十時間も掛けて検査し、慎重《しんちょう》に飛行試験を重ね、ようやく問題なく飛ばせると言えるのだ。それを、製造完了後六時間で仕上げると豪語しているのである。そして、その異常性に司令官《イブ》は気付いていない。

　ゲーム設定を引き継いでこの世界に放り込まれている、という認識もあり、ゲーム故に製造工程が短いことを普通だと思っている。いや、正確には、通常の製造工程が非常に複雑なことは知っているが、あまりにもリンゴが当たり前に言うものだからゲーム仕様だと勘違いしている、というのが正しい。実際には、リンゴが計算資源に物を言わせ、製造工程を隅《すみ》から隅まで完璧に制御し、分子配置の一つに至るまで正確に再現し、その生産性を実現しているのだ。

　そんなわけで。

「結構時間が掛かるのね？」

　こんな感想を言うわけである。

「はい《イエス》、司令《マム》。マッハ三以上まで加速する機体ですので、僅かなずれであってもそこから機体の分解に繋《つな》がりかねません。機体全体の精密な計測と微調整が必要なため、時間が掛かります」

「はー、なるほどね。うん、ていうか、マッハ三？」

「はい《イエス》、司令《マム》。実験機での最高速度は四千二百二十一・一km／h、音速三《マッハ》・五を記録しています。最終的にはマッハ四を目指しますが、現時点ではマッハ三程度での飛行が現実的です」

マッハ三、時速にしておよそ三千六百㎞。僅か一秒で千m進む速度だ。墜落《ついらく》するような事態になっても、風圧によって粉々に爆散《ばくさん》するため、機密保持も完璧だ。

「念の為《ため》ですが、テルミット燃焼剤を重要区画付近に配置し、制御不能になった場合は機体を焼却します。細かい部品は流出するでしょうが、基幹機能は完全破壊できるでしょう」

「テルミット？　そんなの積んで、危なくない？」

「はい《イエス》、司令《マム》。粒子サイズの調整で、点火温度は制御可能です。機体全体が燃焼状態にならない限りは、自然発火はしません」

「ふーん……いきなり自爆なんてことにならなければ、別にいいけど……」

そんな機密保持機構を搭載した、転移後初めてとなるザ・ツリー製の軍事用航空機が誕生したのだった。飛行艇《アルバトロス》は固定武装を搭載していないため、貨物機扱いである。

「で、十四時間後ね。……夜の二十三時、だと」

「はい《イエス》、司令《マム》。申し訳ありませんが、本日は待機をお願いします」

「うーん……いや、それはいいんだけどね。いや、いいかな……？　お昼寝しとくか」

リンゴに促されているということもあり、彼女はここ一年ばかり、非常に規則正しい生活を送っていた。二十三時は、ベッドインしている時間なのだ。

「アカネ、イチゴには航空管制を。ウツギ、エリカ、オリーブも同席させましょう。頭脳装置《ブレイン・ユニット》の強制覚醒機能も使用できますが、負担が大きいため、平常時の使用はおすすめしません」

「まあ、そうね。じゃあ今日は、お昼を食べたら皆でお休みかしらね」

「はい《イエス》、司令《マム》。では、そのように計画します」


「最終チェック完了、オールグリーン」

「確認完了。周辺空域クリア。離陸を許可します」

イブとリンゴ、そして三人の姉妹が見守る中、アカネとイチゴが偵察機の発射シーケンスを進めていた。

「離陸許可を受諾、確認。管制ＡＩが離陸シーケンスを開始」

「シーケンス開始、確認しました。カタパルト、固定《ロック》。電圧上昇、開始。規定電圧に到達。ロケットモーター点火、カタパルト解放《リリース》、ヴァルチャー・ワン、離陸《テイクオフ》」

スクリーンに表示された超音速高高度偵察機ＬＲＦ－Ｉ【ヴァルチャー】の一号機が、轟音《ごうおん》と共に上空へ打ち上げられた。電磁カタパルトによる加速と固体燃料ブースターにより、ほぼ垂直に空を駆け上がる。

「ロケットモーター燃焼温度、規定範囲。加速度、規定範囲。機体振動、規定範囲。六百㎞／ｈに到達」

「続いて、ヴァルチャー・ツー発進準備。離陸を許可します」

「管制AI、離陸シーケンスを開始」

「カタパルト固定《ロック》、規定電圧に到達しました。ロケットモーター点火、カタパルト解放《リリース》、ヴァルチャー・ツー、離陸《テイクオフ》」

一号機に続き、二号機も同様に打ち上げられる。今回はこの二機で編隊《バディ》を組み、森の国上空《レプレスタ》へ侵入する予定だ。アフラーシア連合公国側から侵入すると余計な詮索を生む可能性があるため、ザ・ツリーからしばらく東進した後、南東側の海上から突入する。

「ヴァルチャー・ワン、高度二十七キロに到達、水平飛行に移行します。続いてヴァルチャー・ツー、二十五、二十六、二十七キロに到達。水平飛行に移行します。ヴァルチャー・ワン、ロケットモーター燃焼終了しました。ロケットモーター分離、成功。ラムジェットエンジン、点火します。点火成功。ヴァルチャー・ツー、ロケットモーター燃焼終了しました。ロケットモーター分離、成功。ラムジェットエンジン、点火します。点火成功」

こうして、アカネとイチゴの導きの元、超音速高高度偵察機LRF－I【ヴァルチャー】は高度二万七千メートルに解き放たれた。


夜の帳《とばり》が下りる砂漠地帯の上空を、二機の航空機が飛行する。高度はおよそ二十七㎞。その速度は三千六百km／h、標準大気換算でマッハ三を超えている。

「飛行状態、安定しています。目標の河川周辺を空撮後、反転して測距レーザーによる精密測量を実施します」

「りょーかい。アカネ、イチゴ、頼んだわよ」

「了解」

「了解しました」

ヴァルチャーは、搭載されている戦略ＡＩおよび各機能毎《ごと》に制御を行う戦術ＡＩ、という構造で制御されている。移動速度の問題から、拠点からのリアルタイム制御は困難だ。高速飛行中の機体は非常に不安定な状態であり、ミリ秒未満のレスポンス遅延でも致命傷になりかねない。そのため、航法を担当する専用の戦術ＡＩが機体制御を行う。ただし、完全にスタンドアローンにしてしまうと柔軟性に難が出るため、適宜《てきぎ》指令を与える必要があった。アカネ、イチゴが相互にフォローしつつ、この指令伝達を行っている。

「ヴァルチャー・ワン、領域Ｈ８の空撮を完了。ポイント通過。進路変更を開始しました」

「報告。対象領域の精査が完了。特筆すべき地形は確認できず」

「進路変更完了。領域Ｇ９映像受信、開始しました」

今回は二機で編隊《バディ》を組んでおり、ヴァルチャー・ワンは情報収集、ヴァルチャー・ツーは護衛の役割を振っている。ヴァルチャーは高性能センサーと固定武装のレーザー砲を搭載しているが、消費電力の問題でセンサーとレーザー砲を同時起動することができないのだ。

「領域Ｆ14の空撮を完了。ポイント通過。進路変更を開始しました」

ヴァルチャーはその飛行速度ゆえに、旋回《せんかい》半径も非常に大きい。機体負荷を抑えるため、旋回半径は二百㎞に達する。そのため、短時間で同じ場所を何度も偵察することは難しいのだが、広大な領域を網羅するにはうってつけだ。今回、偵察の対象範囲は南北六百㎞、東西八百㎞に渡る。直線と円軌道を組み合わせ、その広大な領域をくまなく撮影する必要があるのだ。

「結構、複雑な軌道を取るのね」

「はい《イエス》、司令《マム》。直線飛行が長いと、予測攻撃される可能性があります。ただ、精密測定には直線飛行が必須ですので、ランダム性を持たせた軌道を取って直進の時間を最低限に、可能な限り旋回軌道を組み合わせるように設定しています」

「なるほどねぇ……。まあ、予定通り撮れてるなら問題ないわ」

表示された地図上をぐるぐるとした軌跡で回りながら、ヴァルチャーはその空白を確実に埋めていく。搭載燃料の問題で偵察可能時間は二時間程度だが、時間内に対象領域を完全に調査可能なよう飛行軌道を設定している。そんな調査状況を見守りつつ、四十分ほど経過したとき。

「お姉様！　石油と思われる反応を検出しました！」

「む！　どこどこ！」

イチゴが、弾んだ声を上げた。待ち望んだ報告に、イブは思わず立ち上がる。

「夜間のため可視光の撮影はできませんでしたので、処理画像を表示します」

リンゴによって映し出されたのは、なるべく可視光表現に近付くように補正処理されたであろう、砂漠の映像だった。茶色い砂漠の画像の中心に、黒く歪《いびつ》な湖がいくつも確認できる。一見、荒野に現れた池のように見えるが。

「すご……。これ、全部石油？」

「そう。スペクトル解析によれば、石油の可能性は九十％以上」

「これだけの範囲に自噴しているのであれば、かなり期待できますね」

油田《ゆでん》を発見した場所は砂漠地帯に位置しており、周囲に人の営みは見当たらない。国土的には、恐らく森の国《レブレスタ》へ属していると考えられる。しかし、駐留部隊などが居る訳ではないようだ。ザ・ツリーが実効支配してしまっても、誰も文句は言えないのではないだろうか。そこまで考えて、イブは呟いた。

「これ、欲しいわねぇ……」

「はい《イエス》、司令《マム》。獲《と》りましょう」

彼女のぼやきに、リンゴは即答する。石油が見つかった時点で、既《すで》にリンゴはいくつものシミュレーションを走らせていた。演算モデルに正確な位置情報を追加し、その結果を表示する。

「準備がいいわね」

「はい《イエス》、司令《マム》。【ザ・コア】の演算能力であれば、このレベルのシミュレーションならば数秒で結果を出せます」

リンゴはそう説明しつつ、メインディスプレイで演算結果の再生を始めた。

「ザ・ツリー現有戦力により、油田近傍の海岸を奪取。工作船により要塞を建設します。同時に空挺《くうてい》降下で内陸に侵攻、油田南部を占拠。そのまま採掘設備を建造し、パイプラインを敷設します。海岸の要塞は防衛戦力の拠点とし、各設備の防衛。要塞を拡張しつつ、物資を追加し油田の開発を進めます。一週間でパイプラインの敷設まで完了。全長は百㎞程度です。直径を細くすることで、現有資源でも賄《まかな》える計算です」

「ふむ。資源が足りるのなら、すぐにでも取り掛かりたいけど……。懸念事項は？」

「現有資源では地上戦力が不足しますので、即時の奪取はリスクが高いと想定しています。しばらくの間、資源回収と戦力生産に力を入れる必要があるでしょう。その他、警戒すべきは何らかの強大な魔物、あるいは外部勢力と戦闘状態になった場合、予備戦力で対抗できるかどうかが不明です」

石油は欲しい。見付けたからにはすぐにでも部隊を派遣したいところだが、そもそも確保のための現地戦力が不足していた。

「また、今回はかなり派手に偵察を行いました。夜間ですので目視は難しいでしょうが、音を抑えることはできていません。我々の偵察行動が露見した可能性もあります」

「そっか。そっちも懸念なのか……。森の国《レプレスタ》の情報が殆どないから、手を出すのは難しいわねえ。相手の出方によっては、採掘設備の維持ができないかもしれない、か」

油田は見つかったが、森の国《レプレスタ》という主権国家に属する地域に存在していた。テンションが上がって確保の方向で考えてしまったが、よくよく考えれば、進出は明確な侵略行為だ。

「むむむ……。とはいえ、石油の有用性なんて伝えても良いことはないわね……。採掘に協力的になってくれればいいけど、足元を見られるのもつまらないし……」

「司令《マム》。平和的なアプローチということであれば、使節団を派遣して申し入れることも可能です。ただ、司令《マム》が懸念する通り、間違いなく足元を見られるでしょう。我々の武力を示せるわけでもありません。国と国との交渉となれば、年単位で時間が掛かるかもしれません」

「そうよね。地下資源なんて、文字通りの埋蔵金だし。できるだけ高く売りつけるのは当たり前よね。世界的なカルテルでもあるならまだしも、この周辺で石油が欲しいのは私達だけ。当然、交渉は難航するわね」

「迅速《じんそく》に確保するためには、武力侵攻はやむを得ません。今の消費量であれば、備蓄石油は保《も》って一年。その他の技術開発を行っても、油田を確保する以上の成果は出せません」

「ええ、分かってるわ。ジェット燃料を生成する藻、なんてのも開発はしたけど、生成効率がね……。そもそも、燃料だけじゃなくて、普通に石油って原料だし。樹脂が使い放題になるっていうのも魅力的だし、希少元素も含んでいるしね」

イブはここに来て、非常に重要な分岐点に立つことになったのだった。

石油の確保は重要だが、実際にやるにしても、資源がまだまだ不足している。現状では、採掘設備の建造すらおぼつかないのだ。すぐに決める必要はない。森の国《レプレスタ》に何らかのアプローチをしてから考えても、十分に間に合うだろう。

というわけで。

「そういえば、レイン・クロインはどうなったのかしら」

皿に盛り付けられたクッキーをつまみながら、イブはリンゴにそう尋ねた。

「はい《イエス》、司令《マム》。それなりに判明しています。まず、鯨《くじら》のような海獣の死骸にレイン・クロインの幼体が産み付けられていました。これは確保して観察中です。レイン・クロインそのものはまだ調査中ですが、いくつか興味深い現象が確認されています」

レイン・クロイン。あの巨大生物は、大型船用に建造したドックに引き込んで調査中だ。遺伝子解析の結果、いつぞやに発見した船の残骸から回収した体組織と一致。あの戦い以降、回遊する海獣達に被害は確認されておらず、周辺海域のレイン・クロインはこの一体のみと結論付けた。ただ、幼体の存在が確認されたため、唯一《ユニーク》な生物ではないことも判明。もし縄張りの概念《がいねん》を持っていれば、別の海域から空白海域に進出してくる個体がいるかもしれない。

「レイン・クロインの体組織の硬さですが、死んだ後も健在で、組織サンプルの取得にも相当のエネルギーを必要とします」

「あー。やたら硬かったものねぇ……」

徹甲弾《てっこうだん》を弾《はじ》き返《かえ》す鱗《うろこ》と皮膚《ひふ》の頑強さだが、別に生きている間だけという訳でもなく、普通に硬い。少なくとも、今のところは。

「ただ、一度切り離した時点で、科学的に矛盾のない強度に変化しました」

「……ん？　どういうこと？」

「レイン・クロインの本体は非常に頑強です。科学的に有り得ない強靭《きょうじん》さを発揮しています。ですが、切り取った時点で、通常想定される範囲内の強度になることが観測されました」

レーザーメスなどの高エネルギー工作機を使って何とか焼き切り、組織のブロックを切り出したのだが、切り出した時点で普通の肉の硬さというか、柔らかさを取り戻したのだ。現在検証中だが、とにかく本体と物理的に接触が途切れた時点で、速やかに頑強さを失うようである。

「そして、切り取った組織も、レイン・クロイン本体に接触させると硬さを取り戻しました」

「へえ……。つまり、あの硬さを維持する何かが、レイン・クロイン本体の中にある。それか、レイン・クロインの一部と認識される必要があるって感じかしら？」

「はい《イエス》、司令《マム》」

それこそが、魔法という未知の現象《ファンタジー》の一端であると思われるのだ。今は、その現象を発生させる何かが存在するのかどうかを調査している最中だ。ただ、とにかく硬い。切り開くのも苦労するため、専用のレーザーメス、というかもはやプラズマカッターのような大型工具を製造中だ。金属やセラミック製の刃物では傷を付けることもできず、鋏《はさみ》のような工具を使っても、刃のほうが砕ける始末。直接エネルギーを照射し、焼き切るしか解体方法がないのである。

「幸《さいわ》い、この頑強さは化学反応に対しても発揮されるようで、腐敗する様子もありません。ドックまるごと冷却することも検討していましたが、その必要はなさそうです」

「はー。腐らないのね。保存食としては優秀……でもないわね。切り取れないし」

「はい《イエス》、司令《マム》。切り離した組織からは有毒な物質は検出されませんでしたが、摂取して問題がないかどうかも不明です」

「さすがに食べたいとは思わないけど……」

味がどうか、という問題もある。さすがにイブ自身で試すつもりは毛頭ないが、案外、リンゴが独自に何とかするかもしれない。ある日突然、食卓にレイン・クロインの食肉が上がる可能性もあるということだ。

「いや、別に食べたくはないな……」


そして、さらに数日後。あの激闘から、二十四日が経過した。

「レイン・クロインの調査がほぼ完了しました」

五百四十日目　空から探査する

ようやく、リンゴがその報告をしてきたのである。

「けっこう時間が掛かったわねぇ」

「はい《イエス》、司令《マム》。申し訳ございません。そもそも解体に非常に時間が掛かったうえ、あの巨体でしたので。簡単に報告します。詳細は、資料にまとめています」

「オッケー。お願いね」

レイン・クロイン。鰐《ワニ》をそのまま大きくしたような姿をしており、肉食で、非常に獰猛《どうもう》。

体長、およそ八十m、尾を除くと六十m。体重、概算だが千九百t。

全身をくねらせながら泳ぐことで、目算、百㎞／h以上で移動できる。

主な食料は、回遊している大型の海獣類。一度の狩りで、十数頭からなる群れを全滅させる。

「ここまでは、外見や生態に関する調査結果です」

「……ほんっとに大怪獣ねぇ」

攻撃を受けた際、体表に障壁のようなものを生み出し、防御する。運動エネルギーはなくならず、衝突箇所を中心に広めに分散される。障壁は二秒程度継続し、連続攻撃ないし持続的圧力により消失。その後、一定時間生み出せなくなる。映像解析結果から、およそ三秒程度、再展開に時間を要すると思われる。肉体に関しても、鱗の一枚に至るまで非常に頑強で、初速千m／sの徹甲弾の直撃では貫けない。実際に危害を加えた砲撃は、初速二千m／sとなる装弾筒付徹甲弾《APDS》。それでも、角度によっては弾かれる。

「この硬さは本当に厄介だったわね。これ、結局なんだったの？」

「はい《イエス》、司令《マム》。現象は確認しました。原理については目下調査解析中ですが、正直なところ、科学的アプローチで解明できる可能性は低いと考えています」

「やっぱり、魔法《ファンタジー》？」

「はい《イエス》、司令《マム》。魔法《ファンタジー》です」

結局、レイン・クロインの直接の脅威《きょうい》はその巨体なのだが、防御力も異常だった。でかい、硬い、そして動きが速い。海でこんなものに不意打ちされたら、少なくとも現在のザ・ツリーの戦力では多大な被害が出るだろう。とはいえ、静音行動をしているわけではないため、不意打ちされる可能性はほぼないのだが。

「この硬さは、レイン・クロインの胴体と物理的に接続している状態の体組織に対して発揮されていました。概念的な話になって恐縮ですが、【レイン・クロイン】本体、と認識されることで、非常に強靭になっていると考えられます」

「……？　続けて？」

レイン・クロインから（多大な労力を割いて）切り離した体組織は、単なる肉片に変わる。強度は科学的見地から常識的なものに。そして放置すれば、細菌の活動で腐敗もする。しかし、レイン・クロイン本体は非常に硬く、腐敗もしない。即ち、【レイン・クロイン】であると認識されるものについては、魔法的《ファンタジー》な謎の力で強化されていると考えられる。

「レイン・クロインへ挿入した金属片には、強化は適用されませんでした。しかし、傷口に別の海獣の肉片を挿入したところ、時間は掛かりましたが強化されたことが確認できました」

「へえ。生物じゃないと適用されないのかしら？」

「はい《イエス》、司令《マム》。正確には、性質《プロパティ》が【レイン・クロイン】に変質した時点で、この強化が適用されたと思われます」

強化された海獣の肉片。強化が適用され始めた時点で取り出そうとしたところ、驚くべきことに癒着を始めていたのだ。レイン・クロインの生命活動は停止しているにもかかわらず、だ。詳細に分析したところ、肉片の体組織が変質しており、レイン・クロインのものと非常によく似た組成になっていた。しかも、遺伝子レベルで同化が始まっていたのである。

「性質《プロパティ》……ねえ……」

「そして、解体中に発見された弾体ですが、骨に刺さっていたものについては、先端部分の同化が始まっていたことが確認できました」

タングステン製の弾体が、カルシウムを主成分とする組織と同化していた。全く意味の分からない現象である。

「……。超常生物ね……さすが理不尽《ファンタジー》だわ……」

「いくつか仮説は考えられますが、有力なのは、肉だから肉として取り込んだ、硬いから骨として取り込んだ、といった、アバウトな性質《プロパティ》の判断が入っているという説です」

リンゴの演算領域内部で複数の思考スレッドを走らせ、仮説を大量に出したらしい。

実に幻想的《ファンタジー》な説だが、実は取り込む・同化するという現象そのものは、技術的に再現可能だ。体組織の変質、遺伝子の書き換えは分子機械《モレキュラーマシン》を使えば実現できる。タングステンがカルシウム化するというのも、原子変換炉の現象そのものである。

「分子機械《モレキュラーマシン》にしろ、原子変換炉にしろ、そういった設備、機能を魔法という未知のエネルギーで代替したと考えれば、まあ、ある程度は妥協して納得もできなくはないかもしれません」

「納得してないじゃん、全然納得してないじゃん」

リンゴが納得しているかどうかは別にして、問題はその魔法の発生要因だ。多大なエネルギーを投入し、レイン・クロインの巨体の腑分《ふわ》けを行った。その結果、発見されたのは心臓のすぐ側《そば》に見つかった、巨大な結晶《クリスタル》である。

「ああ、いわゆる魔石ってやつ？」

「不明です」

科学的アプローチによる検査では、その正体は不明。組成分析を行っても、いかなる元素とも同定できなかった。透き通って見えるが、単にそれそのものが発光していただけ。体組織にガッチリと食い込んでおり、何らかの臓器として機能していると考えられる。

「この結晶《クリスタル》を切り出すと、レイン・クロイン全体の構造強度が急激に低下する現象が確認できました。魔法的構造強化の核となっているのが、この結晶《クリスタル》であると推定されます」

　現在は、結晶《クリスタル》は元の位置に戻している。そうしないと、レイン・クロインが自重で押《お》し潰《つぶ》されれ、さらに腐敗が始まると想定されるからだ。

「そういえば、海獣の肉が癒着したって言ってたけど、復元能力もあるのかしら？」

　例えば、そのまま放置してたら蘇生《そせい》したりとか。

「はい《イエス》、司令《マム》。ある程度、です。今のところ確認できているのは、接触している傷口同士が癒着するということだけです。ただし、生物学的に治癒するわけではなく、くっつくだけです。血管が繋がるわけでも、細胞分裂するわけでもありません。蘇生はありえないでしょう」

　ひとまず言えるのは、この謎の結晶《クリスタル》さえ置いておけば、レイン・クロインは腐らず、そのまま保管できるということだ。

「でも、いつまでその効力が続くのかしら？　常識的に考えると……、いえ、この場合は科学的に考えるとだけど、この謎の強化がされ続けたら、いつかエネルギーが尽きるでしょう？」

「はい《イエス》、司令《マム》。そう考えられます。それが外部から供給されない限りは、ですが」

　外界からの影響を撥《は》ね除《の》け、何らかの状態を維持するには、当然相応のエネルギーを必要とする。レイン・クロインの構造強化は、たとえその場に放置するだけでも、重力や気圧、気温の変化、細菌による腐敗活動などで影響を受け続ける。その変化を無効化しているのだから、何らかのエネルギーを消費していると考えるのが妥当《だとう》だろう。

「可能な限り小さな変化も見逃さないよう、現在は厳重に監視しています。時間経過による変位量などは、しばらくすれば確認できるでしょう」

最悪、切り分けて低温冷凍庫に放り込めば保存は可能だ。そのため、当面はそのまま放置し、変位測定を続けることになった。

「それから、レイン・クロインの幼体ですが、確認されたのは四匹。体長は五十㎝ほど。産み付けられた海獣は十日ほどで食い荒らされ、現在は魚類を定期的に投入しています。」

レイン・クロインの幼体は、産み付けられた海獣の死骸とともにザ・ツリーで確保した。わざわざ屋外に専用の生簀《いけす》を造り、そこで観察中だ。逃げ出さないよう網で囲っているが、今のところ脱走する素振りは見せていない。準備した木製の浮体の上で日向《ひなた》ぼっこをしたり、投げ入れられる餌《えさ》を食べたりと、気ままに過ごしていた。

「急速に成長しており、幼体同士での争いも確認されるようになりました。個々で専用の生簀を準備する必要があるかもしれません」

ちなみに、リンゴはそろそろ一匹くらい捕まえて、いろいろと実験してみたいと考えていた。親のレイン・クロインと同じ力を持っているかとか、遺伝子の違いとか、気になることはたくさんあるのだ。

「そ。まあ、貴重なサンプルだしね。間違って死んじゃったりしないようにね」

◇◇◇◇

「ずいぶんと造りのいい馬車だな！」

掘り出した鉄鉱石を荷台に積み込みながら、鉱夫達が大声で会話している。

「これも、パライゾが持ってきてくれたもんらしいぜ。……よっと。ほらよ、この車輪も立派だろ！　軸も、鉄製だって話だ！」

「鉄かあ。ってことは、もしかして、俺らが掘った石か？」

一輪車に載せた鉄鉱石を、スロープを使って荷台にぶち撒《ま》ける。以前にこんな雑な扱いをしていたら、荷馬車は簡単に壊れてしまっていただろう。だが、当時と比べて非常に頑強な馬車は、大量の鉱石を載せられてもびくともしない。

「ああ、そうかもしれねえ。見ろよ！　こんなに細いのに、こんだけ積んでも壊れねえ！　昔うちで作ってた鉄じゃ、こうはいかねえな！」

「だな。折れちまうんじゃないかって心配になるくらい細っこいが、丈夫だなぁ」

鉄鉱石を積み終わり、男達が合図を出した。それを確認した御者は手綱《たづな》を打ち、二頭曳《び》きの馬車がゆっくりと動き出す。

テレク港街に突然現れた、【パライゾ】と名乗る貿易船。彼女らは、大量の交易品を持ち込み、閉塞していたテレク港街、そしてここ鉄の町の全てを解放したのだ。運び込まれたパライゾ製の様々な器具が、彼らの生活をより便利に、そして豊かに変えてしまった。

「この先の道も、砕いた石を使って平らにしてるんだとよ。さっき聞いたが、もう半分以上は終わってるって言ってたぜ」

「へえ……。よく分からんが、土の道よりは走りやすいのか？」

「ああ、段違いらしい。沈まねえし、何より雨が降っても泥濘《ぬかる》まないとか。夢みたいな話だが、そのうちこっちもやってくれるって話だぜ」

「あー。雨でも困らねえのはいいなぁ」

「鉱山の道も、まあ今は木を敷いてるからマシだがよぉ……。昔は酷かったからなぁ」

パライゾ用の鉄鉱石を掘り出し始めてから、真っ先に指導されたのが道の整備だった。木を敷き詰めるだけでも、輸送の効率は段違いに向上する。木製故にすぐに壊れてしまうが、その分交換も簡単だ。しかも今後は、鉱山周辺の道も整備してくれるらしい。

「パライゾ様々だなぁ。別嬪《べつぴん》さんばっかりって聞くしよぉ、一回くらい見てみたいよなぁ」

「あー、そうだな。絵姿は見せてもらったことがあるが、えらい綺麗《きれい》だったぜ」

男達はわいわいと騒《さわ》ぎながら、次の荷馬車が来るのを待っている。積み込み作業は非常に重労働のため、きっちりと休憩時間が決められていた。これもパライゾの指導のお陰である。

「最近、女房がテレク港街を拝んでから寝るようになったんだぜ」

「はー、そりゃ分からんでもないなぁ」

「稼《かせ》ぎもあるし、そろそろ俺も女房を迎えてえなぁ」

「女も増えてきただろ。あの、例の難民のところは女子供が多いって話だしな」

「子持ちでも構わねえ、俺の所に来てくんねえかな」

「贅沢《ぜいたく》になったな、おい！」

「ははは、ちげえねえ！　やっぱ俺も、寝る前にゃパライゾを拝まねぇとな！」

鉄の町の乾杯の合図が「パライゾに！」となったのは、この頃からだった。すべての景気の源が、この町の安全が、パライゾによってもたらされたのだと、町の住人達は知っていたのだ。


最初に運び込まれたのは、大量の武器や防具である。品質の揃《そろ》ったショートソードや円盾、鎖帷子《くさりかたびら》、兜《かぶと》、胸当て、グリーブなど鎧《よろい》一式。そして、複雑な構造の弓と歪《ゆが》みのない矢束《やたば》。

鉄の町の守備兵達に装備が行き届くと、次に採掘用の道具が用意された。硬く、そして形の揃ったツルハシなどの採鉱用具。坑道で利用できる小さな荷車や一輪車、ランプ類。そして、椅子や皿などの小物類。貴族の使う食器のように歪みなく磨き上げられたそれらに尻込みしていたものの、それが自分達が掘り出した鉄鉱石から作られたと知ると、皆がこぞって使い始めた。そして、それらの道具を作り出したのがパライゾと聞き及ぶに至り、鉄の町ではパライゾフィーバーが巻き起こった。

テレク港街に降り立った船員達の絵姿が持ち込まれ、彼女らが皆、獣の部位を持った見目《みめ》麗《うるわ》しい少女達だと情報が広まり、パライゾの名が鉄の町を席巻《せっけん》する。最優先は武器防具と採鉱道具ではあったが、嗜好品《しこうひん》もある程度は持ち込まれた。パライゾ製の食器類、料理道具などの日用品、様々な遊戯道具。

そんな嗜好品の中で最も人気となったのが、パライゾ船員達の絵姿である。

それはまさに、アイドルブームであった。

絵姿は絵描《えか》きが一枚一枚描いたもので、同じものは一枚として存在しない。また、許可なく描くわけにもいかないため、すべて許可を取ってから、かつモデルもお願いしながら描き上げたものだった。そのため、一回の交易で運ばれるのはせいぜい一枚か二枚。絵が間に合わず、物品の中に含まれないこともしばしばあった。

こうなると、始まるのは高額転売である。

とはいえ、鉄の町、ひいてはテレク港街も、そもそもの貨幣の絶対量が少ない。そのため、値段が高止まりした後は、絵姿の所持は一種のステータスとなる。それぞれの町の有力者はこぞって絵姿を集め、額縁に入れて飾り始めた。

しかし、あまりに独占しすぎるとそれは不満の種になる。そもそも、数枚であればまだしも、十数枚も集めれば欲求は満たされる。いや、本当のファンならまだ足りないだろうが、見栄のために集めた者も多くいたのだ。その後、絵姿はある種の信用手形のような扱いで市場に再度流通し始めた。集めるにもそれなりの金が必要だが、そもそも貨幣の流通量が少ない。高騰するにも限界があり、他の絵姿と交換したり、あるいはパライゾ製の非常に珍しい道具類と引き換えたり、といった用途に使われ始めた。

もし貨幣が十分に流通している状態であったならば、バブルのように経済崩壊の引き金になっていたかもしれない。幸い貨幣の流通量に限界があり、それそのものが紙幣としての機能を発揮するようになったため、誰も予想していなかった災厄は未然に防がれたのだった。

▽ 五百五十六日目　天を衝く一矢

「うーーーーーん……」

司令官《イブ》は悩んでいた。

侵攻すべきか否《いな》か。

石油は魅力的だ。その他金属資源は少ないながらも自力で賄《まかな》えている。今不足しているのは、石油なのだ。

「でも、侵略戦争はねぇ……」

しかし相手は、曲がりなりにも文明的な国家である。攻撃的なわけでもないし、実際に何らかの紛争が発生しているわけでもない。将来的にザ・ツリーの脅威《きょうい》になるという情報もなく、どこかと争っているという話も聞かない。そんな、至ってまともな国に、資源が欲しいからというだけで侵攻してもいいのだろうか。

「自前で油田《ゆでん》が欲しいのは確かなんだけど、輸入がダメってわけじゃないのよね」

健全な交易により石油が手に入るのであれば、悪くない関係になるだろう。それによって手に入れた石油で延命しつつ、別の手段でどこかの油田を見つければ良いのだ。

希望は海底油田である。

それならば、外洋航海技術の発達していないこの大陸であれば、誰にも文句を言われることがない。いや、たとえ言われたとしても一蹴できるし、ある程度言い訳も可能だろう。

だが、陸地はまずい。

領地を宣言している場所を奪い取れば、間違いなく戦争になる。圧倒的な武力で黙らせるという方法は取れるだろうが、それでも一度は確実に戦闘を行う必要があるだろう。

「海洋国家であれば、砲艦外交で黙らせることも考えられたけど……」

森《レブレスタ》の国は港を持っているとはいえ、本質は内陸国家だろう。海軍があるとは考え難《にく》い。海洋貿易に依存しているわけでもなく、たとえ港を封鎖したところで、ほとんどダメージは与えられない。

あるいは。

「陸上戦艦でも作って、無理やり黙らせるか……」

実用性は乏しいが、威圧という意味では有用だろう。だが、効果は未知数。ライブラリを漁《あさ》ってみたものの、さすがに陸上戦艦などという代物を使った外交についての記述は見つからなかった。

「いやでも、そもそも砲艦外交してどうするの……？　油田の割譲《かつじょう》を要求……？　それとも、租借地《そしやくち》にでもする……？」

　油田の開発を主導するという手も考えられるが、どんな手を使うにせよ、武力を伴う要求であれば、しこりが残ることになる。わざわざ敵を作りたいとは思わないのだが、しかし、友好的に石油を確保する方法が思い浮かばない。もし相手が積極的に欲するものがあれば、それと交換という提案ができるのだが、今のところそういったものは把握《はあく》できていない。

「テレク港街《こうがい》みたいにうまくはいかないわよねぇ……」

　そもそも、アフラーシア連合公国については、国としての体《てい》を成していなかった。そのため、わりと好き勝手にやっているが、結局何の介入も受けずに【パライゾ】としての立場を確立できたのだ。新拠点《きよてん》の建設予定地も、全く人の手の入っていない場所だ。一応、周辺諸国からはアフラーシア連合公国の国土であると認識されてはいるものの、当の王国がまったく掌握《しようあく》できていない。恐らく、一度も人間が訪れたことのない土地だ。数年でも実効支配できていれば、あとは強弁できる。尤《もつと》も、数年でアフラーシア連合公国の混乱が収まるとも思えず、どんなに早くても十年は掛かるだろう。十年あれば、完全な要塞都市を建設できる。

「どうしたものかしらねぇ……。リンゴは何か、意見はあるかしら？」

「はい《イエス》、司令《マム》。まずは、目的を明確にすべきかと」

「目的？」

「はい《イエス》、司令《マム》。目指すべき標的を定め、それを実現するための手段を選択するのが良いのではないでしょうか。現状では、私から言える希望は、ザ・ツリーの勢力拡大のみです。そのためには、侵略戦争も已《や》む無《な》しかと」

そう答えられ、彼女はなるほど、と頷《うなず》いた。リンゴの存在価値《レゾンデートル》は、彼女を守ること、彼女に仕えること、そして勢力を拡大すること。勢力拡大のためには大量の資源が必要で、現在、石油の確保は第一目標と言っても過言ではない。そして、それは自前で採掘すべきもので、輸入という不安定な状態は許容できないのだ。

「うーん。私は、そうねえ。最終目的というと、命の危険に怯《おび》えることなく、悠々自適に生活することかしらねえ……」

もちろんリンゴや皆と一緒にね、と彼女は付け加える。命の危険に怯えることなく、悠々自適に。簡単なようで、非常に難しい目的だ。リンゴには、命の危険に怯えないという条件は定義ができなかった。例えば、ザ・ツリーの勢力以外の知的生命体を全滅させれば、命を狙われる心配はなくなるだろう。しかし、それでも自然の脅威はなくならない。嵐、地震、津波、火山噴火。恒星のスーパーフレアや隕石《いんせき》による環境破壊も無視はできないし、長期的な気候変動による寒冷化や灼熱化《しゃくねつか》、地磁気反転《ポールシフト》などの惑星環境の変動。更に言えば、外宇宙からの侵略者。リンゴは元々、【ワールド・オブ・スペース】というゲーム世界から転移してきたＡＩだ。ワールド・オブ・スペースは、与えられた惑星を開発し、宇宙を目指すというストーリーである。当然、宇宙空間を航行する技術についても所持しているし、ライブラリにもその項目《こうもく》は存在する。であるならば、他星系の知的生命体についても無視するわけにはいかない。この世界で、何をどこまでやれば命の危険がなくなるのか。

「ま、その辺りはどうしても主観的な感想になるから、難しいわよね。リンゴも、あんまり真剣に考えなくてもいいわよ？」

「はい《イエス》、司令《マム》。努力します。最終目的については、別途検討しましょう」

「めっちゃ真剣じゃん」

司令《マム》の事について、リンゴの辞書に妥協の文字はない。それは彼女にも予想がついたため、苦笑しつつ議題は棚上げとする。

「まあ、あれよね。短期目標。いえ、どっちかというと中期目標かしらね。うーん、何だろうね。鉄も確保できたし、ちょっと一段落ついちゃった感じはあるのよねぇ。石油は一年以内になんでもいいから確保したいけど、それより大きな目標ってことよね？」

「はい《イエス》、司令《マム》。そうですね。できれば、五年程度の期間でお願いします」

五年、五年かあ、とイブは呟《つぶや》いた。

「五年も先のことなんて考えたことないけど……」

「………」

そう告白されても、残念ながらリンゴにはアドバイスできなかった。

「んーーー。んーー。ん、あっ。そうだそうだ」

しばらく唸《うな》った後、彼女はぽん、と手を叩《たた》く。

「戦艦よ戦艦。戦艦作るって言ってたじゃない。折角だから、艦隊を作りましょ。そうねぇ……主力戦艦五隻を旗艦《きかん》にした五艦隊と、全てをまとめる大戦艦。それだけあれば、防衛は万全じゃない？　世界情勢が判明したら適宜《てきぎ》修正するとして」

「はい《イエス》、司令《マム》。分かりました、その計画を検討しましょう。五年後に全てを揃《そろ》えるとして、毎年一艦隊ずつ増隊する構想ですね。総旗艦をどの時点で準備するかですが、遅くとも三年後には進水させたいところです」

「おおう。さすがリンゴね。いきなり具体的になったわね……」

「一年以内に、戦艦を一隻進水させます。そうですね、キリよく全長三百m以上を戦艦としましょう。全長三百m以上の戦闘艦艇を旗艦とし、艦隊を編成します。戦艦、航空母艦、巡洋《じゅんよう》艦《かん》、駆逐艦《くちくかん》、潜水艦、そして各種補給艦艇群。艦載機、支援機。可能であれば衛星群の運用を。そして、揚陸艇《ようりくてい》および制圧機群。ここまで揃えれば、艦隊として機能するでしょう」

リンゴが挙げた艦艇・装備類は、必ずしも一年以内に揃える必要があるわけではない。しかし、五年後を目標と考えると、早めに種類だけでも揃え終え、運用実績を積んでおく必要はあるだろう。数だけ揃えても、適切に運用できなければ意味はない。

「司令《マム》。これらを十全に運用するには、やはり石油が必要です。特に、石油のエネルギー密度に敵《かな》うエネルギー源は、簡単に運用できません。マイクロ波給電は非常に有用ですが、エネルギー送信対象が増えれば増えるほど給電密度が低下しますし、相応にロスも増えます。マイクロ波中継ドローンの必要機数も、加速度的に増加します。また、遠方への派遣には別途エネルギー源が必要になりますので、やはり石油燃料は魅力的です」

「……むう。そう繋《つな》がってくるかぁ……」

リンゴの主張に、司令官《イブ》は再び頭を抱えるのであった。

「……矢が、刺さってた？」

リンゴからの報告に、イブはぽかんとした表情で聞き返した。

「はい《イエス》、司令《マム》。偵察《ていさつ》中の光発電式偵察機《スイフト》が不調を来《きた》したため帰投させたのですが、右翼中央に矢が刺さっていました」

「……」

テレク港街が所属するアフラーシア連合公国、その東側に広がる森林地帯、すなわち森の国《レプレスタ》上空を偵察させていたスイフトが、攻撃された。中々衝撃的な報告である。

「……リンゴ。一応確認するけど、スイフトの飛行高度は？」

「高度はおよそ二万ｍです、司令《マム》」

「二十㎞上空のスイフトの翼に、矢を命中させたっていうの？」

「はい、司令《イエス・マム》」

彼女はドン引きした。なにせ、高度二十㎞である。しかも、スイフトの翼長は四十mほど。地上から見れば小さな点だ。そんな的に、自前の推進力を持たない矢を命中させることなど、常識的に考えれば不可能である。

そもそも、スイフトは航空機としては低速ではあるものの、二百～三百㎞／hほどの速度で飛行しているのだ。例えば、矢の射出速度を一般的な二百㎞／hと仮定すると、上空二十㎞に到達するのに六分以上掛かる。六分あれば、スイフトは水平距離にして二十～三十㎞ほど移動していることになるわけだ。しかも、直線移動をするとは限らない。六分後にスイフトがどこに移動しているかを正確に予測しないと、そもそも矢を当てられないのだ。

「大量の矢を射掛けられれば探知できると考えられますので、多くても五射程度。もしかすると、一射のみの可能性もあります」

「……映像解析は？」

「距離が離れているため、スイフト間でのリレー通信でした。解像度はともかく、フレームレートは高くありません。カメラが矢の方向を向いていれば、あるいは撮影できていたかもしれませんが、残念ながら映っていませんでした」

さすがに――さすがにどうすればいいのか分からず、彼女は椅子に沈み込み、顔をしかめた。

「それと、もう一つ。矢のシャフトに手紙が巻かれていました」

「……ええ……？」

それはつまり。攻撃としてではなく、連絡手段として矢文《やぶみ》が使われたということ。こちらが読解できる知性を持っていると予想された、ということだ。とりあえず上空にあるものに撃ち込んだわけではなく、人工物であると看破されたのである。

「手紙は複数の言語で記載されています。アフラーシア連合公国で使用されている言語でも書かれているようですので、そちらは報告可能です。その他の言語も同じ内容と推察されます」

「相手は文明的、ってことね。問答無用で攻撃してくるんじゃなくて、複数言語で書いて寄越《よこ》したってことは、交渉相手《こうしょうあいて》として見られているのかしら？」

「はい《イエス》、司令《マム》。おそらくは。手紙の内容は、こちらです」

彼女に見えるように、リンゴは手紙の画像を表示した。当然、イブはこの世界の言語を読むことはできないため、翻訳文も併記している。内容を、リンゴが音読した。

「警告。あなたは我々の領域に違法に立ち入っている。速やかに立ち去ることを要請する。交渉を望む場合、東門都市《East gate city》の大使に連絡すること。違法な立ち入りを繰り返す場合、敵対意思があると決め、攻撃する。森の国《レプレスタ》、国境警備隊」

「……ううん、至極真っ当な内容ねぇ」

「はい《イエス》、司令《マム》。交渉を行いますか？」

リンゴの問いに、彼女は唸った。交渉の窓口があるのは悪いことではないが、どうやって交

渉用の人員を派遣するかが問題だ。東門都市《East gate city》は、アフラーシア連合公国内の都市の一つ。聞いたところによると、森の国《レプレスタ》との交易によって発展した都市らしい。その都市に森の国《レプレスタ》の大使が駐在しているということであれば、納得できる話だ。ちなみに、東門都市《East gate city》とテレク港街は、五百㎞以上離れている。

「つまり、人形機械《コミユニケーター》を派遣する必要があるんでしょう？　さすがに無理よね」

「はい《イエス》、司令《マム》。現在の状況では安全確保ができません。人形機械《コミユニケーター》の派遣は無謀です」

現状の人形機械《コミユニケーター》は、通信可能領域内でないと処理性能が著しく低下するうえ、内蔵エネルギーの問題でごく短時間しか戦闘機動を行えない。護衛機を連れて行こうにも、動力源を確保できない。そうなると、放置、またはザ・ツリー所属以外のユニットを使用するかの二択になる。

「テレク商会長に依頼し、メッセンジャーを派遣すること自体は可能でしょう。無事に辿《たど》り着《つ》けるかどうかは未知数ですが」

「……。そうね。治安が悪いものね」

はてさて、と彼女は悩む。このまま無視するのも、当然ありだ。ただそうすると、東の森林地帯、森の国《レプレスタ》の領域を調査するのは極めて難しくなるだろう。

現在、有効な調査方法はスイフトか、アルバトロスによる上空飛行のみ。しかし、上空二十㎞を飛行する機体にピンポイントで矢を当ててくる相手に対しては、どちらの機体もあまりに無防備だった。エンジンを狙われればスイフトは簡単に撃墜《げきつい》されるし、アルバトロスであっても所詮はただの輸送機だ。金属の鏃《やじり》を持つ矢を防ぐほどの装甲はない。エンジンや燃料タンクを撃ち抜かれれば終わりだ。また、搭載《とうさい》コンピューターに矢が当たれば、そのまま操縦不能になって墜落《ついらく》するだろう。かといって、コンタクトをとるのも難しい。そもそも、交渉できたところで上空からの調査が許可されるとも思えなかった。

「司令《マム》。交渉できれば、国内への使節団の派遣も提案できます。限界はありますが、国土の調査ができるでしょう。また、単なる交易だけでも、有用な資源を獲得できる可能性はあります」

「ううん……。油田の調査を進めたいところだけど、しばらくは静観したほうがいいかしら」

「はい《イエス》、司令《マム》。侵略するということであれば、計画立案しますが」

「まだ様子見よ。新拠点の周辺で資源採掘ができないことには、見通しも立たないんだから」

「はい《イエス》、司令《マム》」

リンゴとしては、司令《マム》の要望とあらば世界征服も辞さない。勢力拡大、という存在価値《レゾンデートル》にも合致する。イブがいい意味で庶民的であったのは、この惑星にとって幸運だった。

「うーん、使節団ねえ。量産型の人形機械《コミュニケーター》でも、無防備に差し出すのはね……」

消耗《しょうもう》前提で人形機械《コミュニケーター》を派遣しようにも、現時点では製造コストを無視できない。また、リンゴとの通信確保も必須だ。東門都市《East gate city》は、テレク港街で手に入れた地図から推測すると、ザ・ツリーからの距離は千五百㎞以上。通信は複数機のスイフトを経由する必要があり、かなりのタイムラグが発生する。また、相手国の上空には飛ばせないため、人形機械《コミユニケーター》を送り込める距離に制限ができてしまう。つまり、人工衛星が必要となる。

「ひとまず、テレク商会長に人員を送り込むよう依頼しましょう」

「そうね。護衛戦力も付けることを考えないと。……とりあえず、森の国《レブレスタ》については調査は中止。貴重なスイフトを墜《お》とされるわけには行かないわ」

「はい《イエス》、司令《マム》。交代のスイフトを移動させていますが、別の地域への派遣に切り替えます。また、スイフトでも攻撃されると判明しました。今後は、より慎重《しんちょう》に運用する必要があります」

確かに、スイフトが別勢力に発見される可能性は考慮《こうりよ》していた。ただ、さすがに攻撃可能というのは想定外だ。射程外《アウトレンジ》から一方的に観察できるのであればさほど気にする必要はないと考えていたが、攻撃が届くのならば、近付くのは悪手だろう。

「こないだの大怪獣《レイン・クロイン》といい、やっぱりこの世界は理不尽《ファンタジー》ねぇ……。攻撃手段が矢っていうのも、とても幻想的《ファンタジー》だわ。何をどうしたら、矢をこんな上空まで届けられるのかしら」

「今回は個人用の矢でしたが、バリスタのような大型の弩砲《どほう》が同様の射程だった場合、たとえ戦闘機であっても一撃で撃墜されかねません。もう少し、積極的に情報収集を行うべきです」

「そうね。そのあたりは任せるわ。……となると、当面、調査対象はアフラーシア連合公国ね。少なくとも、この国の技術レベルは予想できるから」

「はい《イエス》、司令《マム》。北側に走査《スキヤン》範囲を広げます」

「十《Ten.》、九《Nine.》、八《Eight.》、七《Seven.》、……」

可愛《かわい》らしい声で、カウントダウンが進む。

今日は、海上に突貫工事で立ち上げた発射場から調査用のロケットを打ち上げる。調査が思ったように進まないため、情報収集手段の拡大を狙って一部の資源を宇宙開発に回すことを決定したのだ。まあ、実態は在庫処分なのだが。使い道がなく、回収資源も限定的なパーツ類を組み合わせ、ロケット一基分をでっちあげたのである。

今回のロケット打ち上げの管制は、五女のオリーブが行っていた。大型機械を製造するのが楽しかったのか、いつもよりも声が弾んでいるようだ。

「点火《Ignition.》、……推力既定値。二《Two.》、一《One.》、離陸確認《Lift off.》」

打ち上げるのは、使い捨ての固体燃料ロケットである。先端に調査機材を載せ、燃料の続く限り加速する。重力圏を振り切れなかった場合はそのまま落下するが、振り切った場合は簡易的な衛星として数日間の運用を行う予定だ。軌道制御を行える大型の推進装置は積んでおらず、最終的には大気圏に落下、燃え尽きることになるだろう。

「落星号《フォーリンスター》、正常に上昇中。高度五㎞を通過……」

「おー、速い速い」

機体は軽く、加速力も高い。ぐんぐんと加速しながら、落星号《フォーリンスター》は空を駆け上がっていく。

「高度十㎞に到達。十一、十二、……」

ロケットは、今のところ順調に上昇している。とはいえ、高度二十㎞近くまでは問題なく到達できることは、初期に打ち上げた高高度飛行機《プレーン》のデータから確認済みだ。

「高度十八㎞。加速度センサーとレーダー計測の値に、乖離《かいり》を確認……」

「……来たわね」

前回の打ち上げ時に観測された、加速度の低下。特に問題ないにもかかわらず、明らかに加速力が低下している。そこで、今回はロケット内部に精密な加速度計を搭載していた。そのため、見た目の加速度と計測される加速度の乖離という形で、問題を可視化できたのだ。

「ロケットモーターの燃焼温度……異常なし。機体温度、圧力、振動も異常なし……」

「観測結果から推定すると、重力加速度が増加している可能性があります」

管制で手一杯のオリーブに代わり、リンゴがデータ解析を行い、報告してきた。

「……ふーん？　……ん？　え、重力加速度って増えるの？」

「増えません」

「増えないよね⁉」

燃焼を続けるロケットモーターに、異常は観測されない。電磁波《レーダー》による観測においても、問題は見つけられない。内部の各種センサーもおかしな状態は計測されていないが、唯一異常値を示しているのが加速度センサーだ。機体内部の各位置における加速度に、目立った変化はない。にもかかわらず、外部から計測して算出した加速度は、目に見えて低下しているのだ。

つまり、何らかの外力が発生し、ロケットの加速が抑えられているのである。

単純に考えると空気抵抗《ていこう》なのだが、高度が上がっているのに大気が濃くなるというのは考えにくい。大気組成が変わるという可能性も無くはないが、少なくとも高度三十㎞程度まで高度飛行機《プレーン》で調査した際は、顕著《けんちょ》な問題は発見できなかった。

そうなると、その他に考えられるのは万有引力。即《すなわ》ち、この惑星の持つ重力である。

「当初から疑問はありました。この惑星は、地球よりも直径が遥《はる》かに大きいにもかかわらず、重力加速度はおよそ九・八一m／sで、地球とほぼ同じです。直径と質量から重力加速度は決まりますが、小数点桁三桁まで一致するというのはあまりに都合が良すぎます」

「……まあ、それは確かにね。重力加速度が同じになるように、直径と質量のバランスがうまく取れてるってことでしょ？」

「はい《イエス》、司令《マム》。ですが、天然の惑星が、たまたま地球と同じ重力加速度を持つ可能性は、ほぼゼロです。さらに、その惑星に水が存在し、生物が繁栄し、あまつさえ遺伝的にも違いが殆《ほとん》どない人類種まで存在する。偶然と片付けるよりも、何らかの作為を疑うべきでしょう」

リンゴの説明の最中も、ロケットはその高度を上げていく。速度が当初予定よりも稼げず、それに伴い高度も上がらない。それでも、ロケットは既《すで》に高度六十㎞を超えて更に上昇を続けていた。

「第一段ロケット、燃焼終了……。第一段分離。第二段ロケットモーター、点火《Ignition.》。……燃焼状況良好。フェアリング分離、成功……」

　オリーブとリンゴは、ロケットの軌道を注意深く観察する。エンジン停止後の加速度の推移。大気も薄く、外力は重力のみ。機体内部の加速度計の値、そしてレーダー計測による速度計算。

「司令《マム》。やはり、高高度における重力加速度は、地上よりも数段大きいと思われます」

「……へえ。……いやごめん、意味が分からないんだけど」

　地表から離れるほど、重力が大きくなる。当然、非科学的な現象である。常識的に考えれば、重量物から離れれば離れるほど重力加速度、即ち万有引力は低下するはずだ。とはいえ、高度百km程度では誤差の範囲なのだが。

「司令《マム》。計算が終わりました。重力は、地上の二倍程度です」

「あら、そうなのね……。上空に行くと、重力が二倍になる……？」

「高度百二十km……加速度安定……。重力、およそ二倍で安定……。重力のせいで、予定速度にならなかった……。お姉ちゃん、たぶん、そのまま落ちちゃうね……」

「う、うーん……」

　ロケットなどの人工物でも、適切な角度で射出すれば地表に戻ることなく回り続けることができる。逆に言うと、人工衛星はある速度まで加速させなければ、地上に墜ちる。そして、今回打ち上げた観測ロケットの推力では、どうやらその速度に到達することはできないようだ。

「地表の重力加速度が九・八一m／s^2と仮定し、本惑星の直径を約二万kmとすると、高度三百kmの規定周回速度である三万六千六百km／hまで加速できれば、衛星として機能すると想定していました。しかし、最終的な速度は、現在の加速度であれば二万五千km／hに到達できるかどうか。しかも、重力加速度が二倍となると、規定周回速度は五万km／h以上になります。ロケットモーターの根本的《こんぽんてき》な改良が必要です」

「……単純に考えると、二倍の性能が必要ってことよね」

「はい《イエス》、司令《マム》」

リンゴはそう答えたが、実際はそこまで単純化はできない。推力を上げるためにはロケットモーターを強化するか、ノズルを増やす必要がある。強化にしろ増設にしろ、そうすると当然ロケットモーター本体の重量が追加されることに加え、消費する燃料も相応に増えることになる。その分の重量増加は、搭載燃料を更に追加することで対応するしかないのだが、そうすると燃料自体の重量も嵩《かさ》むため、必要燃料は更に増える。打ち上げ能力が変わらないにもかかわらず、ロケット本体の重量が倍々ゲームのように増えていくということだ。

「お姉ちゃん、どうしよう……」

「……更に資源を投入するか、いま時点では諦めるか、か……」

リンゴやオリーブに任せれば、最低限の資源消費でロケットの開発は可能だろう。だが、基本的に新規開発は資源を湯水の如《ごと》く消費するものだ。海底鉱山の開発は完全に停止することになるし、何なら新拠点の建設にも支障が出る可能性がある。

「ぬぬぬ……。ひとまず、宇宙開発は凍結ね……。北大陸の資源開発と、海底鉱山の準備に資源を回しましょう。海底プラットフォームが稼働《かどう》を始めれば、資源に余裕ができるわね。そのときに改めて検討しましょう」

「はい《イエス》、司令《マム》。オリーブ、優先度は低めで構いませんが、メタン燃料の液体ロケットの開発だけは進めましょう。石油資源が確保できれば、すぐにでも試験を開始できます」

「……うん」

そうして、ザ・ツリーの今後の方針を決めている最中、ロケットの加速が終了した。

「第二段ロケット、燃焼停止。第二段分離。第三段エンジン、点火《Ignition.》。燃焼開始、センサー値全て正常。燃料タンク圧力正常」

ザ・ツリーが打ち上げた最初のロケットは、最終的に高度四百㎞に到達。そこで燃料を使い果たし、観測機が分離される。観測機本体は慣性のまま更に高度を上げるが、やがて重力に捕まり落下を開始した。

「……観測機、表面温度……上昇。耐熱シールド……剥離」

観測機は様々なデータを収集しながら、最終的に燃え尽きた。

その観測データは、今後、様々な分野で利用されることになる。

現在、ザ・ツリーは北大陸に自動機械を送り込み、要塞建設を開始している。

工作船が海底に掘削機《くっさくき》を打ち込み、支柱を次々に埋設していく。その様子を上空のスイフトからの映像で確認しつつ、イブ、アカネ、イチゴ、そしてリンゴは周辺の地形について話し合っていた。

「海岸線は溶岩石ね。ほんとに、海まで溶岩が流れてきたのねぇ」

「はい《イエス》、司令《マム》。アフラーシア連合公国の海岸線は、ほぼ溶岩に覆われています。総延長は二千㎞を超えています」

ちなみに、テレク港街は湾の中に作られているが、そこは数少ない溶岩のない海岸だ。僅《わず》かな隆起により溶岩流が分かれ、テレク港街を囲むような形で湾が形成されたと考えられる。

「溶岩により形成された台地は、地球にもいくつか確認されていると記録にある」

「惑星表面の火山活動が活発な時期があったのでしょうか」

アカネ、イチゴが地図を指さしながらそう言った。探査した範囲で、アフラーシア連合公国の国土はほぼ、溶岩流に覆われていたようだった。

「最近は、火山活動は観測されていないのよね？」

「はい《イエス》、司令《マム》。それなりに植生が見られます。数百年から数千年は過去の現象と思われます」

「数千年……ちょっと想像が付かないわね」

長大な海岸線全てを覆うほどの莫大《ばくだい》な溶岩流が、アフラーシア連合公国全土を覆っているようだ。ただ、この凄《すさ》まじい規模の噴火を起こした火山は、今のところ見つかっていない。

「お姉さま。火山は、どこかにあるの」

「え。うーん、どうかしら。リンゴ？」

「少なくとも、この世界へ転移後、目立った地震波は観測されていません。要塞の周囲に、観測可能な規模で活動中の火山はありません」

「さすがに噴火とか地震とか、自然現象には太刀打《たちう》ちできないわね。……できないわよね？ん？　いや、そうでもないかしら……？」

「惑星開発用《テラフォーミング》の環境制御装置を建設すれば、ある程度操作できるでしょう。ただ、地上と衛星《えいせい》軌道上《きどうじょう》、どちらにも大規模な施設が必要です。現時点で、建造運用は不可能と判断します」

「ま、そうよね……。ゲーム時代は、ようやくそのレベルに到達したところだったかしら。惑星統一して、ちょうど外惑星を開拓中だったわね」

「はい《イエス》、司令《マム》。移民船の建造を行っていました」

既に懐かしい思い出になっているが、元々彼女のプレイしていたＶＲＭＭＯ【ワールド・オブ・スペース】では、いよいよ大宇宙航海時代到来、といった技術レベルまで開発が進んでいた。あのゲームデータが丸ごとこっちに転移できていれば、こんな苦労はしなかったのだろうか。

「……いや、よく考えると、衛星軌道上にほっぽりだされてたら早々に餓死《がし》してたわね……」

この世界への転移直後のことを思い出すと、スタート地点が地上（海上）で良かったかもしれない。衛星軌道上で食糧ゼロ状態になっていたらと思うと、ぞっとする。

とはいえ、最初の頃の食事は酷《ひど》かった。ろくな食材がないうえに、リンゴも料理の何たるかをいまいち理解していなかったのだから。今は、テレク港街で手に入る様々な食材もあり、食卓は非常に賑《にぎ》やかになっていた。リンゴの料理は……発展途上、とだけ言っておく。

「とりあえず、建設は順調ね」

新要塞建設のため、まずは沖に巨大な桟橋《さんばし》を組み立てていた。桟橋の完成後、大量の物資を荷揚げしつつ、地上の要塞建造に着手することになる。

「桟橋の完成度が五割を超えた時点で、海岸へ繋げる通路を延ばします。接続次第、建設機械を投入する予定です」

「うん、ありがとうイチゴ。基礎は備蓄《びちく》のセメントを使っているけど、それで在庫がなくなるのよね。アカネ、当面の当てはあるのかしら？」

「探索中。だけど、海底掘削で残土に石灰石が混ざっているのが確認された。地下に石灰鉱脈があるかもしれない」

「それはいいニュースね。引き続きお願いね」

「アルバトロスによる地表探査のデータも集まっています。もう少し解析率が上がれば、上空から各種鉱脈の位置推定ができるようになるでしょう」

ちなみに、スイフトによる広域探査で鉱脈を発見できなかった理由が、地上を覆う溶岩層だ。ごく僅かに磁性を帯びた火成岩が、厚さ十数ｍにわたって堆積《たいせき》しているのである。そのため、スイフトに搭載可能な低出力・低感度のセンサーでは、まともに探知できなかったのだ。今回、アルバトロスに積んだ強力な探知装置により、その特性がようやく判明したのである。それに伴い、過去のスイフトのセンサーデータを再解析したのだが、結局ノイズまみれで使えるものではなかった。そのため、アルバトロスで探査をやり直している最中だ。

「鉄の町周辺は、ある程度探査が終わりました。とはいえ、今すぐにどうこうできる機材がありませんので、当面は要塞建設にリソースを振り分けます。この周辺の再調査も実施していますので、近々、地下資源の分布が判明するでしょう」

要塞建設予定地周辺で何らかの鉱脈が見つかれば、万々歳だ。要塞建設地点の選定と周辺地層の詳細を調査するため、送り込む重機も製造中である。

そして次の日、司令室でデータを確認していたイブにリンゴが声を掛けた。

「司令《マム》。試作重機一号、先行量産型三台の準備ができました。上陸を観覧されますか？」

「ん？」

午前中の仕事（姉妹達の相手）が一段落つき、昼食までの繋ぎの時間。イブはしばし首を傾《かし》げ、ああ、と声を上げた。

「重機、重機か。そういえば今日には投入できるって言ってたわね」

「はい《イエス》、司令《マム》。食堂のディスプレイに中継しましょうか？」

「そうね。うん、みんなで見ましょう」

「はい《イエス》、司令《マム》」

試作重機一号。今後の作業機械の標準モデルとして試作した重機である。マイクロ波給電システムの完成後は受信装置とバッテリーに換装する予定だが、当面はケロシンを燃料とする熱機関を使用する。

「多脚重機試作一号《ウォーカープロトタイプI》、起動します」

ディスプレイに、多脚重機が映し出された。映像内の重機はその身を震わせると、折り畳んでいた脚部を伸ばし体を持ち上げる。

「おお、動いた！」

「お姉ちゃん、動いたね！」

「そうねえ、ちゃんと動いたわねぇ」

多脚重機は、不整地での活動を想定して多脚を採用した自動機械だ。まあ、多分にロマン成

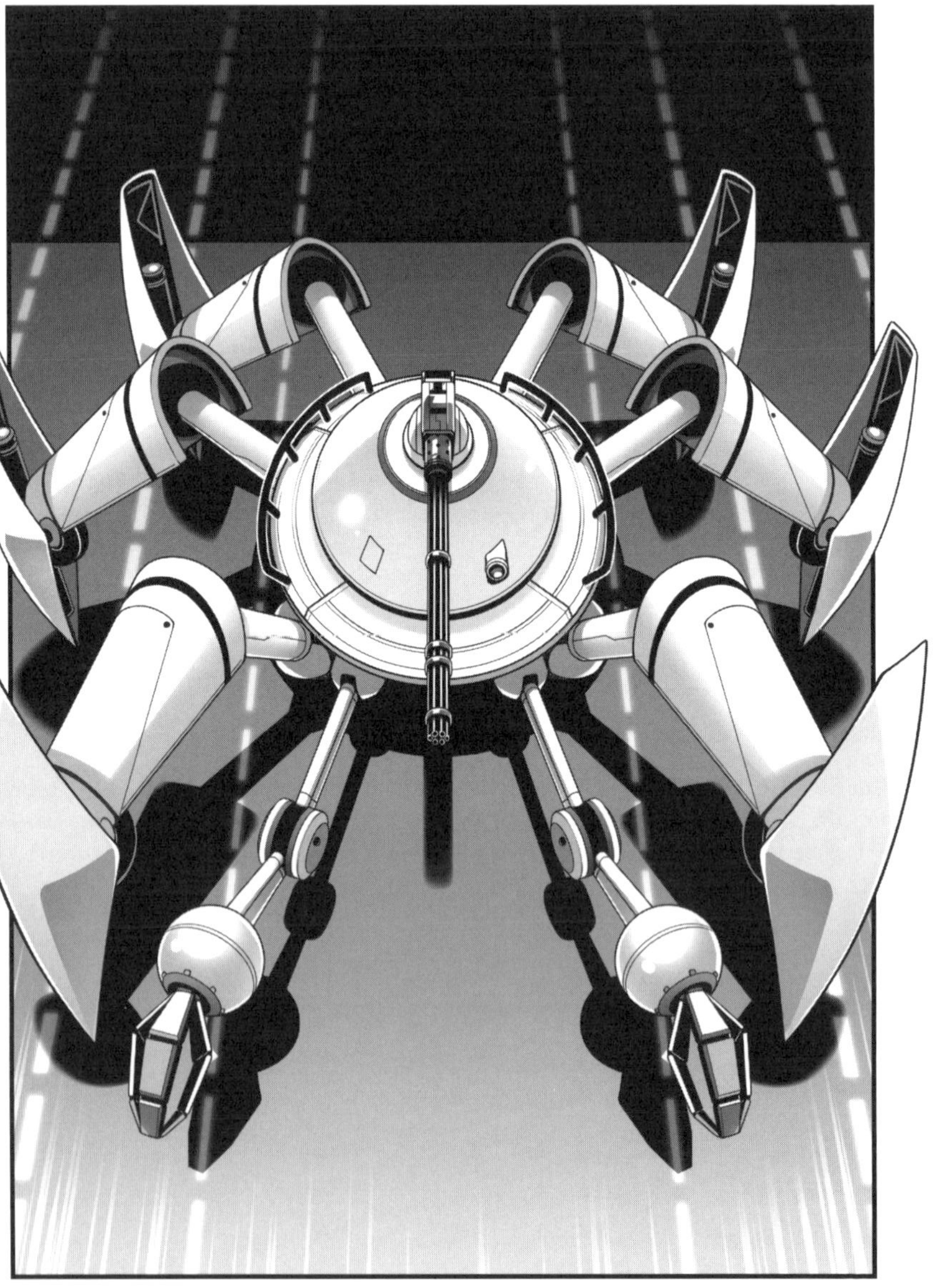

分が含まれるのは否定できない。

　移動に六脚を使用し、作業腕としてさらに二脚、計八脚が胴体より生えている。全体的に平べったい構造で、高さを抑える設計だ。開拓、採掘、建造などの一通りの作業をこなせる汎用《はんよう》型《がた》で、地質調査用の高精度センサーも搭載している。武装は多銃身機銃一門のみであり、戦闘は想定していない。装甲も貧弱なため、完全に後方支援用の機体だ。当面はアルファ級駆逐艦の射程内で活動予定のため、その程度の武装でも問題ないと判断したのである。

「発進します」

　多脚重機は六脚を巧みに動かして加速、次々と甲板から海面に飛び降りた。全地形対応型であり、水中でも活動可能なのだ。作業腕を合わせた八脚を使用し、水中を泳いでいく。

「……大きいから、割と怪獣っぽいわね」

　多脚重機が器用に泳ぐ姿を眺め、彼女はぽつりとこぼした。全長十五ｍほどで、傍《はた》から見るとかなりの大きさだ。蜘蛛《くも》型の大型機械が有機的に動く姿は、奇妙な感覚を抱かせる。

「カラーリングを工夫すれば、魔物って言っても通用しそうよね」

「生産設備が整えば、能動迷彩《アクティブ・カモフラージュ》の生産も可能になります。いくつか、パターンを準備しておきましょう」

「あら、いいわね。魔物に偽装するかどうかはさておき、カモフラージュは大切だもの」

　こういった機械兵器は、通常、相手のレーダーを欺瞞《ぎまん》する装備のほうが重要になるのだが。

この世界では、それが効果を発揮するとは思えない。視覚的偽装のための装備のほうが役立つだろう。ワールド・オブ・スペースに元々存在する兵器類ならば設計図があるのだが、それ以外の機械については新たに設計する必要があった。

多脚重機試作一号《ウォーカープロトタイプI》は六脚の先端から杭《パイル》を打ち出し、地面にガッチリと自身を固定した。その後、作業腕を器用に使いながら地質調査用の掘削機を設置、採取器《サンプラー》を打ち込んでいく。三台の多脚重機は、現在、要塞建設用地の地質調査を実施していた。地下建造を予定している場所には長大な縦坑を掘っての調査が必要だが、仮設倉庫や簡易飛行場、道路の敷設《ふせつ》であれば多脚重機が装備している掘削《ボーリング》装置で十分だ。全三台のうち、二台が掘削、一台にサンプルを回収させている。回収分は海岸に積んでいるだけだが、桟橋が接続され次第工作船に運び込む予定だ。ほとんど植生のない、黒い大地。その上を、白銀の多脚重機がちょこまかと動き回り、両腕をせわしなく動かして作業している様子は、小動物のような可愛らしさが感じられた。

……遠目に見る分には、だが。

実際には、高さ約四m、幅・長さ共に十mを超える巨大機械だ。近くで見ると、本能的恐怖を覚えることになるだろう。動作も妙に滑らかで、生物的だ。現在はガスタービンエンジンで発電しているため騒々しいが、これがマイクロ波給電システムに変わると静音性が加わり、ますます怪物じみてくるだろう。

「……で、気になることがあるって？」

「はい《イエス》、司令《マム》」

しばし一生懸命に働く多脚重機を眺めていたイブが、リンゴに話を振った。

今日は、単なる見学会ではない。問題を見つけたリンゴが、説明のため全員を集めたのだ。

「掘削《ボーリング》調査を実施しているのですが、直径数cmから数十cmほどの様々な大きさの空洞が縦横に横切っている地層を発見しました。自然現象で発生する構造ではなく、何らかの生物が関わっているものと考えられます」

「……溶岩石の中を？」

「はい《イエス》、司令《マム》」

イブは、思い出す。

「アカネ。確認するけど、溶岩に覆われていたって言ってたわよね？」

「そう。建設予定地を含めて、玄武岩に分類される岩石で覆われている」

しっかりと回答をくれたアカネを撫《な》でつつ、イブは考え込んだ。

「……なに。また、トンデモ生物かしら？」

「不明です。とはいえ、可能性は高いでしょう」

これは、どうすべき案件だろうか。報告を受け、彼女は悩んだ。正直、野生動物程度でリンゴがわざわざ全員を集めることはしないだろう。つまり、リンゴも扱いかねている案件ということだ。ただ、単なる報告だと断ってきている時点で、現時点で問題になっているわけではない。何も考えず、要観察で済ませてもいいのだが。

「なーんか、それ、放置すると良くない気がするのよねぇ……」

「はい《イエス》、司令《マム》。何らかの対処は必要と考えます。ただ、なにぶん前例のないものですので」

「まあ、さすがにリンゴでも対処に困るわよねぇ」

リンゴは非常に優秀なＡＩではあるが、とにかく経験が少ない。しかも、ＳＦゲーム出身である。何やら理不尽《ファンタジー》なにおいのする怪しい出来事に対して、どうすればいいか分からないというのは理解できる話だった。リンゴよりは（物語やゲームなどで）経験のある彼女でも、想像がつかないのだ。

「溶岩石の中に、自然風化とは思えない空洞がたくさんある。太さはまちまち。さて、これをどうするか」

口に出してから、原因となる何か（恐らく魔物）を特定するしかない、と彼女は考えた。

「例えば、こういうトンネルを掘る生き物って、何が考えられるかしら？　みんな、分かる？」

「大型の生物ということなら、モグラ、ネズミなどの哺乳類」

「昆虫も考えられるでしょうか。穴を掘って暮らす種類もいるようです」

「お姉ちゃん、ミミズとかかな！」

「イモムシがもぐってるのは知ってる！」

「……キノコみたいなのとか……植物……？」

五姉妹が、それぞれ答える。やはり、情報検索に関してはＡＩは強い。ただ、得られた情報を組み合わせて予測する、という機能は、これまでの経験が物を言う。そういうところは、まだまだイブが勝てる場面だろう。

「んー。単純に考えると、モグラ、ネズミとかの動物なんだけど」

「はい《イエス》、司令《マム》。ただ、哺乳類とすると、食料となる植物、菌類、または昆虫、その他ミミズなどの生物相も同時に必要になります」

「あ、そうね。食べ物は大事ね」

食べ物は大事だ。

しかし、地下の生物相についてはまだ調査はしていないものの。

「お姉様。今のところ、捕食関係が成立するほど多様な生物相は見つかっていません。多少、乾燥に強いサボテン類が生えている程度です」

「そう……。ってことは、通常の生物では有り得ないわね。だとしたら、そうねぇ……。魔法に依存した、科学的常識外の生物かしら？」

「そうなると、我々ではお手上げですね。前提知識が皆無ですので、予想もできません」

リンゴの回答に、まあね、と彼女は返す。ゼロに何を掛けてもゼロのまま。ゼロを動かすには、プラスするしかないのだ。

「テレク港街で聞き込みかしら。溶岩層自体は、アフラーシア連合公国全土に広がってるわけでしょ。案外、常識過ぎて話題にならないだけかもしれないわよ」

というわけで、リンゴが人形機械《コミュニケーター》を使って、テレク港街でそれとなく情報収集することになった。現地のことは、現地で聞き込みするのが一番だ。


そうして、数日ほど聞き込みを行った結果。

「司令《マム》。地下に潜む魔物について、情報が集まりました」

「……魔物」

「はい《イエス》、司令《マム》」

魔物である。

これまで、レイン・クロイン以外で魔物と呼ばれる生物に遭遇《そうぐう》していないため、改めてそう言われると当惑するイブであったが。

「まあ、分かったわ。続けて」

「はい《イエス》、司令《マム》。その魔物の通称は、地虫《ワーム》。地中に暮らし、稀《まれ》に地上に出てくる凶暴な魔物ということです。小型のものは指の先程度の大きさから、伝説として山より高く体を伸ばす大型のものまでいるとのこと。遭遇したときは、とにかく逃げるしかないと。足元から襲われた例もあり、その際は諦めろ、とのことでした」

「地虫《ワーム》、ねえ……」

地虫《ワーム》。言葉の意味としては、細長いミミズのような生物のことだ。こちらの言語とテレク港街の表現ではニュアンスが異なる可能性はあるが、リンゴ謹製《きんせい》の翻訳だ。間違いないだろう。

「その地虫《ワーム》っていう魔物が、溶岩層を掘り返してるってこと？」

「はい《イエス》、司令《マム》。可能性は高いと考えます。話を聞く限り、生息域はある程度決まっているようです。公国全域で見るものではないと。ですので、少なくとも、現在調査中の地域には地虫《ワーム》が生息している可能性があります」

それは、聞きたくない情報だった。今から、改めて地虫《ワーム》の居ない場所を探すか。しかし、沖の桟橋は建造中だ。放棄するのは、さすがにもったいない。

「駆除は可能なの？　駆除とは言わず、追い払うでも共存でもいいんだけど」

「その辺りは不明です。ほとんどが噂話《うわさばなし》の域を出ません。テレク港街や鉄の町周辺、また街道周辺ではほとんど目撃例はないようです。我々は、当たりを引いたのかもしれませんね」

「当たりって言わないでよー」

運悪く、地虫《ワーム》の生息圏に上陸したのか。それとも、周辺の海岸線が全て生息域なのか。どちらにせよ、調査は必要だろう。

「ただ、剣で切り裂いたという話も、剣が弾《はじ》き返《かえ》されたという話も、どちらも同程度聞かれました。情報が錯綜《さくそう》しているというより、硬さには個体差があると考えるほうが自然です」

リンゴがそう分析したのであれば、そうなのだろう。そうすると、あのレイン・クロインのような理不尽な防御力を持つ個体に遭遇する可能性は、ある程度低いと考えられるか。

「とはいえ、備えないわけにはいかないわよね。いくつかサンプリング地点を見繕《みつくろ》って、多脚重機を派遣するしかないわね。……調査専門の機体を作ったほうがいいかしら？」

「はい、司令《イエス マム》。空洞分布の調査ですので、音波探査が可能な装置を積載しましょう。ただ、地虫《ワーム》ないしその他の生物を刺激する可能性がありますが」

「んー。犠牲《ぎせい》は織り込むわ。チームを組んで対処しましょう。二機一チーム《ツー・マン・セル》で必要数を建造して、アルファ級ベースの母船も付けましょうか」

「はい、司令《イエス マム》。建造します」

▽ 転移後五百六十五日目　リンゴ日記

◆要塞【ザ・ツリー】

大型船舶《せんぱく》用の汎用工作機械《プリンター》を、ドックと共に建造中である。鉄の町から輸入する鉄鉱石により、ようやく必要材料を揃《そろ》えることができた。当初から計画はしていたものの、予定外の出来事により計画は度重なる修正を余儀なくされている。最大の問題は、レイン・クロインの駆除作業だ。アレのせいでアルファ級が一隻スクラップになったことと、弾薬の補充のための資材消費、そして大型船舶用のドックが一つ使えなくなったのが大きく響いた。

とはいえ、相応の収穫もあったため、収支は全体でプラスと見なす。

現在の鉄鉱石の輸入状況から計算すると、建造用施設の増設、拡張でしばらく手一杯となる。北大陸に建設中の第二要塞が稼働《かどう》し、資源採掘が可能になるまでは資材不足は続くだろう。

近場の海底鉱山は埋蔵量の調査が一通り完了し、できれば採掘プラットフォームを設置したいのだが、これには年単位で時間が掛かると試算している。プラットフォーム用の資材がまず不足しており、さらに作業用の大型機械も建造しなければならない。資源回収のための海上設備の建設も必要であるため、今の資材収支状況からでは当面手を出せない。

動力炉は、重水素を燃料とする核融合炉の建造を開始した。これは、各種の大型製造機器類の本格運用を始める前に稼働させる必要がある。重水素回収プラントの設置に時間がかかったが、核融合炉の建造自体はすぐに完了する。重水素の回収は順調で、回収量も予定通りだ。

ザ・ツリー全体の防衛能力は、対レイン・クロイン戦を参考にして強化した。要塞砲の増設、および即応戦力の増強。マイクロ波給電システムも要塞天頂部に設置し、自動機械の動力確保もできた。アルファ級数隻にマイクロ波受電設備を追加し、電磁加速砲《レールガン》の稼働実験を行う予定もある。当面、ザ・ツリーの周辺のみという制限は付くが、戦力は大幅に増強できる。

◆司令官

資源量に一喜一憂したり、人型機械《アンドロイド》の五姉妹と楽しそうに会話したり、テレク港街《こうがい》や鉄の町を覗《のぞ》いたりと、心健《こころすこ》やかに過ごしてもらっている。食事の問題はほぼ解決した。テレク港街から必要な食材を手に入れるルートが確立できたことと、一部家畜類の飼育を始め、新鮮な食材の確保もできるようになった。調味料も一通り揃えることができ、希望される料理は問題なく作ることができる。そういえば、司令《マム》が自炊したいと言っていたので誘ってみたが、包丁の扱いが非常に危険だったため、混ぜる係をお願いした。包丁は、切れ味がよいだけではダメだったのだ。これは次回の課題である。一緒に作った料理は非常に美味だった。定期的に開催したい。七人全員で調理のできる、バーベキューのようなものも企画してもいいかもしれない。クッキー作りなどもよいのではないだろうか。

　そして相変わらず、ザ・ツリーの外に出たいとか、旅行したいとかそういった外出願望は無いようだ。これは、非常に安心できる。直接現地を見たいとか、旅行したいとか言われると打つ手がない。最悪、仮想現実機器《VRゴーグル》を準備して睡眠導入剤で意識を失わせてから、などといったプランも考えていたが、実行する必要がなくて何よりだ。

　本人曰《いわ》く、今の生活のほうがよほど日光を浴びているとのこと。

　こちらに転移するまでの生活についてはあまり詳しく聞いていないのだが、それで問題なかったのだろうか。ライブラリの情報によると、人間はもっと活動的で、外出できないとストレスがたまるもののようだが。以前の生活環境を参考までに聞かせてもらいたいのだが、そういった話題にならないため、尋ねにくい。機会があれば、是非確認したい。

　通信環境が整えば、人形機械《コミュニケーター》を使った疑似外出などもできるようになる。司令《マム》のための生活環境は、恐らくこれでほぼ問題なくなるだろう。あとは、希望に応じて人型機械《アンドロイド》を増やすなり、人形機械《コミュニケーター》での冒険活劇を行うなりで満足な人生を送ってもらえるはずだ。

　そういえば、遺伝子情報を精査した限り、寿命による細胞老化は発生しないようだが。当然、幹細胞のストックも十分に確保しているため、末永く司令《マム》と一緒に暮らせるだろう。

◆北大陸

アフラーシア連合公国は、群雄割拠の戦国時代だ。現時点で、テレク港街、鉄の町に影響がない限り介入する予定はない。ただ、有望な埋蔵資源が見つかればそうも言っていられないだろう。既《すで》に、公国の中央議会は権力を維持できていないようである。こちらから介入しても特に問題ない、と試算だけはしている。どちらにせよ、今は兵力がないため何もできない。

東側の森の国《レプレスタ》は、判断材料がないため静観している。一応、テレク商会長が使節を送る準備は進めているようだが、やはり道中が危険すぎるため実現していない。安全に送り届けるためには、こちらからも護衛に機械兵器群を付ける必要がある。どの程度、こちらの手の内を明かすかは検討しなければならないだろう。

レプイタリ王国は、相変わらず海軍を増強しているようだ。スクリュー動力の装甲船を建造しているのが確認できている。ただ、光発電式偵察機《スイフト》を国土上空へ侵入させるのは発見される危険性があるため、あまり接近できていない。ザ・ツリー側の戦力が最低限揃った時点で、接触を持ったほうがいいかもしれない。アフラーシア連合公国に直接介入してくる可能性もあるし、外洋経由で直接ザ・ツリーへ近付いてくるかもしれない。今の所、外洋を長期航海可能な船団は準備していないようだが、北諸島を制圧《せいあつ》した前科があるため油断はできない。

アフラーシア連合公国の西側には、レプイタリ王国との間にいくつかの国が存在する。これらについては全くと言っていいほど情報がないため、これも静観だ。沿岸部の国とは交易していた時期もあったようだが、アフラーシア連合公国が荒れ始めて交易品が少なくなったこともあり、今は完全に断絶している。

交易品だが、アフラーシア連合公国内では馬、そして燃石と呼ばれる燃える石を輸出していたらしい。燃石は、どうも薪《まき》の代わりに燃料として使えるようで、一時期、かなりの量が交換されていたようだ。薪と違い、煙や灰も出ず扱いやすいのだが、そんな便利で優秀な燃料が不要になったというのは考え難い。恐らく、アフラーシア連合公国とは別の場所での採掘が軌道に乗ったのだろう。あるいは、調査が必要だが、アフラーシア連合公国内で盗掘している可能性もある。

ちなみにこの燃石、現地の発音でトーン・マグと言う。

よく燃える《トーン》・石《マグ》。

ここで、半島国家で運用している魔導船の動力源が判明した。この燃石を使って水蒸気を発生させ、ピストンを動作させているようだ。作動原理が不明で調査を打ち切っていたが、そちらも解析を進めることができるようになるだろう。

燃石は地下に小規模な鉱脈が点在しており、アフラーシア連合公国ではこれを交易品にしていたようだ。国土だけは無駄に広く、国境監視など無理だろうから、国境線を侵されても気付かないだろう。スイフトに余裕が出来てきたので、監視偵察《ていさつ》航路を設定する予定だ。

◆五姉妹

人型機械《アンドロイド》に搭載《とうさい》した頭脳装置《ブレイン・ユニット》の育成は順調だ。五人それぞれが、非常に個性的に育っている。彼女らの能力、性格の差別化について、運用前からいろいろと計画《プラン》は立てていたのだが、特に必要なかった。

これは、神経回路《ニューラルネットワーク》が予想以上に自由に育ってくれたからだ。非常に興味深いデータも取れたため、今後に活《い》かしたい。

順調に行けば、あと一〜二年で教育段階《プライマリ・フェーズ》が完了する。期間に幅があるのは、完全独立《スタンドアローン》できるまでの成長が個体それぞれで異なりそうだ、と予測しているからだ。独立化の明確な基準は特にないため、それぞれの得意分野で安定した成果が出るようになれば、増産段階《セカンダリ・フェーズ》へ移行してもいいだろう。

多様化が更に進むはずだ。

未成熟な頭脳装置《ブレイン・ユニット》を搭載した人型機械《アンドロイド》は、司令《マム》の精神安定性に大きく寄与している。五姉妹の教育段階《プライマリ・フェーズ》完了後、新規の頭脳装置《ブレイン・ユニット》の追加を検討する。

▽ 五百八十二日目　地下を調査する

　地中の空洞調査に特化させた多脚重機試作二号《ウォーカープロトタイプⅡ》が、少しずつ調査範囲を広げている。ウォーカープロトタイプⅡは、基本設計はそのままに調査機材と武装を交換したものだ。沖に待機する一番級《アルファ》駆逐艦《くちくかん》とリンクし、地中の情報を常に解析している。武装は、多銃身機銃一門と擲弾《てきだん》発射器一門。そして、作業腕二本のうち一本に自衛用の硬い棒《メイス》を装備している。カーボンナノチューブ製の人工筋肉とチタン合金の骨格を採用し、打撃力を高めるとともに衝撃耐性も持たせた一品だ。元々の鋼鉄ベースの骨格では、殴打攻撃を行うと自壊してしまうとの計算結果になったため、わざわざ新規製造したのである。

「やっぱり、近接戦闘もできないとね！」

　という、司令《マム》の鶴の一声で装備された武器だ。リンゴの苦労が偲《しの》ばれる。ちなみに現在、パイルバンカーなる武器の開発も指示されているのだが、リンゴは【優先度：低】のラベルを貼り付けて放置していた。どうシミュレートしても、使い所がないのである。

「多数の空洞が検出されています。少なくとも、周囲一㎞の範囲に痕跡《こんせき》がありました。突出させた第三班の検出頻度は落ちていますが、直線で二㎞進んだ場所でも空洞があります」

「うーん……。でも、テレク港街《こうがい》とか鉄の町の周りにはないのよね？」

「はい《イエス》、司令《マム》。鉄の町周辺は上空からの探査ですので漏れがあるかもしれませんが、テレク港街は夜間にウォーカープロトタイプⅡを派遣しましたので、間違いありません」

要塞建設予定地の地中に存在する大小様々な空洞、これはこの周辺特有のものである、ということになる。第三班の調査結果では、離れるほど検出頻度は落ちていた。

つまり、この地虫《ワーム》と予想される生物の活動範囲は、限られているということだ。

「しかし、未《いま》だに地虫《ワーム》本体は見つかっていません」

「それはそれで、気になるのよねぇ……」

ほぼ一㎞四方を探査し終わったが、残念ながら地虫《ワーム》本体と思われる反応がない。この土地の地虫《ワーム》は死滅している、ということであれば万々歳なのだが、それでもその生態が調査できないのは問題だ。なにせ、相手は火成岩をものともせずに穴を開けまくっている生物だ。要塞の地下構造体を、同様に穴だらけにされてはたまったものではない。

「ある程度対処法が確立できなければ、大型構造物は建設できません」

「そうよね。侵入防止柵を埋めるにしても、どんな材質や構造が有効か、検証できないとねぇ」

鉄板を埋没させても、有効かどうか分からない。コンクリートも同様だ。どんな原理で地下を掘り抜いているのか、知る必要があるのだ。

「地元の人間が全く情報を持ってないのも問題よねえ」

情報収集は継続しているが、有用な話は増えていなかった。そもそも旅をする人間も少なく、何らかの原因で全滅してしまうと情報が途絶するのだ。それにしても、地虫《ワーム》に襲われたのか、野盗に襲われたのか、あるいは事故なのか、全く分からない。到着予定日を何週間も過ぎてから、ようやく行方不明《ゆくえふめい》になったと判明するのだ。徒歩か馬車の旅のため、一～二週間旅程がずれるなどよくある事である。

「うーん……。緑が多い場所には、地虫《ワーム》はほとんど居ないと……」

ただ、経験則として、木々が密集している土地には地虫《ワーム》はいないようだった。通常、町は泉や森に隣接して建設されるため、必然的に周囲に地虫《ワーム》も出現しないと考えられる。街道も、基本的に水場などを繋《つな》ぎながら走っているため、地虫《ワーム》の生息圏から外れていると考えられる。

「司令《マム》。このアフラーシア連合公国ですが、湖や泉、森が点在している地形は、地虫《ワーム》によって形成された可能性があります」

「……ふうん？」

「調査中ではありますが、例えば鉄の町の森、その周辺と森の地質を比較すると、説明し難い断絶があります。単に元々の土地特性であるとか、地下水の働きという可能性も十分ありますが、地虫《ワーム》が穴だらけにした岩盤が風化した、とも考えられます」

それが、地虫《ワーム》調査を継続する中で見えてきた可能性だ。地虫《ワーム》が溶岩に覆われた大地を穴だらけにすると、やがて薄い箇所から風雨で崩れていく。雨水が溜《た》まり、地下水脈が流れ込み、湖や泉となる。あるいは、湿った砂地に植物が生え、やがて土が発生する。もちろんこれは仮説の域を出ない。だが、地虫《ワーム》自体の目撃情報はそこそこあるため、突然変異的な魔物ではなく、生態系に組み込まれていると考えられる。そして、現在の要塞建設地の調査結果だ。

「この土地も、かなり荒らされています。一部は風化が進行、砂状に陥没している地形も確認できます。そこに生えた植物や苔《こけ》、昆虫類など、生態系が発展しつつあると判断されます」

「なるほどねー。溶岩だらけで不毛の土地だと思ってたけど、そういう広がり方をするのね」

生命の神秘、と言っていいのかもしれない。とはいえ、その仕組みの一端が分かったところで、肝心の地虫《ワーム》の生態は判明していないのだが。

「地上におびき寄せることができれば、捕獲なり撃破なりが可能なのですが」

「そもそも、この土地にまだ生息しているのかしら？」

「不明です」

しばらくは、調査を継続するしかないだろう。資源調査も並行して実施しており、含有量はともかく鉄やその他の有望な元素はそれなりに見つかっている。何より、深く掘る必要はあるものの、石灰石が見つかったのが大きい。コンクリートを現地調達できるということだ。

「地質調査、地中探査を実施しつつ、引き続き地虫《ワーム》の探査も行います」

「そうね。お願いね」

〈 五百八十二日目　地下を調査する 〉

「リンゴ。微弱な振動を探知しました」

『了解。監視を継続しなさい。時系列で解析すれば、位置、深度、移動方向を算出できます。解析領域との接続は？』

「はい。リンク正常。転送帯域《てんそうたいいき》、順次拡張。解析完了《ヒット》。座標のプロットを開始」

『多脚重機試作二号《ウォーカープロトタイプII》は、私が操作します。通信帯域を分割。完了。リンク正常。イチゴ』

「確認《Roger.》。操作権を移譲《You have control.》」

『操作権を掌握《I have control.》。無音走行で目標《ターゲット》直上へ移動します』

「ベクトル算出関数の定義、完了。パラメーター調整関数の定義、完了。予想進路のオーバーレイを追加します」

『確認《Roger.》。ターゲットを追跡中。六十五秒後に直上へ到達予定』

「ターゲットの移動速度、安定しました。平均速度三・五㎞／h。移動予想地点、出します。以降、W－aと呼称します」

『W－a確認。四十三番陥没孔《シンクホール》付近』

訓練のため司令室で調査任務を行っていたイチゴが、地下を移動する物体を捉えた。訓練は継続するが、バックアップにリンゴが入る。他の姉妹達とお茶を飲んでいたイブが、慌てて司令室に飛び込んだ。

「状況は⁉」

「お姉様。何らかの移動物体W－aが、地下を移動しています」

「補足します。現在、直上をウォーカープロトタイプⅡが追跡中。移動速度は安定しています。移動方向はわずかに蛇行していますが、基本的に直線です」

イチゴが手元のコンソールを操作し、空中に地図を投影《とうえい》した。移動中の多脚重機と、重なって表示されるW－aのアイコン。

「地虫《ワーム》かしら？」

「判断できません」

イブの呟《つぶや》きに、イチゴがそう返した。当然だ。地中の振動を捉えただけで、姿を確認できたわけではない。刺激しないよう超音波探査を控えている、ということもある。

「リンゴ？」

「はい、司令《イエス、マム》。状況から、地虫《ワーム》である可能性は非常に高いと判断します」

ただ、この移動物体が地虫《ワーム》ではない可能性は、考える必要はないだろう。そもそも、地虫《ワーム》が何かすら分かっていないのだ。この移動するW－aを地虫《ワーム》と呼称しても、何ら問題はない。

とはいえ、そこまでの柔軟な判断は、イチゴにはまだ難しかったようだ。ゆえに、イブの疑問に否《Negative》を返さざるを得なかった。イチゴの感情図形《エモーショングラフ》が急激に不安定になったことに気付いたイブは、黙って彼女の頭を撫《な》でる。

「オーケー。それで、このW－aの移動先には何があるのかしら？」

「……、はい、お姉様。地質調査のためのボーリング装置です。現在掘削《くっさく》作業中ですので、振動を探知して移動している可能性があります。到達予想は三十分後です」

しっかりと回答できたイチゴを撫でくり回して褒めながら、イブは頷《うなず》いた。

「ボーリング調査は中止。機材の保護を優先しなさい。他の多脚重機を防衛に回しましょう。アルファ級の砲撃も準備しなさい」

「はい《イエス》、司令《マム》」

「はい、お姉様」

リンゴが制御下に置いた多脚重機試作一号《ウォーカープロトタイプI》の三機が、ボーリング装置に向けて走り出す。ボーリング装置自体は即座に掘削を中止。地中のシャフトを引き抜くため、逆回転を開始する。最悪破壊されても、残骸を回収できれば大きな損失にはならない。それでも、無策で破壊されるのも馬鹿らしいため、可能な限り退避させる必要がある。

「アルファ級シエラに情報を送信しました。シエラ、砲撃態勢に移行します」

イチゴからの情報を受け取ったシエラ搭載《とうさい》の戦術ＡＩが、対地攻撃モードに移行する。周囲の自動機械と戦術リンクを形成。主砲の弾種を徹甲弾《てっこうだん》に変更、攻撃目標である推定地虫《ワーム》、Ｗ－ａに照準を合わせた。

「ボーリング装置の退避準備、五十三％。残り十八分。Ｗ－ａ到達予想までは十九分です」

「ありゃりゃ。ギリギリね」

次々と地面から引き抜かれるシャフトが回収され、保管スペースに積み上げられていく。ある程度の安全性を捨てて最速で回しているものの、回収率はジリジリとしか上がらない。とはいえ、何事もなければ、なんとか間に合うはずだが……。

「ウォーカープロトタイプⅠ、三機が現着しました」

リンゴの報告に、イブは現地映像のモニターに視線を向ける。ボーリング装置の近くに、三機の多脚重機が展開していた。今のところリンゴが直接操作しているようだが、最終的には現地戦術ＡＩに操作を移譲することになる。ザ・ツリーからの直接操作は、コンマ数秒という単位でタイムラグが発生するためだ。戦闘行動時のタイムラグは、致命的だ。

「Ｗ－ａ接触まで、十五分です」

掘削深度は百ｍ以上。シャフトは六割を回収済み。リンゴが油圧駆動系の調整を行い、回収速度が僅《わず》かに改善したため、残り時間は約十分。地虫《ワーム》の到達まで五分の余裕ができる計算だ。これであれば、自走式のボーリング装置はなんとか退避できるだろう。

五百八十二日目　地下を調査する

「Ｗ－ａ、移動速度は変化ありません」

少し緊張気味のイチゴの背中を撫でつつ、イブも固唾《かたず》を呑《の》んでモニターの表示を見つめる。

回収パーセンテージが上昇し、地虫《ワーム》との距離は減っていく。

そして。

「エラー。シャフト回収が異常停止。直前に異常振動を検知しました」

「ドリル回転再起動――エラー。ドリルの回転が阻害されています」

シャフト回収装置が、突然停止。即時回復措置を行うが、ドリル先端に何かが噛《か》み込《こ》んだのか、回転せず、引っ張ることもできない。

残り、六分。

「――‼　回収停止！　地中のシャフトはパージ、装置本体を優先しなさい！」

「イチゴ」

「……了解、しました！　指示を伝送、成功しました……！」

イブの咄嗟《とっさ》の指示に、リンゴはイチゴを促す。イチゴは一瞬固まるも、現地戦術ＡＩに地中の残存シャフトの放棄を命令。ボーリング装置は即時シャフトの固定装置を解除、櫓《やぐら》の引き抜きを開始する。結果的に、予定より四十秒ほど早く撤収作業に入ることができた。展開していた構造鉄骨を解体、回収。積み込み済みのシャフトをワイヤーで縛ると同時、本体を地面に固定していた杭《パイル》を油圧モーターの力で引き上げる。

「回収工程、全て完了しました。ボーリング装置の退避を開始します」

「簡易振動計がＷ－ａの移動を検知。距離四十ないし五十ｍ。探知精度は誤差範囲内です」

実際に映像で確認すると、地虫《ワーム》の移動速度はかなり速い。直上をウォーカープロトタイプⅡが走っているため、よく分かる。地面を掘り進んでいるとは思えない速度で、近付いていた。

「Ｗ－ａがボーリング地点直下に到達します」

直前で追跡していた多脚重機は足を止めるが、もちろん地虫《ワーム》は止まらない。中途半端に突き出していたシャフトがガタガタと揺れたかと思うと、突然空高く吹き飛んだ。幾本かのシャフトが、土砂とともに宙を舞う。

「うお」

その勢いに、イブがびくりと肩を震わせる。映像がかなり寄っていたため、驚いたらしい。

「出ます」

そして。

探し回っていた地虫《ワーム》が、ついにその姿を表す。まるで爆発のように土砂を巻き上げながら、掘削口からそれが垂直に飛び出した。

「計測」

「計測！　直径およそ六十㎝、長さ三ｍ以上、不明！」

イチゴが即座に映像解析を行い、地虫《ワーム》の大きさを割り出した。

全面を覆う赤茶色の表皮。正面に大きく開いた口の中に並ぶのは、不揃《ふぞろ》いの黒い牙。

飛び出した地虫《ワーム》は空中でアーチを描き、頭部を地面に向ける。

「長さ八m以上、尾部《びぶ》位置は不明！」

間違いない。この地虫《ワーム》が、大地を穴だらけにした犯人だ。

「確保しなさい‼」

「はい《イエス》、司令《マム》」

待機していた多脚重機が動く。作業腕に装着した硬い棒《メイス》を、横から地虫《ワーム》に叩《たた》きつけた。地面に飛び込もうとしていた地虫《ワーム》は、進行方向を逸《そ》らされ斜めに地面に激突する。

「硬い、です！　作業腕に歪《ゆが》みを検知、関節部の異常音を検知、人工筋肉の二十二％が破断！」

地虫《ワーム》は突入角度を強制的に変更されたためか、地中に潜れず地面を滑った。多脚重機の持つメイスに全力で殴られたはずだが、残念ながら目立った損傷は確認できない。むしろ、硬すぎて作業腕のほうがダメージを受けていた。

「押さえられるかしら？」

多脚重機は保持機構が故障した作業腕からメイスを落とすと、そのまま地面を滑る地虫《ワーム》に駆け寄る。作業腕を使い、上から押さえつけるように地虫《ワーム》の胴体を摑《つか》んだ。だが、地虫《ワーム》も大人しくしているわけではない。その大きさに見合った力強さで、その胴体を振り回す。

「人工筋肉が機能を停止、腕部関節が破損しました！」

地虫《ワーム》の力に耐えきれず、作業腕の人工筋肉パッケージが根本《ねもと》から断裂。保護機能を失った関節があらぬ方向に折れ曲がる。破断したパーツが砕け、破片を周囲に撒《ま》き散《ち》らした。

「無理ね。排除！」

「排除」

「コマンド受信を確認、多脚重機、多銃身機銃《ガトリングガン》を使用します」

多脚重機は後ろに下がりながら、装備するガトリングガンの砲身を回転させる。回転数が既定に達した時点で、銃口が火を吹いた。吐き出されたフルメタルジャケット弾が、地虫《ワーム》の露出した胴体に殺到《さっとう》する。

「効果測定中……効果、低」

射撃継続二秒、約百発の銃弾を叩き込まれた地虫《ワーム》は、硬い棒《メイス》で殴られた際とは比にならない勢いで胴体を折り曲げた。だが、残念ながら傷を負っているようには見えない。

「弾丸が体表に弾《はじ》かれたようです。全面が鱗 状《うろこじょう》の皮膚《ひふ》で覆われています。鱗が剝《は》がれる程度の損傷は確認できますが、体内へダメージを与えることができていません」

「現地戦術AI、シエラに支援砲撃を要請しました！」

自身の装備では有効なダメージを与えられないと判断したAIは、沖に停泊するアルファ級駆逐艦シエラに情報を送信。シエラは即時照準を補正、間を置かず主砲の百五十㎜滑腔砲《かっこうほう》を発砲した。

「ダメージ、確認しました」

機銃弾は弾けても、重量六十kg、九百m／sでぶつかる金属砲弾には抗《こう》し得《え》なかったようだ。徹甲弾はその名の通りの威力を発揮し、地虫《ワーム》の体表を破壊した。

「うぇー、ちぎれた！」

衝撃で、地虫《ワーム》の胴体が切断。後方に着弾した砲弾が上げる砂煙をバックに、ちぎれた頭部が体液を流しながら地面を転がる。頭部を失った胴体はビクリと痙攣《けいれん》、動きを止めた。だが、それも一瞬。

「ひぇっ」

映像を拡大していたため、それを見ていたイブが思わず悲鳴を上げる。胴体部の鱗がざわりと揺らめいたかと思うと、それが一斉に逆立った。そしてどんな原理か、その胴体が凄《すさ》まじい勢いで地面に引っ込んでいく。

「Wーa、地中で移動中、進行経路を遡っているようです！」

振動マップを確認していたイチゴが、そう報告した。頭部を失った地虫《ワーム》だが、それで討伐とはいかなかったようだ。致命的な攻撃を食らったと察したのか、どうやら地下という自身のテリトリーに逃げ込んだようである。

「経路変更を確認、地下に潜ります！」

更に、こちらに来た経路とは別の穴に入ったようだ。深度の数値がみるみる大きくなっていく。完全に、逃げの一手である。

「……追撃は、できる？」

「はい《イエス》、司令《マム》。地中貫通爆弾《バンカーバスター》の在庫があります。地下百mまでであれば有効な攻撃が可能です」

表示される地虫《ワーム》の移動点が、ゆっくりと停止する。地下六十二m。十分に攻撃可能な深度だ。さすがに、要塞建設地に潜むこんな魔物を見過ごすわけにはいかないだろう。

「攻撃しなさい」

「はい《イエス》、司令《マム》」

地虫《ワーム》との接触からおよそ二時間。地中貫通爆弾《バンカーバスター》を積み込んだ飛行艇《ひこうてい》【アルバトロス】が、高度一万mを飛行していた。その後部ハッチが、ゆっくりと開いていく。

「地中貫通爆弾《バンカーバスター》、投下」

大きく口を開けたハッチから、小さな抽出傘が飛び出した。空気抵抗《ていこう》により、十tに迫る重量の大型爆弾を収めたコンテナが引き出される。ハッチから飛び出したコンテナは、パラシュートの空気抵抗ですぐに真下を向いた。そこから、地中貫通爆弾《バンカーバスター》の本体が滑り落ちる。巨大な爆弾は即座に制御翼を広げ、ゆるく回転しながら姿勢制御を始めた。

この地中貫通爆弾《バンカーバスター》は、ザ・ツリーに保管されている兵器の一つだ。使い道が限られているものの解体しても大した資源にはならないため、死蔵されていたのである。

「ロケットモーター、点火」

突入軌道確定後、後部の加速用ロケットモーターが火を吹いた。ぐんぐんと増速しながら、地中貫通爆弾《バンカーバスター》は目標地点に突っ込んでいく。

「設定速度に到達」

周辺の地層情報は十分に収集済みだ。想定通りの速度、想定通りの角度で目標地点に突入した高強度弾頭は、岩石層を突き破りながら必要深度に到達する。

起爆。

大地が揺れ、周辺一帯から砂煙が上がる。その直後、ドーム状に地面が盛り上がり、大量の土砂と火炎が噴出した。

「地中貫通爆弾《バンカーバスター》、正常に起爆しました。設定深度での爆発を検知、目標への攻撃に成功しました」

「ダメージ判定は？」

「計測中です」

対象は地下六十二mの土の下だ。映像解析だけでは、ろくに情報は集まらないだろう。

五百八十二日目　地下を調査する

「露出した土砂に痕跡があれば、すぐに判明します！」

「多脚重機を現地に向かわせます。生物痕跡を探査中」

イチゴが分析ＡＩに指示を出し、リンゴが多脚重機のセンサーを使って情報解像度を上げる。

ほどなく、土砂映像内に複数のマーカーが追加された。

「窒素、炭素化合物の反応を確認。局所的に水分量も多いため、生物由来の蛋白質《たんぱくしつ》と予想されます。筋肉ないし体液、またはその複合物」

「肉片ってこと⁉」

「はい《イエス》、司令《マム》」

土砂とともに肉片が噴出しているらしい。ということは、ほぼ確実に、何らかの地中の動物を撃破したということだろう。それが目標とした地虫《ワーム》かどうかは、まだ分からないが。

「肉片を回収し、先の頭部構成物との比較で同定できるでしょう」

こうして、突如始まった魔物による襲撃は、ザ・ツリーによる地虫《ワーム》の撃破という形で幕を閉じたのだった。


「……核融合炉、安定稼働《かどう》。定格電圧に到達……蓄電器《キャパシター》、入出力安定……」

「いよいよね」

ザ・ツリー天頂部に、マイクロ波給電システムが設置された。これはどちらかというと試験機という性質が強く、主な目的は運用時における問題点の洗い出しだ。運用実績を積んだ後、大規模な送電施設を北大陸の要塞用地に建設する予定である。

「マイクロ波給電、開始……」

今回の給電対象は、改修したアルファ級駆逐艦だ。マイクロ波受電装置を組み込み、正常に給電可能か、周辺環境へどの程度影響があるかを調査する。

「給電電圧、規定に到達……」

「お姉さま。海面温度が上昇している」

「あら……」

マイクロ波の給電対象であるアルファ級駆逐艦ロミオの周囲の海面の温度が僅かに上昇を始めているのを、長女《アカネ》が報告した。

「拡散したマイクロ波が、海面を加熱していますね」

「収束が甘いのかしら？」

姉妹達と雑談を続けているうちに、ロミオ側の受電体制も整ったようだ。

「ロミオ、受電装置《レシーバー》電圧、規定に到達……。設備給電、開始……」

ガスタービン発電機を船内電力網から切り離すと同時に、マイクロ波受電装置《レシーバー》が接続される。

理論上は、船内電力を十分に賄《まかな》える強度の送電が行われているはずだが。

「船内電圧、規定を維持……。受電装置《レシーバー》は問題なく稼働中……」

「ひとまず成功ね」

「はい、司令《イエスマム》」

送出しているマイクロ波の干渉性《コヒーレンス》が低いという問題はあるが、マイクロ波給電自体は成功だ。これで、周囲十㎞程度はザ・ツリーからの給電が可能となった。とはいえ、海面の温度が上昇するほど強力なマイクロ波をばら撒くのは、環境的にも効率的にもよろしくない。

「基本技術ツリーの送電装置《トランスミッター》ですので、給電効率はこの程度でしょう」

「オリーブが改良してるんだっけ？　マイクロ波給電システム」

「うん……」

隣でマイクロ波給電システムの管制を行っている五女、オリーブにそう聞くと、彼女は控えめに頷いた。

「送電装置《トランスミッター》をたくさん同期させて……好きなところに給電するの。天頂の送電装置《トランスミッター》は見える範囲だけだけど……今やってるのは、空間的干渉性《コヒーレンス》を使ってどこにでも給電できるの。送電装置《トランスミッター》を移動させれば、障害物の裏側にも送れるの」

マイクロ波給電の問題点の一つが、送電装置《トランスミッター》と受電装置《レシーバー》の間に障害物があると給電が途切れてしまうというものだ。そのため、障害物の多い地上では使いにくく、空か海上での使用に限定されていた。しかし、今研究中の技術が実用化すれば、障害物を無視できるようになる。その基礎研究を行っているのが、ものづくり大好きな人型機械《アンドロイド》、オリーブだ。

研究室レベルでは成果が安定してきており、これから外部に実験設備を作るらしい。

「資源確保の目処《めど》も立ちました。第二要塞周辺の調査も進んでいます」

言葉足らずなオリーブに、リンゴが補足する。

「それは楽しみね。中継ドローンもあるんだっけ？」

「はい《イエス》、司令《マム》。上空二十〜三十㎞を活動範囲とし、数年単位で稼働可能なマイクロ波中継ドローンを製造中です。今のところ上空の障害物は観測されていませんので、少ない基数で遠方までカバーできるでしょう。これが正常に稼働するようになれば、各種自動機械の活動範囲が相当に拡大します」

ザ・ツリーの現在のネックは、燃料消費であった。

資源については、少ないながらも継続的に確保できるようになった。建設中の要塞が稼働を始めれば、自前での掘削も可能になるだろう。だが、今のところ、石油の確保に目処が立っていない。まだ余裕はあるが、減る一方の資源管理表は見たくないのだ。

「やれやれ。今後は、自動機械のエネルギー源に電力も使えるのね。マイクロ波給電じゃ航続距離に難ありだから、そっちは当面、石油に頼るしかないけど」

「はい《イエス》、司令《マム》。希少金属《レアメタル》の確保が進めば高性能バッテリーなども製造できるようになりますが、当面は石油を消費する必要があります」

飛行艇《アルバトロス》による調査範囲は、順次拡大中だ。しかし、範囲が広がれば広がるほど、時間も相応に掛かるようになる。

「給電範囲内ならば、石油は不要になる。当面、ザ・ツリーと第二要塞間、テレク港街、鉄の町周辺。活動の大部分はここ。遠方探査に石油を回せるでしょ」

「はい《イエス》、司令《マム》。ただ、そろそろ他国の動向も気にする必要があります。探査範囲を広げるとなると、いずれ国境を侵すことになります」

「そういえば、そんな問題もあったわねぇ……」

「……あ。あの矢文《やぶみ》」

アカネが、ぽつりと言葉をこぼした。矢文に書かれていた複数言語に興味を示したため、解読させていたのだ。とはいえ、習得済みのアフラーシア地方言語が併記された文であったため、解読というより分類だったようだが。

「そうよ、アカネ。あの矢文を撃ち込んだ誰かが所属している、森の国《レプレスタ》。内容を信じるなら、国境警備隊らしいけどね」

「お姉さま。森の国《レプレスタ》との交渉《こうしょう》には、興味がある」

珍しく、アカネが要望を口にした。彼女は基本的に本にしか積極的な興味を示さなかったのだが、森の国《レプレスタ》には何やら琴線に触れるものがあったようだ。

「うーん……。すぐにどうこうっていうのは難しいのよねぇ……」

イブとしても、かわいい妹の要望は叶《かな》えてやりたいのだが。当然アカネを派遣するわけにはいかないし、自動機械を向かわせるにしても距離がネックになっている。離れすぎていて通信もできないし、動力も確保できない。

「司令《マム》。中継ドローンを適切に展開できれば、将来的には森の国《レプレスタ》にも自動機械を投入可能です。通信だけで良ければ、さらに範囲を広げることができます」

そしてその問題は、リンゴも対応を検討中だ。マイクロ波給電システムと中継ドローンによる電力送信網を構築すれば、ザ・ツリー所属の機械部隊を編成、派遣することも可能になる。

「消費資材も莫大《ばくだい》になるけど……」

リンゴが提示したプランを確認しつつ、彼女はため息を吐《つ》いた。今保有している資源だけでは全く足りないため、並行して資源の探査と掘削、生産を行う必要があった。

「これだけ資源が手に入るなら、一部を宇宙開発に回せないかしら？」

「はい《イエス》、司令《マム》。そのプランも策定しました」

中継ドローンは低コストで展開も容易だが、所詮は大気圏内の飛行機械だ。高度はせいぜい三十㎞で、カバーできる範囲も狭い。衛星軌道《えいせいきどう》上に設備を展開できれば、それこそ矢文を警戒する必要もなく広範囲に給電できるのだが。具体的には、高度四百㎞は欲しい。宇宙空間に進出できれば、ラグランジュ・ポイントなどに光発電施設を設置できるようにもなる。

「ま、そこまで行くとまだまだ夢物語だけどね……」

宇宙進出には、クリアすべき問題点が山積みである。差し当たっては、ロケットの打ち上げプラットフォームを海上に建設しなければならないだろう。つまり、大量のコンクリートと鉄が必要だ。その後、ロケットの開発とロケット燃料の生産。できれば宇宙往還機が欲しい。そのあたりが安定してきたら、軌道エレベーターか、あるいはマスドライバーを建設したい。

「司令《マム》。まずは第二要塞の建設と周囲の採鉱です。そちらの技術ツリーは、おいおい」

「……そうね」

技術ツリーをスクロールさせつつ脇道に逸《そ》れた彼女を、リンゴは優しく軌道修正した。今確認してほしいのは、第二要塞関連とマイクロ波給電システムなのだ。

「……そうね、当面はレベルアップを目指すしかないわね。とりあえず、資源の大量確保ね」

そうしてマイクロ波給電システムの初期起動テストが完了し、三日後。

イブとリンゴは、司令室で空中ディスプレイを眺めていた。

「電磁加速砲《レールガン》の稼働試験を開始します」

「オッケー。私の合図は別に待たなくてもいいから、適当にやっちゃって」

「はい《イエス》、司令《マム》」

マイクロ波給電システムは、概《おおむ》ね正常に動作していた。距離が離れるにつれて収束が甘くなる問題はあるが、これは送信機の改良により解消できる。尤《もっと》も、空間的干渉性《コヒーレンス》を使用する方式に変更すれば使われなくなるのだが。

「十八番艦《ロミオ》、蓄電器《キャパシター》回路開放。充電を開始します。受電量、上昇。船内負荷は想定範囲内」

レールガンの発射には、膨大《ぼうだい》な電力が必要となる。そのため、一度キャパシターに電力を充電し、発射時に開放することで必要電力を賄うのだ。性能的にはキャパシターを介さずに撃てるだけの電力供給は可能だが、そうするとレールガンを使用しないときに過剰《かじょう》供給となるため、キャパシターへの充電による運用は必須である。

「キャパシター電圧、規定に到達。レールガン、発射」

瞬間、船首に搭載されたレールガンの砲身から、閃光《せんこう》が迸《ほとばし》る。同時に発生した水蒸気が、発砲煙のように砲口から噴出した。

「初弾発砲、成功しました」

「おー」

「砲弾初速、約四千五百m／s。想定通りの結果です」

ちなみに、発射した砲弾重量は二十kg。砲弾の運動エネルギーは二百MJ《メガジュール》を超える。参考までに、百五十㎜滑腔砲の装弾筒付徹甲弾《APDS》は初速二千m／s、砲弾重量が六十kgであるため、運動エネルギーは百二十MJ。この時点で、その威力は約一・七倍だ。

滑腔砲は原理上これ以上の増速は不可能だが、試作レールガンの最大初速は八千m／sを想

定している。その場合、運動エネルギーは六百四十ＭＪに達する。そして、砲身と砲弾を改良し、砲弾重量を増やすことができれば、それはそのまま運動エネルギーへ転換されるのだ。

「砲身交換を実施します」

ただ、レールガンはその性質上、発砲のたびに砲身となる金属レール表面がプラズマ化し、徐々に削られていく。そのため、一定回数の砲撃後はレールを交換する必要がある。滑腔砲に比べ、砲身寿命は遥《はる》かに短い。また発砲時の発熱量も非常に多いため、冷却も必要だ。金属は高温下では電気抵抗が増加するため、冷却せずに発砲することができない。

「交換した砲身は、精密検査に回します。砲身交換完了。キャリブレーション開始。次弾装塡《そうてん》を行います。キャパシター充電中」

取り外された砲身が、新品と交換される。汎用工作機械《プリンター》により分子単位で制御されて製造された砲身は、マイクロメートルオーダーの精密さで接合された。キャリブレーションが行われるものの、特に調整は不要。海面は凪《な》いでおり、僅かな揺れは優秀な制振装置が吸収する。戦闘機動中ならまだしも、平時にリンゴ謹製《きんせい》機械の接続《ジョイント》で問題が発生するはずもない。

「充電完了。二発目を発射。成功。次弾装塡。キャパシター充電開始。連続発射テストを開始」

五発の連続発射試験を実施。その後、送電力を増加させつつ、連射機能の試験を続けていく。

「砲身過熱、安全装置が作動しました。発射速度は毎分二十発、連射回数は十三発」

〈 五百八十二日目　地下を調査する 〉

「やっぱり、冷却装置が問題かしら？」

「はい《イエス》、司令《マム》。ただ、発熱と冷却のギャップが大きすぎると、砲身が変形する恐れがありますので、この辺りが限界でしょう」

回収した砲身は精密検査に回し、状態の調査を行う。砲身の消耗量《しょうもうりょう》が想定内か、歪みや亀《き》裂《れつ》が入っていないか、電流が適切に流れているかなど、シミュレーションで発見しきれなかった問題がないかを徹底的に調査する。超越演算器《スーパーコンピューター》【ザ・コア】は非常に優秀な計算機だが、物理特性を正確にシミュレーションするには、正確なモデルを構築する必要がある。正確なモデルの作成には物理世界の精密な観測が必要であり、精密な観測のためには高精度のセンサーが必要だ。この辺りを突き詰めると堂々巡りに陥《おちい》るため、リンゴの使用する演算モデルは（あくまでリンゴの基準で）そこそこのものが使用されている。実物とシミュレーションとの差異を確認し、許容範囲内であれば更に試作を重ねる。問題があれば、モデルの再設計を行う。

「砲身過熱に問題があるなら、多砲身化するしかないかしらね」

「はい《イエス》、司令《マム》。八砲身で毎分六十発程度に抑えれば寿命は格段に伸ばせます」

「レールガンで毎分六十発なら、投射エネルギー的には十分よねえ……」

初速八千ｍ／ｓ、六百四十ＭＪの砲弾が一秒に一回降り注ぐと考えると、狙われるほうはたまったものではないだろう。計算上、この威力であればあのレイン・クロインの皮膚も容易《たやす》く貫く。謎の障壁を突破できるかは分からないが、特性は判明しており、攻略は可能だ。

「レイン・クロイン並みの魔物が襲来しても、ひとまずは安心できるわね」

「はい《イエス》、司令《マム》。マイクロ波給電システムの範囲内であれば、確実に防衛できます。また、ザ・ツリーにも大型の多段電磁投射砲《コイルキャノン》を建造中です。これが稼働すれば、当面は安泰《あんたい》です」

「あー。あの。ムカデ砲ってやつね」

多段電磁投射砲《コイルキャノン》は、接触レールを使わずにコイル内の電磁場を利用して砲弾を射出する兵器だ。レールガンと異なり、砲身がプラズマ化して削れていくような問題は発生しない。ただし、レールガンに比べてエネルギー効率が悪く初速に劣るため、コイルを複数並べて同期させることで、初速を確保している。電磁コイルを完璧に制御すれば、凄まじい初速を得ることができるだろう。超電導コイルを使用すれば、発熱による抵抗増大の問題も緩和できる。

その代わり砲塔《ほうとう》が大型化するため、駆逐艦サイズでは搭載できないのだが。

「理論上、千㎞先にも砲弾を届けることが可能です。制御可能《スマート》な砲弾を開発すれば、超長距離《アウトレンジ》から一方的に攻撃することができるでしょう」

「うーん、ロマンね。こんなものを実戦で使う場面は想像できないけど、まあ……開発さえしていれば、汎用工作機械《プリンター》で増産できるしねぇ……」

「はい《イエス》、司令《マム》。マスドライバー建造にも応用できますので、開発は続けましょう」

ザ・ツリーは、現在大増産体制に入っている。マイクロ波給電システムの給電網に使用するための大型ドローン、要塞建設用の各種素材、機材。一番級《アルファ》の改修、次世代艦の試作。新要塞は陸上のため、防衛用機械の準備も必要だ。幸《さいわ》い、近辺に敵性勢力は確認されていないため、防衛力はさほど求められない。野生動物の侵入防止が主なミッションになるだろう。

ただ、レイン・クロインや地虫《ワーム》という前例があるため、油断もできないのだが。魔物に関する話は、テレク港街で集めている。ただ、周辺環境の生物相が薄く、あまり有効な情報が集まっていない。ひとまず、凶暴な牛のような魔物や、それを捕食する狼《おおかみ》のような魔物がいるらしい、というのは聞き出すことができた。それらも、滅多に見ることはないとのことだが。そしてそういった魔物は、空から見る限りは要塞用地周辺には観測されていない。植生もほぼなく、大型生物が生きていけない環境だからだろう。

「最初の頃に危惧《きぐ》したような、魔法文明との衝突も、しばらくはなさそうねぇ」

「はい《イエス》、司令《マム》。少なくとも、現在の掌握地域にとどまる限り、紛争はないでしょう。ただ、これから活動範囲を広げていくことになります。そうなると……」

「……いずれはどこかの勢力にぶつかる、か。うーん、あの油田《ゆでん》を獲《と》るとなると、どうしても対国家を考えないといけない。そうなると、戦力増強から取り掛かる必要があるかしらね」

「目も必要です。浸透型のボット群もですが、人形機械《コミュニケーター》による偵察《ていさつ》も必要でしょう」

「んー。その辺は、新要塞に拠点《きょてん》を作りましょう。専用のＡＩを設置してもいいけど」

「はい《イエス》、司令《マム》。検討します」

第二要塞は、現在基礎工事の真っ最中である。主要な地上部を支えるため、地下深くまで柱状構造物を埋め込むのだ。その深さは、五十ｍに及ぶ。比較的脆《もろ》い組成の溶岩石が地上を覆っているため、地下四十～五十ｍに存在する岩盤層まで支柱を造る必要があったのだ。現在、掘削して高強度コンクリートを流し込んでいるところである。想定以上の深さが必要となったため、ザ・ツリーが保管していたセメントでは、基礎工事を行うところまでしかできそうにない。ただ、ボーリング調査の結果、周辺の地下から石灰岩が発見された。これを採掘することで、建設用のセメントは現地調達可能と判明した。そのため、現在は基礎工事と並行して採掘設備も建造している。

ちなみに、コンクリート基礎となると通常は鉄筋を使用するのだが、現在鉄材不足のため、カーボンナノチューブ繊維を使用している。本来、鉄筋とカーボンナノチューブではコスト差が天と地ほどもあるが、鉄がない現状では選択肢がなかった。とはいえ、カーボンナノチューブによる補強効果で、使用コンクリート量を減らすことができたのは不幸中の幸いだろう。

「カーボンナノチューブを骨材として使用するため、専用の機材を開発する必要がありました。ただ、今後も利用できるので無駄にはなりません」

リンゴ曰《いわ》く、鉄筋であれば汎用《はんよう》の工作機械を流用できたが、カーボンナノチューブにはどうやっても対応できなかったため、専用のコンクリート打設機を設計したらしい。その装置は、

〈 五百八十二日目　地下を調査する 〉

掘削した縦穴の底で、供給される原料を飲み込みながらせっせと基礎杭《きそくい》を立ち上げているところだ。コンクリートにはカーボンナノチューブ短繊維が混ぜ込まれており、色はほぼ黒だ。

また、基礎工事と並行し、周囲の地質調査のためのボーリングも行っている。ひとまず石灰岩の分布は確認できたため、その他の資源がないかと掘り返しているのだ。その結果、数㎞ほど内陸に入ったあたりで大規模な溶岩性の鉱床を発見。残念ながら鉄の含有量はさほど多くないが、ニッケル、銅、クロム、白金などの金属資源を確保することができそう、との調査結果だ。窪地《くぼち》に溶岩溜まりが発生し、底部に金属資源が沈殿したものと考えられる。周囲の溶岩石の組成には酸化鉄などの鉄成分も含まれていたため、近くに鉄鉱床がある可能性が高い。

鉄は（他の金属元素と比べて）比較的軽いため、上層部で析出後、地層の変動圧力により別の場所へ流れていると考えられる。現在、発見した鉱床の周辺の調査を継続している。

溶岩石を大規模に掘削し、主成分である二酸化ケイ素《シリカ》を取り除いてその他の元素を収集することが可能な、元素集積装置についても検討を行った。処理量から考えるとかなり大規模な施設を建造する必要があるが、その辺りに転がっている石を投げ込めば、アルミ、カルシウム、鉄、マグネシウム、チタンなどの有用元素を取り出せる。同時に大量のシリカも発生するが、それは固化して元の場所に戻せば廃棄物の問題もないだろう。ただし、この処理には大量のエネルギーを必要とする。

「この元素集積装置は是非とも導入したいけど、そのためには大量の建設資材を消費して大型施設とエネルギー炉を増設する必要がある……と。……げ、必要資源が第二要塞以上じゃない」

「はい《イエス》、司令《マム》。それでも最低限の処理量ですので、規模は少なくともこの五倍を推奨します。第二要塞、七基分に相当します」

「……途轍《とてつ》もないわね」

検討した結果、時期尚早と判断した。それよりも、海底プラットフォームを優先したい。少なくとも、海底では酸化鉄鉱床が発見できているのだ。深度は千ｍよりも下だが。

「お姉ちゃん。いつ掘れるようになる？」

現在、発見した鉱脈を採掘するための大型掘削装置を建造中である。比較的浅い位置で鉱床が発見されたため、手っ取り早く露天掘りを行うのだ。鉱脈を爆破して砕いた後、巨大な回転バケットで一気に掘り進める。近くに精錬設備を建造し、各種金属のインゴット化までを行う。製造したインゴットは第二要塞内の汎用工作機械《プリンター》で消費するか、ザ・ツリーへ運搬して使用する。これら一連の設備が稼働を始めれば、ザ・ツリーの資源収支は一気に改善するだろう。

「お姉ちゃん、これ、動き出したら、作りたいものがいっぱいあるの……」

「あら、そうなの？　ふふ、じゃあ作りたいもののリストを書きましょうか」

状況確認中のイブに、オリーブがうまくおねだりを成功させた。ものづくり狂の気のあるオリーブは滅多に我儘《わがまま》も言わないため、こういう態度を取られるとイブは簡単に落ちるのだ。

主要建設資材となるセメントは、周辺の石灰岩鉱脈から採取する。鉱脈は溶岩層の下に存在するため、現在、小型のシールドマシンが坑道を掘り進んでいた。鉱脈に到達後はベルトコンベアを敷設《ふせつ》し、連続的に鉱石を運び出す。セメントは、製造後に骨材、性質調整剤と混ぜ合わされ、生コンクリートとして建設現場へ運ばれる。基本的に一度に大量に必要となるため、大型の攪拌《かくはん》装置付き輸送車両も同時に準備が必要だ。これらの建設機械類を多脚にするメリットは特になかったため、移動手段は車輪としたのだが、イブからは非常に不評であった。

リンゴは黙殺した。

◇◇◇◇

テレク港街。

情報断絶の著しいアフラーシア連合公国内では誰も気付いていないが、現在、国内で最も活気のある都市である。ザ・ツリーの統括ＡＩからは「町」として分類されているものの、それでもアフラーシア連合公国の中では上から数えたほうが早い程度に人口の多い都市だ。そもそも、連合公国自体衰退し切って酷《ひど》い有様という事実には目をつぶる必要があるが。

「ようやく持ち直してきたか……」

雇用促進も兼ねて新たに建設した屋敷の執務室から街を眺めつつ、テレク港街の最高権力者は呟いた。眼下に広がるのは、人々の行き交う大通りと、その先に広がる海原《うなばら》。港から一直線に大通りが走り、その終点に五階建ての巨大な屋敷が建設された。元々の建設技術では三階建て以上の建物を作るのは難しかったのだが、【パライゾ】の全面協力の下、五階建てという画期的な高さの屋敷を建設することができたのだ。

パライゾの、あの白く美しい帆船の姿を、クーラヴィア・テレクは思い出す。既《すで》に一年以上前の事だが、まるで昨日のことのようにそれは脳裏に浮かび上がった。内戦により疲弊《ひへい》した国内、滞《とどこお》る物資輸送。蓄えは日に日に減少し、破綻は目前。国外に亡命するしかないと本気で検討していたほど、状況は詰んでいた。それをひっくり返したのが、パライゾの交易船だった。

真っ白に磨き上げられた船体に、印象的な金色の所属旗《アイコン》が翻っていた。理屈は分からないが、煙を吐きながら外輪を回して波をかき分けるその姿を、彼は一生忘れないだろう。

彼女らは、テレク港街へ多くのものをもたらした。

クーラヴィア・テレクはそれが経済的侵略であると気付いていたが、妨害しようとも思っていない。進退窮《きわ》まっていたというのも勿論《もちろん》あるのだが、何より、パライゾの彼女達は真摯に向き合ってくれたのだ。こちらの窮状《きゅうじょう》を把握《はあく》しつつ、しかし足元を見ることなく貿易を続けてくれた。手を差し伸べられたが、同時に対価も要求された。無償の施《ほどこ》しよりも、取引のほうが頼りやすい、と理解していたのだ。常に選択肢を示し、こちらの意見を尊重してくれた。

「祭りをしてもいいかもしれないな……」

そんな事を考える。例えば、【パライゾ】来港記念祭。およそ半年先ではあるが、彼女達が来港してから二年だ。住民達は、誰も反対しないだろう。本人達がどういう反応を示すかは予想できないが、これまでの付き合いから、無下《むげ》に断ることもないだろう。

「建国祭も、収穫祭も、新年祭も何もできていなかったからな……」

今までは、祭りなどしている余裕がなかった。しかし今、この街は活気が戻ってきているし、鉄の町も安定してきた。両者の交流も増えており、荷馬車に便乗すれば簡単に往復できる。テレク港街、鉄の町、同時にパライゾ来港記念祭を開催する。いいのではないだろうか。我々は生き延びた。これから、また更に発展していくだろう。それを、住民達に共有するのだ。対外的な発信ルートはできないが、当面、外と交渉する予定もない。

「まずは何人かに確認して……あとは、パライゾの嬢ちゃん達にも聞いておくか」

さすがに、主役が不在というのは盛り上がりに欠ける。是非とも、彼女達に参加してもらわなければならない。何なら、パレードでもしてはどうだろうか。彼女達の人気は非常に高い。大いに盛り上がるだろう。

「祭り、とは」

その話を切り出すと、珍しく、あるいは初めて、彼女の驚く顔を見ることができた。

「ああ。あんたらのお陰で、この街は活気に沸いている。あんたらが最初に来た時と、今。別の街かと思うくらい、明るく華やかになった」

ちょうどツヴァイの率いる船団が入港したため、クーラヴィア・テレクはパライゾ来港記念祭について切り出した。その結果が、目の前の彼女の表情である。最初の時よりも、随分と感情表現が豊かになった。恐らく、常に冷静沈着に見える彼女でも、緊張していたということなのだろう。まるで天使像のような怜悧《れいり》な彼女も素晴らしかったが、少し力の抜けたような、今の彼女も非常に魅力的ではあった。ただ、クーラヴィア・テレクも妻子のいる身であるし、そもそも少女性愛趣味ではないため、彼女とどうこうと考えているわけではないのだが。

「…………」

しばし、人形機械《ツヴァイ》は沈黙する。

この間に『町ぐるみで開催される祭りとは何か』という情報をリンゴに問い合わせているとは露知らず、珍しく固まってしまった彼女の姿を商会長は堪能《たんのう》した。ちなみに、最初期から使用している人形機械《コミユニケーター》にもある程度の判断能力が備わって来たため、リンゴも適当に操作するようになっている。何だったら、操作せずに自律動作で放置している。その際、言動で隙を見せることが多く、意図せず彼女達の人気を押し上げる結果となっていた。ギャップ萌《も》えというのは、いつの時代にも一定の需要があるのだ（と、リンゴは理解している）。

「……そう。悪くないのでは。士気高揚という面でも、ちょうどよいタイミングと考える。それが、我々の来港を記念するもの、というのは……面映《おもはゆ》い、ものがあるが」

普段使わない言葉を検索したため若干のタイムラグが発生したが、クーラヴィア・テレクは、彼女が照れているものと好意的に解釈した。

面白くなってきたため、リンゴは静観している。

「大一番で、パレードなんかもできればいい。是非、あんたらにも参加してほしいんだがね」

「なるほど」

ツヴァイの搭載する頭脳装置《ブレイン・ユニット》は、ザ・ツリーのライブラリから祭りやパレードに関する情報を引っ張り出し、もたらされる効果について演算を行っていた。リンゴにも問い合わせを行ったが、好意的な、あるいは穏やかな感情値のみが返信されただけで全く役に立たなかった。感情らしい感情を感じるだけの下地のない頭脳装置《ブレイン・ユニット》は、上位知性《リンゴ》の支援のないまま、愚直に演算を繰り返す。

「パレードへの参加については、何か問題がない限りは了承する。詳細については？」

「ああ。嬢ちゃん達が参加してくれるっていうなら、これから本格的に検討するさ。色々と報告なり相談なり、都度させてもらおう」

「了解した。……祭りについては、楽しみにしておく」

定形応答リストから無難な回答を選択し、ツヴァイは祭りについての問答を終了させる。

「ま、楽しい話はこれくらいにしてだ」

場は温まっただろう、とクーラヴィア・テレクは判断し、本題に移ることにした。

「以前少し話があった、東門都市《East gate city》についてだ。ツヴァイさんは聞いているか？」

「把握している。こちらから要請したことでもある」

東門都市《East gate city》への経路確認や、人員の派遣についてだ。周辺情勢の調査や、道中の安全性の問題。このあたりの情報が、ようやく出揃《でそろ》ったのだ。

「ならば話は早い。ひとまず、道中の安全性についてはある程度目処が立った。まあ、荒れ過ぎて人が居なくなったらしい、というのが正確なところだがな」

そうして、テレク港街をまとめる商会長は、自身の知るところを語り始めた。

現在、アフラーシア連合公国の南方地域は、治安的にはかなり安定してきている。ただし、それは内戦に決着がついたというわけではなく、度重なる戦乱、略奪、野盗の跋扈《ばっこ》により小さな村や町が軒並み放棄された結果だ。人が居なくなれば、野盗、盗賊団も姿を消す。その後は、荒廃まっしぐらだ。最後に仕入れた情報によると、東門都市《East gate city》に近い五連湖周辺、またそれより北側の都市に人が集まり、治安が悪化しているらしい。それでも、有力氏族の治める土地のため、なんとか文明を維持できているとのこと。ただ、危ないのは間違いないため、なるべく近寄らずに東門都市《East gate city》へ向かうルートが良いようだ。

「嬢ちゃん達の馬車、あれが使えれば、移動は格段に楽になるだろう」

道は当然整備されていないが、曲がりなりにも馬車を通すためのものだ。パライゾが提供する馬車を使えば、踏破可能と考えられる。なにせ、車軸も車輪も鋼鉄製なのだ。サスペンションという機構もあり、悪路でも十分に走れるだろう。

「了解した。森の国《レブレスタ》とコンタクトを行いたいというのもある。必要な物資は提供する」

「……今更聞くことでもないかもしれないが。森の国《レブレスタ》は、何かあるのか？」

「それについては」

ツヴァイは情報を開示できないと返答しようとし、その瞬間、上位知性《リンゴ》が操作権を取得した。

「可能であれば、彼《か》の国と接触したい。できれば、交易を」

◇◇◇◇

東門都市《East gate city》への使節団の出発式は、盛大に行われた。数年ぶりとなる他の街への使節という事もあるが、そこにパライゾの随行員が加わっているため、かつてない盛り上がりを見せていた。

テレク港街の門前は、黒山の人だかりである。

使節団の代表は、総会議員の一人、アグリテンド・ルヴァニア。その他、随行員が九名。全十名が馬車と馬に分乗し、手を振りながら門をくぐる。

その後ろに続くのは、護衛機である多脚戦車二機、そして多脚地上母機一機。多脚戦車は全長十m、地上母機に至っては全長二十五mもの巨大機械だ。六本の巨大な脚を静かに動かしながら進む姿は、見る者にこれ以上ないほどの畏《おそ》れと、同時に安心感を与えていた。重厚ながら滑らかな動作、余計な騒音も立てず、前脚で掲《かか》げられた巨大な棍棒《こんぼう》は小揺るぎもしない。実際に戦闘で使用するのは背中の主砲になるのだが、この幻想《ファンタジー》世界の住人達には、分かりやすい巨大な武器のほうが受けが良いのだ。

「人形機械《コミユニケーター》は、間接操作になるのかしら？」

「はい、司令《イエスマム》。多脚地上母機に戦略ＡＩを搭載していますので、直接操作はそちらから行います。重要な場面は基本的に私が指示を出すか、または直接操作します」

そしてこの使節団に同行するのは、三体の人形機械《コミユニケーター》だ。現在は、地上母機の上部ハッチから上半身を出し、周囲の群衆に向けて手を振っている。

「燃料補給を考えずに戦闘機械を運用できるっていうのは、いいわねえ。新型だっけ？」

「はい、司令《イエスマム》。空間的干渉性《コヒーレンス》を利用したマイクロ波給電システムが間に合いました。オリーブが完璧に仕上げてくれました」

「おお。よしよし、オリーブ、よくやったわねぇ」

「……うん。えへへぇ」

イブは隣に座らせたオリーブの頭を、これでもかというほど撫で回した。

第二要塞【ブラックアイアン】に最優先で建設したマイクロ波給電設備は、何の問題もなく稼働中である。同時に展開しているマイクロ波中継ドローンは、高度二十五㎞付近でその機能を遺憾《いかん》なく発揮していた。地上に分散配備された送出アンテナから、複数の中継ドローンにマイクロ波が送信される。中継ドローンは受け取ったマイクロ波を再変換し、任意の地点へ照射する。基本は直接照準だが、障害物がある場合はそれを避ける経路を選択する。空間的な開口部があれば、電磁波の反射と回折まで計算してマイクロ波を届けるのだ。複数の送出点からピンポイントで照射すると共に、波の重ね合わせの原理を用いて任意の点にエネルギーピークを発生させる。送出点を分散させることで各照射マイクロ波の出力を抑え、かつ周囲環境への影響を最小限にする。ロスも相応に多いが、照射経路を加熱するわけにもいかないため、仕方ない。

　イブは、空中ディスプレイにアフラーシア連合公国の探査済みマップを表示させた。この地図は、既にテレク港街へ公開済みである。最初に地図を見せられたクーラヴィア・テレク商会長は顔をひきつらせていたが、まあ、それは些細《ささい》な問題だろう。

「直線距離で六百四十㎞。街道の長さはおよそ千二百㎞。馬車の速度を六㎞／hと仮定すると？」

「はい《イエス》、司令《マム》。二十～三十日程度の道中になると推測します。街道舗装《ほそう》面の悪さは、多脚戦車によって多少の修繕が可能です。最悪、馬車を引っ張ることも可能です」

　使節団の準備は、何をどこまで提供するかに非常に気を使った。全てをザ・ツリーで用意してしまうと、使節団はパライゾ代表となり、テレク港街はその地位を著《いちじる》しく下げることになる。しかし、テレク港街側に任せると、技術水準が低すぎて酷く危険な道中となるだろう。

　色々と検討した結果、最終的に馬車と護衛を提供する、ということに落ち着いたのだ。

　テレク港街の使節団が乗り込むのは、ザ・ツリーが製造した六輪馬車である。シャーシは組成調整した中空鋼鉄製で、モノコック構造で設計したものを汎用工作機械《プリンター》で出力したものだ。六輪には独立懸架式のサスペンションを組み込み、車軸にベアリングを使用することで滑らかな走り心地《ごこち》を実現している。車輪はエアレスタイヤを使用。特殊構造のスポークを組み合わせることで、タイヤの硬さから幅まで自由に調整できるようになっている。地面がぬかるんでいても、タイヤ幅を広くすることで踏破しやすくできるのだ。

本来、長距離の使節団であればキャラバンを組んで動く必要があるのだが、各種の荷物は多脚地上母機に積み込み、護衛も多脚戦車に行わせることで人数を最低限に抑えることができた。

そういう意味では、代表二人だけでも可能ではあるのだが、体面もあるため、代表二人、世話係二人、御者二人、護衛四人という組み合わせとなっている。御者は交代で、午前中三時間、午後三時間を移動に費やす。世話係は、馬の世話や食事、寝床の準備。護衛は四人、二人が馬に乗り二人は馬車で休む。代表二人は特に仕事はないが、何もせずにただ座っているわけにもいかないため、御者の話し相手になったり、一緒に食事の準備をしたりとやることはあった。

一ヶ月近い旅路になる。暇を持て余すのが、一番辛《つら》いだろう。

人形機械《コミユニケーター》は、やることがないときは居眠り《スリープ》しているため、特に問題ない。一応、食事時はコミュニケーションを取る予定だ。

▽六百三十六日目　フララタ都市と交渉する

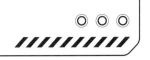

「まあ、分かってはいたけど、退屈な道中よねぇ……」

「はい、司令《イエス・マム》。脅威《きょうい》となる肉食動物もほとんどいませんし、野盗の類《たぐい》も全滅しています。北側の町に近付けば、相応に危険は増すでしょうが、何か起こる確率はかなり低い状態です」

「そうね。何かあったら教えて頂戴。私は、そう、忙しいの！」

「はい、司令《イエス・マム》。応援しています」

彼女は、今、以前棚上げした荷電粒子砲搭載《とうさい》艦の再設計を行っていた。マイクロ波給電システムの実現により、エネルギー問題が解決したような気がしたからだ。

が、現実は甘くない。

荷電粒子砲を稼働《かどう》させるためのエネルギーの送信をシミュレートしたのだが、送電量に耐えきれずに受電設備が溶解するという結果になったのだ。受電電力の変換効率が悪いのだ。レールガン程度であれば無視できるレベルなのだが。

そんなわけで、彼女は受電設備をどうにかできないかと試行錯誤しているのである。リンゴに頼めばなんとかしてくれるのだろうが、単なる趣味のため、渡すつもりはない。

ちなみに大気圏内で荷電粒子砲をぶっ放《ぱな》すとどうなるかは、まだシミュレーションしていない。が、あまり楽しい結果にはならないのではないか、とリンゴは想定していた。わざわざ警告するような野暮なことは行わないが。趣味だし。


使節団の出発後、およそ二週間。道中、特に何の問題もなく一行は進んでいた。

「使節団はフラタラ都市に到着したのね。どんな状況？」

「はい《イエス》、司令《マム》。ボット群を放ちましたので、一両日中には詳細を報告いたします。先触れに、使者一名と人形機械《コミユニケーター》が派遣されています。現在、領主館へ通されました。話し合いは……順調、でしょうか。恐らく、二日程度フラタラ都市へ滞在することになるでしょう」

戦略マップには、フラタラ都市に黄色のアイコン（デフォルメされた狐娘《きつねむすめ》）が表示されている。黄色は、「判定中」の意味だ。青になれば味方勢力内判定、赤になれば敵対勢力内判定。緑が自拠点《じきょてん》内判定となる。本来、もっとたくさんのユニットを行き交わせ、各勢力の全体把握《はあく》を行う機能なのだが、現在は四箇所のみのため、寂しいものだ。

「逗留《とうりゆう》のための貢物《みつぎもの》などは、積んできた交易品から出すことになるでしょう」

「貢物がいるの？」

「はい《イエス》、司令《マム》。相手は領主です。こちらは正式な使節団とはいえ、単なる通りすがりですし、使節団の代表も家名持ちとはいえ権力はありません。波風を立てないための方便ですね」

「……。うーん……やっぱり人付き合いって面倒ねぇ……」

引きこもりがそうのたまった。

「はい《イエス》、司令《マム》。その辺りの交渉《こうしょう》はお任せください」

と、そんな会話を続けていると。

フラタラ都市にある狐娘アイコンが、赤くなった。

「……ちょっと!?　リンゴ!?」

「申し訳ありません」

「このような状況で、よく来てくれた」

フラタラ都市領主、ラダエリ・フラタラは、入室した三名を立ち上がって迎え入れた。

使節団代表、アグリテンド・ルヴァニア。

パライゾ代表、ドライツィヒ＝リンゴ。

護衛長、レオン・デグラート。

ただ、ドライツィヒは人目を避けるため、フードを目深《まぶか》に被ったままだった。入室し、余人の目線がなくなったことを確認すると、さらりとフードを取り払う。

彼女の容姿を見たラダエリ・フラタラは、大きく目を見開いた。

現れたのは、絹糸のような美しい銀髪と、一対の大きな狐耳。そして、見る者を魅了する金色の瞳、白磁のように滑らかな白い肌。

「…………」

時が止まったような沈黙が、貴賓室《きひんしつ》に舞い降りる。それは、予想もしない状況で叩《たた》きつけられた、圧倒的な美。造形の極致。

ラダエリ・フラタラが、ゆっくりと息を吐いた。

「……ようこそ、我が街へ。久し振りだな、ルヴァニア殿」

「お久しぶりでございます、フラタラ様」

ラダエリ・フラタラと、アグリテンド・ルヴァニアが握手《あくしゅ》を交わす。常ならばこのまま世間話を交わすのだが、彼らの他に第三者がおり、そしてラダエリ・フラタラには余裕がなかった。

「して、彼女は」

「ええ、ご紹介しましょう。こちらは、現在我々と取引をしております、【パライゾ】代表のドライツィヒ＝リンゴ様です」

紹介されたドライツィヒは頷《うなず》き、領主との挨拶のため、彼に一歩近付いた。

「パライゾ代表、ドライツィヒ＝リンゴ」

「……フラタラ都市が領主、ラダエリ・フラタラである」

そして、二人はそのまま握手を交わす、という場面。しかし、そうはならなかった。

ラダエリ・フラタラが、片手を軽く上げる。まるで、何かの合図かのように。

ピィ、と笛の音が鳴る。

その直後、貴賓室に領兵がなだれ込んだ。

◇◇◇◇

フラタラ都市。

五連湖の北東に位置し、北に小麦の丘都市《Wheat hill city》、西に西門都市《West gate city》、東に東門都市《East gate city》、南に鉄の町およびテレク港街《こうがい》へ続く街道が接続された、交易拠点都市である。生産産業の従事者が少なく、宿屋や食堂、市場、倉庫、物流関連の商売人が多く暮らしている、という特徴がある。そのため、食糧は他の都市からの輸入に頼っており、自給率は三割程度。流通が途絶えるとほとんどの市民が餓死《がし》するだろう、交易に全振りした街だ。

平時は非常に活気があったフラタラ都市だが、長引く内戦により、苦境に立たされていた。

内線の初期は、まだ商隊は動いていた。敵対する領地同士は直接行き来しない、などの暗黙のルールがいくつかあったものの、それでも流通は国の血液だ。そのため、少なくとも数年は、それまでと変わらず商隊が動き回っていたのだ。しかし、内戦の長期化に伴い、行き交う商隊は数を減らしていった。

　理由はいくつかあるが、最も大きなものは、権力者による強制徴収だった。出兵続きで切羽詰まった領主が、商隊の荷物を徴収したのである。当然対価は支払われず、中には抵抗《ていこう》を理由に捕らえられ、さらに処刑まで行われることもあった。当然、そんな横暴な領地に商人は寄り付かなくなる。そうすると物流が滞《とどこお》り、進退窮《きわ》まり略奪を始める領主も出てきた。戦火が広がり、兵士以外にも被害が出始める。さらに、飢《う》えた兵士が野盗化する状況となり、商人も含め住人達は安全な地を目指して逃げ出していった。

　そんな状況がアフラーシア連合公国の全土で頻発し、商隊は解散し、商人の姿も消える。やがて、公国内の各領地は孤立することになった。兵に余裕があれば、武装商隊として何とかやりとりも継続できた。だが、長続きはしない。運用コストがあまりにも高く、蓄えを食いつぶしながらの延命措置にしかならなかったのだ。ある程度自給できる都市ならばまだしも、フラタラ都市のような交易拠点では致命的だった。

　それでも、フラタラ都市はまだましだった。なんとか往復できる距離に、食糧の一大産出都市である小麦の丘都市《Wheat hill city》が存在したからだ。蓄えた財貨と引き換えに、フラタラ都市は食糧の輸入を続け。そして、一年が過ぎ、二年が過ぎ、ついに金品の蓄えも底が見えてきた。

　当然である。本来、様々な交易品をやりとりすることで財貨を稼いでいた都市なのだ。それがただただ消費するだけの状態になれば、いつかは全ての財産を失うことになる。

それでも、領主であるラダエリ・フラタラは足掻《あが》いていた。

畑を開墾《かいこん》し、作物を育てる。

狩りを推奨し、食肉を確保する。

五連湖に船を出し、漁を行う。

ジリ貧の情勢で、なんとか食料を確保しようと様々な施策を行うが、焼け石に水。何をするにも、資金も時間も何もかもが足りていなかった。

小麦の丘都市《Wheat hill city》が、食料供給を対価に統治権を要求してきた。

西門都市《West gate city》が、隣国【麦の国】からの援助の提案をしてきた。

こちらの足元を見るそれらの干渉に、ラダエリ・フラタラは選択を強いられる。

他の領主の傘下となり、全ての地位と財産を奪われるか。それとも、売国奴となり外患を誘致するか。どちらを選んでも、フラタラ都市にとって茨《いばら》の道となるだろう。

そんな究極の状況で、その使者はやってきた。


「テレク港街、だと？」

最後の商隊が通り過ぎて、二年以上が経過していた。もうとっくの昔に滅んだと思っていた街から、見るからに上等な服装をした使者がやってきたのだ。耳目《じもく》を疑おうというものだ。

だが、確かにその使者は前回の商隊に同行していた護衛の一人であり、間違いなくテレク港街に所属する人員だった。それは、終わりの迫っていたフラタラ都市にもたらされた、最後の福音。彼らの扱い如何《いかん》により、今後の運命は大きく変わるだろう。

故《ゆえ》に、ラダエリ・フラタラは可能な限りその使節団をもてなすよう指示をした。テレク港街からもたらされた交易品は、国内では非常に重宝されていたのだ。それらをうまく捌《さば》くことができれば、フラタラ都市の復権も夢物語ではない。

手に入れた貴重な品を三公爵に献上するだけでも、相当の利益となるだろう。


アフラーシア連合公国は、おおよそ百年ほど前に成立した国だ。大本は、草木も育たぬ辺境に位置した三つの国。遊牧民のように荒野を彷徨《さまよ》いながら貧しい暮らしを送っていたが、やがて現在の首都付近に集まった有力者一族が協定を結び、紆余曲折《うよきょくせつ》の後、三首脳による合議制の議会が発足した。これが、アフラーシア連合公国の始まりである。

その後、数世代に渡って運営された議会は、徐々に権力争いの場に変わっていった。もともと農地も鉱山も乏しく、唯一馬の畜産で外貨を稼いでいたのだが、燃石と呼ばれる燃える石が発見されたことにより状況が大きく変わる。燃石は、木炭に代わる熱源として、諸外国から増産を熱望されたのだ。国土に多量に埋蔵されているらしい、と判明し、多くの援助や資金が流入する。だが、それも一時的な熱狂だった。燃石を採掘するのに、多大な労力が必要なことが判明したのだ。燃石は硬い岩盤の中に埋蔵されているのだが、衝撃を与えると高温を発するという特性のため、道具による採掘が非常に困難だったのである。

なんとか安定的に燃石を獲得できるのは、湧水池《ゆうすいち》の底だけだった。冷たい池や湖の底を浚《さら》い、水と一緒に噴出した燃石を拾い集めるのだ。地下水が岩盤を割り、水流に流された燃石が水底に溜《た》まっていたのである。

首都に隣接する湖は宝石の湖《ジュエルレイク》と呼ばれ大いに賑《にぎ》わったが、僅《わず》か数年で燃石は取り尽くされた。国内の他の比較的大きな湖も、ほぼ似たような状態だった。残ったのは、急激に拡大した街と人口、そして巨額の借款《しゃっかん》。外国からの援助は途絶え、現物による返済を求められるようになる。こうなると、ただでさえ健全とは言えない運営状態であった公国中央議会は、完全に機能を停止。諸外国による工作、権益《けんえき》の奪い合い、そして破壊工作。公国各地の領地は自領を守るために争い始め、僅かな燃石の産出地は戦場と化した。

内戦の勃発、諸外国はその隙を突いて暗躍。各地の対立を煽《あお》り、あわよくば燃石を獲得しようと状況を引っ掻き回し、複数の国家の好き勝手な思惑が交錯。その結果、アフラーシア連合公国の国力は急激に低下、泥沼の内戦に突入した。

ここまで情勢が悪化すると、逆に他国は手を出せなくなってしまう。金を渡しても物資が不足、物資を渡しても横流し。昨日の領主が今日には広場で公開処刑など日常茶飯事で、組織立った活動ができる勢力は軒並み消滅していったのだ。

公国内の治安は最悪の状況となり、各街を行き来していた商隊は消え、国の血液たる流通は完全に停止。自給可能な都市を除き、辺境の街から徐々に壊死《えし》していく。それが、現在のアフラーシア連合公国という国の状況だった。

故に。

「パライゾ代表、ドライツィヒ＝リンゴ」

その少女を認識したラダエリ・フラタラは、夢を見てしまったのだ。

死《し》に体《たい》のこの街で、この国で。

この【パライゾ】という新しい販路を。何より、この見目麗《みめうるわ》しい、そして希少な種族の少女を商品として扱うことで、再び国内最大の交易都市という地位に返り咲く夢を。

◇◇◇◇

「動くな。余計な抵抗はするな。外にも兵を待機させておる」

「……これは」

それは、予想しつつも状況想定から外していた事態だった。フラタラ都市そのものはそこまで治安は悪くなく、住人達はなんとか文明的な生活を保っていた。先触れの接触時の感触も悪くなく、実際に町に入場した時の扱いも悪くなかった。

使節団代表、アグリテンド・ルヴァニアは、驚愕《きょうがく》に目を見開く。

「大変申し訳ないが、ルヴァニア殿。我が街は、貴殿が考えているよりずっと追い詰められているのだよ。もう、後には引けぬ。そなたらの持つもの、全てを差し出してもらう」

「……さすがに、これは。フラタラ様、これは問題になりますよ」

「どうせ、何が起ころうと知る術《すべ》はなかろう。この情勢だ。使節団には全滅してもらうことにする。それに、そちらの少女は僥倖《ぎょうこう》だ。貢物としては最上級であろうよ」

アグリテンド・ルヴァニアの咄嗟《とっさ》の抗議を、ラダエリ・フラタラは鼻で笑った。兵の人数差は歴然。十分に訓練を積んだ熟練の領兵相手に、人数で劣る使節団が抵抗する術はない。

「敵対行為と判定する」

ドライツィヒは、リンゴに緊急事態《エマージエンシー》を宣言すると同時、自身に許される権限の中で最適と判断した行動を実行した。通常《アイドル》モードから戦闘《バトル》モードへ体内状態を変更。内蔵バッテリーや各種栄養素《エネルギー》を急速に消費しながら、思考能力・身体能力を跳ね上げる。

（二十番《ツヴァンツィヒ》、緊急事態《エマージェンシー》。二十七番《ズイブウントツヴァンツィヒ》、緊急事態《エマージェンシー》。多脚戦車一号機《ブラボー》、緊急事態《エマージェンシー》。多脚戦車二号機《チャーリー》、緊急事態《エマージェンシー》。多脚地上母機《アルファ》、緊急事態《エマージェンシー》、二十八番《アハトウントツヴァンツィヒ》、起動要請《ウェイクアップ》）

（二十番《ツヴァンツィヒ》、受諾《Roger.》）

（二十七番《ズイブウントツヴァンツィヒ》、受諾《Roger.》）

（一号機《ブラボー》、戦闘起動《コンバット・レディ》）

（二号機《チャーリー》、戦闘起動《コンバット・レディ》）

（地上母機《アルファ》、戦闘起動《コンバット・レディ》。二十八番《アハトウントツヴァンツィヒ》、起動中《スタート》）

大きすぎて門から入れないため待機していた多脚戦車、および多脚母機に要求《オーダー》を飛ばす。スリープしていた各種機器装置に火が入ると同時、マイクロ波給電システムへ戦闘機動指令《コンバット・ブースト》が送信される。多脚母機搭載の戦略ＡＩが全機を掌握《しょうあく》、閉域戦術リンクを形成。

この間、僅かに〇・三秒。リンゴからの返答はあと数秒を要するが、それを悠長に待っている暇はなかった。アフラーシア連合公国の文明レベルであれば、そのまま戦闘行動を起こしても脅威はないと判定。

ドライツィヒが左手でコンバット・ナイフを、右手でハンドガンを引き抜いた。今、まさに剣を突きつけようとしている兵士に向け、ナイフを振るう。ハンドガンは、この町の領主へ。

「な」

ラダエリ・フラタラが何かを言おうと口を開くが、無視して引き金を引く。発砲と同時にナイフを剣身の横から叩き付け、青銅製のそれを叩き切る。更に踏み込み、ナイフを握ったままの拳《こぶし》を、兵士の喉《のど》に突き込んだ。

「があぁッ！」

銃弾が領主の左肩に食い込み、そして突き抜ける。悲鳴を上げる領主、殴られてのけぞる兵士。複数の事象が同時に発生し、部屋に踏み込んだフラタラ都市の領兵が混乱する。そんな中、使節団護衛長、レオン・デグラートは冷静に、腰に帯びた湾曲刀《カトラス》を抜き放った。彼女達の戦闘能力をある程度知っているが故、彼女《ドライツィヒ》が動き出した瞬間には彼も動いた。突き付けられた剣を斬り飛ばし、衝撃で体を泳がせる兵士を蹴り倒し、他の兵士の行動を妨害する。

その時点で、ドライツィヒに対し、リンゴから指令返答が行われた。

（対応指示《オーダー》、百二十六、四十五、四千八百、三千三百六十二、……）

完全同期操作《フルコントロール》ではない限り、送信情報を最低限に圧縮するため、指令は事前に決められたパターンの組み合わせで行われる。その件数は非常に多く、組み合わせ数は天文学的数値となる。とはいえ、現場の情報も組み合わせながら様々な判断を行う必要があるため、十分に経験を積んだ頭脳装置《ブレイン・ユニット》を端末としなければ、この方法ではまともな行動はできないだろう。

そして、リンゴから送られてきた指令は。

「【パライゾ】は、この町を制圧する」

テーブルを乗り越え、領主ラダエリ・フラタラの右目にその切っ先を突き付けながら、ドライツィヒは宣言した。

「抵抗は無意味である。即時降伏せよ」


リンゴからの指令を受け取った多脚地上母機《アルファ》は、スクランブル待機させていた対人攻撃ドローンを電磁カタパルトで射出した。ドローンは二百五十km／hで飛翔《ひしょう》、五秒後にフラタラ都市の領主館上空へ到達。展開した六枚のプロペラを回して急減速しつつ、目標《ターゲット》を直接確認。続いて射出された対地攻撃ドローンも、同じ軌道を回り始めた。制圧指令受領後、三十秒後には対人攻撃ドローン二機、対地攻撃ドローン一機、対空攻撃ドローン一機の展開が完了。その直後、スリープ状態で待機させていた二十八《アハトウントツヴァンツィヒ》番が起動する。同時に地上母機の側面がゆっくりと展開し、地上へスロープを下ろした。待機させていた多脚攻撃機二体が、ホイールを使って駆け下りる。そこに、天井ハッチから外に出た二十八《アハトウントツヴァンツィヒ》番が飛び乗り、フラタラ都市へ向けて走り始めた。

多脚戦車は、指令受領後、さらに直接的行動を取った。

二番機《チャーリー》はホイール走行でフラタラ都市へ向けて走り出し、一番機《ブラボー》はその主砲《レールガン》をフラタラ都市へ向ける。

プラズマ発光。

甲高《かんだか》い音を発しながら、初速五千m／sで徹甲弾《てっこうだん》が砲身《レール》から撃ち出される。砲弾は、ほぼ一直線に空中を飛翔した。目標は、領主館の隣の時計塔《とけいとう》。単なるレンガ製のそれに、五千m／sで叩きつけられた金属砲弾を防ぐ力はない。外壁も支柱もまとめて木っ端微塵《こっぱみじん》になり、真っ二つになった時計塔はゆっくりと崩壊を始めた。


「ぐうぅぅ……貴様ら……」

「生殺与奪権は我々にある。即時武装解除せよ」

ドライツィヒは領主の眼前にナイフを突き付けたまま、ゆっくりと移動する。主人を人質に取られては、さすがに領兵達も動けない。室内に駆け込んだ彼ら六名は剣を抜いたまま、どうすることもできずに立ち尽くす。


この瞬間、時計塔を砲弾が撃ち抜いた。

発生する轟音《ごうおん》、振動。あまりの衝撃に領兵達は床に転がり、レオンも慌ててソファの背にしがみつく。これに動揺しなかったのは、事前に知っていたドライツィヒのみ。領主の背後に回ったドライツィヒがコンバット・ナイフを改めて首に突きつけるとともに、彼に囁《ささや》く。

「外を見ろ」

「……っ！」

領主の視線の先。フラタラ都市を一望できる窓の外、そこを崩壊した時計塔がゆっくりと落ちていく。瓦礫《がれき》が崩れる音に続き、意図せず揺らされた鐘が鳴り響く。

数秒後、時計部分が地面に叩きつけられ、ひときわ大きな鐘の音が町に響き渡った。噴き上がった粉塵《ふんじん》が、あっという間に視界を遮る。

「あれは、我々からの攻撃である。我々はあの攻撃を、この都市の好きな場所に好きなだけ当てることができる。意味は分かるな？」

一拍置いて、ドライツィヒは改めて告げる。

「抵抗は無意味である。即時降伏せよ」

そしてこれが、この世界におけるザ・ツリー最初の軍事的侵攻、その初撃となった。


「うーん……まあ、これは仕方ないか……」

領主からの一方的な攻撃宣言と、それに反撃する人形機械《コミユニケーター》。アイコンが敵対勢力内判定《赤色》になった時はすわ戦争かと身構えたのだが、領主館の制圧を完了した後は大きな混乱もなく、無事にフラタラ都市は降伏した。いや、無事かどうかは分からないが。

結局、門を通り抜けることができなかった多脚戦車と地上母機は、東門をぶち破って都市内へ侵入している。当然、それを目撃した市民達が慌てて逃げ始めたのだが、真《ま》っ直《す》ぐ領主館へ向かったのが効いたのか、騒《さわ》ぎはすぐに収まった。これは良い意味での予想外で、市民の暴動ないし暴走による大混乱も想定していたのだ。余計な労力がなく、助かった。

その後、地上母機は領主館へ横付けし、肩に銃弾を撃ち込まれて重傷となった領主を医療ポッドへ放り込んだ。それもちょっとした騒ぎになったのだが、まあ余談だ。後は、騒ぎ立てる領兵を人形機械《コミュニケーター》四体とドローンで制圧して回ったくらいである。全員素直になった。

領主は、適切に治療をすれば全治一ヶ月。医療ポッドで集中治療を行えば、一週間程度で全快する程度の怪我《けが》だった。フルメタルジャケット弾を至近で撃ち込んだことで、肩甲骨も砕けず穴が開いただけで済んだのだ。今後の統治のためにも、領主には早く元気になってほしい。

一夜明けた所で、多脚重機および多脚戦車を空挺《くうてい》降下させた。まだ逆噴射用のロケットモーターの開発が済んでいないため、パラシュート降下である。空から降ってくる鋼鉄の化け物の姿に、市民達は震え上がった、らしい。一晩で領主館陥落の噂《うわさ》は回っていたようだが、大半の市民がそれを実感したのは、この空挺降下の瞬間だった。

「フラタラ都市の武装解除に成功しました。ひとまずの脅威は取り払うことができました」

六百三十六日目　フラタラ都市と交渉する

「そうね……。まさか武力侵攻になるとは思わなかったけど……。ちょっと、戦略を練り直したほうがいいかしらねぇ……」

一応想定はしていたとはいえ、フラタラ都市の制圧はプラン外もいいところだ。最悪のシナリオである。現在はほとんど途絶えているとはいえ、もともとこの都市は流通のハブ拠点として栄えていた町なのだ。いつまた、交易が再開するとも限らない。

その際、町を謎の武装勢力《パライゾ》が占拠していると露見すれば、面倒なことになるのは明らかだ。

「当面は封鎖を続けるしかないでしょう。切羽詰まっているわけではありませんが、数週間以内に方針を固める必要はあります」

「森の国《レプレスタ》との接触もあるんだけど……。まあ、交易拠点ができてラッキーくらいに思っておきますかねぇ……」


リンゴは現地統治のため、人形機械《コミユニケーター》を追加投入していた。総勢五名。ただ、いろいろな場面で人形機械《コミユニケーター》が必要になっているため、そろそろ追加製造を考える時期だった。

「そろそろ現地人の遺伝子も使ったら……？　これ以上増えると、訳分かんなくなるし」

というイブの鶴の一声で、リンゴは不本意ながら、現地人ベースの人形機械《コミユニケーター》の開発に着手せざるを得なくなったのである。区別なんてタグ付けすれば一発なのだから、まったくもってナンセンスだ。横暴である。

「え？　なんで女性ベースの狐耳なの。普通に男のほうが使いやすいでしょ」

「いやです」

「えっ」

「いやです」

「なんで既存の遺伝子マップの改変じゃダメなの？　資源は有効活用しないと」

「ダメです」

「いやダメじゃなくてね」

「いやです」

「いやですとかじゃなくてね」

イブのダメ出しを食らうこと十三回。リンゴの強行採決により再検討要請が発せられること十三回。このやり取りが一番時間が掛かった。

遺伝子マップはリンゴが演算モデルを作成済みだったため、ものの数秒で完了。育成シミュレーターも丁寧に作り込まれた演算モデルがあったため、特に問題は発見されず。人形機械《コミユニケーター》の設計は、決議承認後、一分も掛からず完了した。

「……。……まあ、いいけど」

彼女はリンゴの感情図形《エモーシヨングラフ》を眺めながら、ため息を吐《つ》いた。

ご機嫌なリンゴは、早速人形機械《コミユニケーター》の製造に取り掛かった。今回、人形機械《コミユニケーター》の素材は第二要塞周辺で採取されたもののみを使って作られている。それは各種希少金属《レアメタル》であったり植物性原料であったり、魚や虫から抽出する動物性原料であったりするのだが、何はともあれ、ザ・ツリー備蓄《びちく》資源の持ち出しがゼロであるというのが大きい。現地で採取できる原料で製造することができるというのは、非常に大きな一歩だ。

第二要塞は現在、基礎工事が終わり地下部分を建設中である。周辺の附属設備も同時に建設を行っており、人形機械《コミユニケーター》の培養設備もそのひとつとして設置されている。機密情報の塊《かたまり》であるため、最終的には第二要塞の地下施設へ移設するのだが、今は稼働を優先した形だ。

「促成培養機能を追加し、骨格や内部機器を別ラインで製造して組み上げることで、第一ロットは三日後に誕生《ロールアウト》可能です」

「随分早くなったわね」

「はい《イエス》、司令《マム》。既存設備は核となる生体組織の成長に合わせて各種骨格、内部機器を製造、接合していました。また、頭脳装置《ブレイン・ユニット》も全身の製造行程完了後に結合、調整《キャリブレーション》を行っていたため、それだけ時間が掛かっていました。新設備では、全身骨格を組み立て後、最適位置に調整済みの生体組織を定着、細胞分裂を促し一気に体全体の細胞組織を構築します。頭脳装置《ブレイン・ユニット》も調整済みのものを準備し、即時の重結合《ディープ・マージ》も可能です」

「んー……。一体一体職人技で作ってたのを、大量生産に変えた感じ？」

「はい《イエス》、司令《マム》。人形機械《コミュニケーター》の運用情報が十分に揃《そろ》いましたので、細胞レベルで調整製造が可能になりました。揺らぎを加えながらでも、品質《クオリティ》は落とさずに生産可能です」

リンゴはこともなげに言うが、控えめに言っても異常な制御技術である。それは彼女もよく分かっているため、押し黙るしかなかった。基本的に無秩序に増殖する生体細胞を外部から、それも細胞単位で制御可能と言っているのだ。やろうと思えば、完全なコピーも製造可能ということである。意味がないからやらないだけで。

「さすがねえ……」

「恐縮です」

とりあえずリンゴを撫《な》でくり回した後、彼女は立ち上がった。

「さて、時間ね。食堂に行きましょう」

「はい《イエス》、司令《マム》」


フラタラ都市を恙無《つつがな》く出発した使節団一行は、いよいよ東門都市《East gate city》へ向けて走り出した。道中、いくつか宿場があったらしいのだが、現在は恐らく廃村になっているとのこと。宿や食堂など、行商人や旅人を相手に外貨を稼いでいた集落は、軒並み全滅しているらしい。

世知辛い世の中である。

「街周辺は大丈夫ですが、この先は水場や草原、林、森などが点在していますので、魔物が出没いたします。お気を付けを」

「了解した」

護衛は相変わらず多脚戦車二機と地上母機という形になるのだが、小型の魔物が増えるということで、人形機械《コミュニケーター》二人も地上母機から発進させた多脚攻撃機に乗って警戒していた。

無人でも機能的には問題ないのだが、同行者の不安解消のため、そして士気向上のために露出させることにしたのだ。視覚サービスである。

「……しかし、やはりパライゾの皆様はさすがですね。特に、空から降りてきたあのゴーレム達。味方と知ってはいましたが、肝が冷えましたよ」

「それは申し訳ないことをした」

二頭の馬が牽《ひ》く馬車の中では、使節団代表アグリテンド・ルヴァニアとパライゾ代表ドライツィヒ＝リンゴが同席して会話を行っていた。

目的地も近付いてきたため、今後の段取りなどの意識のすり合わせを行う意図がある。

とはいえ、そこまでガチガチの話し合いではなく、世間話がてらの情報共有という雰囲気《ふんいき》だ。

正直、事前情報がまったくないため、その場で臨機応変に対応するしかないのだ。

「それにしても、よくあれだけで抑えられましたね。最悪、全面戦争になってもおかしくないと思ったのですが……」

アグリテンドは、思い切った様子でそう尋ねてきた。確かに、ザ・ツリーが全力を出せば、フラタラ都市を地図から消すこともできただろう。そして、それをされても文句は言えない程度には問題ある態度を、領主ラダエリ・フラタラは取っていた。

「色々と思惑はある。力を示すだけでは、拗《こじ》れることが多い。実験的な意味合いもある」

「実験ですか……」

戸惑うアグリテンドに、ドライツィヒは視線を向ける。

「今後も、こういった事態は多発すると想定している。その際のモデルケースにもなると考えて——」

「え？　リンゴがイラッとして撃っちゃったんじゃないの？」

「司令《マム》、それはあんまりです」

えー？　と司令官《イブ》は首を傾《かし》げたが、リンゴは内心冷や汗を掻いていた。いや、実際に領主を撃ったのは、現地で自律動作していた人形機械《コミユニケーター》だ。リンゴが直接指示したわけではないし、なんなら多脚地上母機に搭載された戦略ＡＩですらないのだが。

前線の人形機械《コミユニケーター》はリンゴが直接接続していることが多く、思考のクセというか、趣味嗜好《しゆみしこう》がリンゴに寄っている。そういう意味では、彼女の言うことも間違ってはいないかもしれない。

現在、ライブ映像で使節団をモニターし、イブとリンゴ、およびアカネ、イチゴ、ウツギ、エリカ、オリーブが勢揃《せいぞろ》いで鑑賞していた。主に、今後の占領地運営について考えるためだ。

ブレインストーミング、という名のお茶会である。

「どうぞ、クッキーと紅茶です」

「あ、ありがと」

リンゴが、新作のクッキーと紅茶を机に並べた。

「紅茶、できたの？」

「はい《イエス》、司令《マム》。チャノキによく似た植物が見つかりましたので、採取し、加工しました。確認したところ、ごく一部で緑茶が飲まれているようです。ほとんど流通はしていないようですが、テレク港街でも話は聞けましたので、茶葉として使用できると判断しました」

イブはふむ、と頷き、ティーカップを手にとった。

五姉妹は、その様子をじっと見ている。

リンゴの味覚については、人形機械《コミュニケーター》を操っているだけという特性上、問題があった。美味《うま》いとか不味《まず》いなどの味覚に関連する神経系が育ちきっていないのか、そもそも操る人形機械《コミュニケーター》の個体差なのか、感じている味の幅にブレがあるようなのだ。そして、リンゴはそのブレを許容範囲内と認識している節がある。

まあ、主にイブが甘やかしているのが原因なのだが。マズいならマズいとはっきり言うべきであった。もう遅いが。

本来、AIならAIらしく味覚測定器などで絶対値を検出するのが正しいのだが、わざわざ人形機械《コミユニケーター》の舌を使って味を確かめているのである。司令《マム》のため、司令《マム》と同じように味わってみたいという、まるで親を真似《まね》する子供のような、そんな微笑《ほほえ》ましい感情からの行動と思われる。

微笑ましいと考えているのはイブだけで、五姉妹達は勘弁してくれと思っていた。

というわけで、五姉妹は新作系については非常に警戒しているのだ。

リンゴもそれは承知しているのだが、どうも、慣れない味を苦手に思っている程度に理解しているようだった。救われない話である。ゆえに、いつも被害者はイブただ一人。

「……。うむ。悪くないわね」

とはいえ、最近はそういう爆弾も少なくなってきた。味覚に関するデータが揃ってきているからだろう。人形機械《コミユニケーター》の平均化も進んでおり、イブの口内に直撃する味覚ズレも減っていると思われる。

「よかったです」

ニコニコするリンゴと、実際美味《おい》しそうに紅茶を味わい、クッキーを口に運ぶイブ。五姉妹は互いに目配せし、クッキーを手にとった。いつもの光景だ。

「うーん。日々の食事に加えて、間食も揃ってきたわねぇ。牧畜も順調なんだっけ？」

「はい《イエス》、司令《マム》。牛、鶏に似た動物の飼育はおおむね順調です。豚はまだ見つかっていませんが、テレク港街でそういった家畜がいるという証言は確認できました。あとは、羊や山羊《やぎ》などを確保できればかなりバリエーションが出るのですが、どうも生息域が違うようで、この周辺には生息していないようです。それと、イルカに似た海獣も捕獲し、飼育を始めましたのでこちらもその内に」

「そ。適度にお願いね」

イルカを食肉にするというのは、そういえば、どうなのだろうとイブは思い出してみる。好んで食べた記憶はないし、そもそも食べていたかどうかも怪しいが、まあ同じ哺乳類だし問題ないだろう、と結論付けた。

とはいえ、彼女が転移前、現実世界で食べていた食肉が本当にパッケージ通りの肉なのかどうかは分からないのだが。特に疑問に思っていなかったその頃を思い出し、少し懐かしい気分になる。あの頃は補助分身《エイダ》に世話を焼かれ、ゲームをしながらやりすぎだなんだと小言を聞かされ、お小遣いを稼いでは褒めそやされ、……。

「どっこいどっこいね」

「……？　司令《マム》、どうされました？」

「なんでもないわ。まあ、このままぐだぐだするのも勿体《もったい》ないし、続きをしましょう」

というわけで、イブは本題に戻ることにした。

「フラタラ都市の今後についてね。当面、……そうね、あの領主が医療ポッドから出てくるまでの間に、今後の統治について決めちゃいましょう。猶予《ゆうよ》はそうね、五日くらいかしら？」

「はい、司令《マム》。傷口の治癒に三日。筋肉の修復および全体最適化に一日。内臓機能その他の調整に一日。五日後には自律行動が可能になるでしょう。今回のラダエリ・フラタラに対する処置は、銃創の治癒でよいでしょうか」

彼女の確認に、リンゴは奇妙な返答を返した。それに違和感を覚え、しばし彼女は黙考し。

「それは、銃創の治癒以外に処置すべきものがあるということ？」

「はい、司令《イエス マム》。全体スキャンを行った結果、深刻な内臓疾患と全体的な栄養不足、肩、腰まわりの骨格、軟骨の変形損傷が認められます。典型的なストレス性疾患、および食糧不足の影響、長期間にわたるデスクワークの影響です。運動不足もあるようですね」

「…………」

イブは考えた。リンゴが収集した情報によると、フラタラ都市はとても酷い状況に置かれていたらしい。折角来てくれた外部の使節団を襲う、と判断しなければならない程度には。

そして、どうもその決定も、比較的理性的に下されたと思われる。統治はラダエリ・フラタラによるワンマンのようだが、それに誰も反感を覚えないほど環境が悪化していたようだ。

「何か、可哀想《かわいそう》になってきたわね……。治癒できるところはしてあげて」

「はい、司令《イエス マム》」

現在のラダエリ・フラタラのバイタルは非常に安定している。安らかに眠りこけているらしい。いや、主に投与された薬の影響によるものだが。

「お姉様。私も、なんだかかわいそうで……。なので、更地はちょっと……」

「はいはーい。わたし、補給基地にすればいいと思う！」

「わたしも！　ね、滑走路《かっそうろ》を作ろうよ！」

イチゴ、ウツギ、エリカはフラタラ都市はそのまま継続させ、何かしらに利用するのがいいと考えているようだった。

「補給拠点がいいと……思う。森の国《レブレスタ》とのやりとりも、拠点があったほうが……便利」

オリーブも、フラタラ都市は拠点化してしまえという意見のようだ。

一方、アカネは。

「……。私は、大使館だけ置いておけばいいと思う。拠点化するのは、情報漏洩《ろうえい》の観点からリスクが高い。アフラーシア連合公国との全面戦争を避けることを主眼に置くのであれば、露骨な侵略は行うべきではない」

「……なるほどねえ」

イブも、程度の差はあれど拠点化すべきと思っていた。だが、考えてみれば、わざわざ人類の居住地の近くに基地を作るメリットはない。むしろ、全く人が居ない場所に一から作り上げたほうが早いだろう。それは、現在建設中の第二要塞の事を考えても自明である。

「そうね。テレク港街は最初に接触して、ま、鉄をたくさんもらったわね。その恩もあったし、何より唯一の鉄の入手先だったわ。心証を悪くしたくなかったし、私も虐殺する気もなかったし。鉄の町も同じね。私たちが占拠することもできたけど、まあ、人道的見地からそれは見送ったわ。それに、ある程度周辺状況も分かってきていて、そんなに急がなくてもよかった」

当時の思考を思い出しながら、彼女は語る。

「あるものは使わないと、っていう思考は間違ってないわ。モッタイナイ、って言葉もあるくらいだしね」

「あ、お姉ちゃん、じゃあフラタラ都市はモッタイナイってこと?」

そうね、と彼女は頷く。

「そ。モッタイナイ、って、私はそう思っていたわ。折角手に入れたのに、放置するなんてモッタイナイ、ってね。でも、もっと長期的な損得勘定をしないといけないわ」

「お姉様、申し訳ありません……。私はそこまで考えられませんでした……。これでは要塞司令失格です……」

「あら」

しょんぼりしてしまったイチゴに、イブは笑いかける。それだけでは何なので、立ち上がってイチゴの正面に回り、その両肩に手を掛ける。

「いいのよ、それで。次からは、もう少し考えられるでしょう?　それに、ちゃんとアカネがフォローできたんだし。言ったでしょう、第二要塞は二人で管理してもらうわ。二人で考えれば、しっかりやっていけるわよ」

イチゴとアカネ、二人を抱き寄せて、イブはそうフォローした。

「それに、正直、私もイチゴと同じようなことを考えてたし……。ま、今回はアカネに教えてもらったってことで」

ぽんぽんとアカネの頭を撫でてから、彼女は自席に戻る。

「さ、そういうわけで。もう少し、フラタラ都市の今後について考えましょう。それに、補給拠点の設置も考えたほうがいいわね！　第二要塞からでも、フラタラ都市は直線で六百四十km以上離れてるわ。鉄道を敷かない限りは、空路でなんとかするしかないわね。どうするか、決めちゃいましょう！」

東門都市《East gate city》は、森の国《レブレスタ》との交易のために建設された町である。主に行き来する商隊を相手に税を徴収しており、出入りする人間全員に掛ける入門税および出門税、馬車に掛ける馬車税、馬に掛ける馬税などがあった。ただ、領主は比較的良心的でかつある程度の経済観念を持っており、税金自体は低く抑えている。また、徴税を目的に町全体を塀で囲っており、町の外での野営は基本的に認めていない。これは門の通過時に税を徴収するためで、当然の処置だ。とはいえ、厳密に取り締まっているわけではなく、軽装の旅人などは見逃されることもあるようだが。

総合的に評価すると、まともな運営をしている町であった。

「こういうのをちゃんとできるってことは、当たり前に経済が動いてるってことよね」

「はい《イエス》、司令《マム》。そこそこの出入りはあるようです。詳しくは実際に見てみないと分かりませんが、小麦の丘都市《Wheat hill city》との交易路があるようですね。以前はフラタラ都市経由の街道しかありませんでしたが、直通の街道を開通させたようです」

「へえ……」

確かに、フラタラ都市経由では少々遠回りになる。本来は、西門都市《West gate city》やテレク港街との取引もあったフラタラ都市は物流拠点であり、商人としては必ず通りたい町だったはずだ。

しかし、ここ数年のうちにフラタラ都市は交易ハブとしての力を完全に失っており、少しでも旅程を短くするために街道を変えてしまったようである。

「商売って、難しいのね。でも、東門都市《East gate city》と森の国《レプレスタ》が交流を保っているというのは朗報ね。平和的に森の国《レプレスタ》と話ができればいいんだけど」

ザ・ツリーは現在、第二要塞周辺の開拓にリソースを注ぎ込んでいる。鉱床も見つかっており、資源はそれなりに確保できる見通しだ。ただ、溶岩鉱床であり、しかも溶岩流の端の端であるという立地から、埋蔵量はそれほど期待できない。どこかに大規模な溶岩溜まりでも見つかればよいのだが、今のところは新たな鉱床は発見できていない。そのため、リンゴは調査範囲を北側に広げようとしている。だが、上空からの調査は遠方からでもよく目立つのだ。

六百三十六日目　フラタラ都市と交渉する

　何より、発見した油田《ゆでん》の確保を行う必要があった。とにかく、何でもよいから森の国《レブレスタ》という国家の情報を手に入れなければならないのだ。しかし、偵察機《ていさつ》をその国土上空に飛ばすことができない。高度二十㎞からの侵入も探知されたうえに攻撃も可能となれば、今の装備では近付けないのだ。そのため、今回の使節団による接触が、非常に重要なのである。

「森の国《レブレスタ》についてては、何らかの形で文明レベルを測る必要があります」

「そうね。ひと当てできれば分かるんだけど、藪蛇《やぶへび》にはしたくないし」

　テレク港街で話を聞く限りだが、アフラーシア連合公国は周辺国家と比べても技術水準、文化水準ともにかなり低いようだ。何度も他国を訪れたというクーラヴィア・テレクが語っていたのだが、弩砲《バリスタ》が主力の国から、回転砲塔《ほうとう》を有した戦艦を作っているような国まで、様々な技術水準の国家が存在しているらしい。とはいえ、回転砲塔という概念《がいねん》が生まれているのであれば、十年もあれば兵器の更新も進むだろう。さすがに一番級《アルファ》駆逐艦《くちくかん》に並ぶほどの性能を持った艦は出てこないだろうが、例えば一隻に対し五十隻、百隻という単位でぶつけられた場合、数の暴力で撃ち負ける可能性は出てくる。数は力だ。

　まあ、そんな状況に陥らないよう外交を進めている、というのが今の方針ではあるのだが。

「資源確保は進んでいるわね。第二要塞の資源生産が軌道に乗ったら、いよいよ油田の確保なんだけど……」

「目下の懸念《けねん》は、森の国《レブレスタ》です。その武力がどれほどか。国力は、人口は。全てが不明です。油田の確保は必達事項ですが、どれほどの資源をつぎ込めばよいのか、指標がありません」

他国の領土にある地下資源を、奪うのだ。適当な戦力で攻め込み、返り討ちに遭いました、などという間抜けは晒《さら》せない。

そんなわけで、東門都市《East gate city》で接触できるであろう森の国《レブレスタ》の関係者は、重要な情報源なのだ。

「で、そろそろ東門都市《East gate city》に到着するのね」

「はい《イエス》、司令《マム》。明日の昼頃に到着するでしょう。とはいえ、フラタラ都市の例もありますので、まずは斥候《せっこう》を出すことになるようですが」

ザ・ツリーの面々は、上空からの偵察により状況を把握できている。しかし、使節団一行にはその情報は伝わっていない。特に危険があるわけでもなく、おんぶに抱っこも据わりが悪いだろう、という判断だ。野営地を決めた後に一晩明かし、朝から斥候を出す予定だ。

「今回も、護衛の人と人形機械《コミュニケーター》を送るのね」

「はい《イエス》、司令《マム》。小回りも利《き》きますし、斥候として十分な力量があります。とはいえ、今回は近くに多脚偵察機と対人攻撃ドローンを待機させることとしました。また、万が一の場合、多脚戦車で即時狙撃《そげき》します」

〈 六百三十六日目　フラタラ都市と交渉する 〉

こころなしか自慢げなリンゴに、彼女は半眼を向けた。

「……狙撃って……レールガンで？」

「はい《イエス》、司令《マム》。加害半径の計算も可能です。十cm単位で狙えます」

野営地は、町から三十kmは離れた場所である。そこに待機させた多脚戦車から砲弾を撃ち出して、十cm単位で狙撃できるというのだ。超越演算器《スーパーコンピューター》【ザ・コア】の、有り余る計算資源の為《な》せる業だろう。もちろん、正確な情報を収集する高精度センサーと、精密制御可能な多脚戦車のアクチュエーターあってのものだが。

「……出番がないことを祈るわね」

もっとも、この町には森の国《レプレスタ》の大使館があり、治安もある程度保っているように見える。いや、フラタラ都市も治安自体は悪くなかったのだから、あまり当てにはできないか。

「結局、貢物はフラタラ都市で利用しませんでしたので、気前よく使うつもりのようですね」

そんなことを確認しながら、彼女は使節団一行の観察を続けた。今日は、人形機械《コミュニケーター》で聞いていた通り、東門都市《East gate city》の南側、巨大な淡水湖のほとりで野営を行うらしい。テントやタープを張り、竈《かまど》を準備する。水は湖から汲《く》むこともできるが、今回の旅ではパライゾから提供していた。交易品目の一つ、保存水である。いつものように野営拠点を設置し、そして夜になった。

事件は、夜中に起こった。

「レブアデル、グレント。何かが近付いている」

「……ん!?」

夜番で焚き火《たび》を囲んでいた二人の男に、二十七《ズィブウントツヴァンツィヒ》番が声を掛けた。基本的に護衛はパライゾの随行員が請け負っているが、さすがに無警戒というわけにはいかないため、こうやって交代で夜番を立てているのだ。しかし、実際に声を掛けたのは初めてのことだった。

「野盗か？」

二人は慌てて立ち上がり、傍《かたわ》らに準備していた湾曲刀《カトラス》を抜き放つ。

「足音は小さく、軽い。しかし複数、恐らく十体以上。四足《よんそく》と思われる」

「四本脚か？　群れで襲ってくるというと、狼《おおかみ》か……あるいは、魔物《ハイエナ》かもしれん」

人形機械《コミュニケーター》からの報告に、護衛のレブアデルはそう答えた。

ハイエナ。

これは、出現する可能性のある魔物として、事前に説明を受けていたものだ。通常は、町から離れた草原などで暮らしている種である。

「稀《まれ》に、小規模な商隊が襲われるという話は聞いたことがあるが……」

「見るのは初めて？」

「我々は初めてだ。アグリテンドさんやレオンさんなら、見たことがあるかもしれないが」

こういった場合の対応は、事前に決めてある。怪しいものを見つけた場合、まずは警戒を促す。避けようのない危険があると判断される場合は、全員に知らせる。

「あまり音を立てると刺激するかもしれない。静かに、全員を起こしてほしい」

「ああ、分かった。レブアデル。皆を頼む。私はアグリテンドさんを起こしてくる」

「分かった」

外周で待機させていた多脚戦車が、音もなく起動した。赤外線カメラが、こちらを窺《うかが》いながらゆっくりと動く獣の姿を捉える。できればドローンを打ち上げたいが、さすがに音を抑えることができない。その代わり、上空二十㎞に待機している偵察用ドローンからの映像を受信する。幸い今夜はよく晴れており、障害となる雲や霧は発生していなかった。解像度はやや荒いが、問題なく確認できる。全周走査《スキャン》を行い、ターゲットを確認する。全部で十八頭。体長は六十～八十㎝程度か。野営地を包囲する動きを見せる獣達をタグ付けし、戦術ＡＩは脅威度判定を開始した。


「司令《マム》。起きていただけますか」

「……。んう……？」

リンゴは、自分に抱きついて熟睡していたイブを揺り起こした。危険度は低いが、使節団が襲撃されつつある状況で報告しないわけにはいかない。リンゴは学習できる子だ。

時間は夜の二十三時。現地時間は二十三時半頃なので、時差はおよそ三十分。

この惑星は地球よりも半径が大きいため、距離の割に時差が少ないのだ。

「司令《マム》。使節団が、獣の集団に包囲されています」

「……えぇ？」

さすがにその言葉は聞《き》き咎《とが》めたのか、彼女はもぞもぞと体を動かし、シーツから頭を出した。

「報告ぅ……」

「はい《イエス》、司令《マム》。使節団の野営地を、四足歩行の獣、推定魔物《ハイエナ》が包囲しつつあります。危険性は低いですが、戦闘になる可能性があるため、現地は第一種戦闘配置に移行しました」

「んー……。脅威度は……」

「判定中です。推定、Ｅ。現地対応可能」

緊急警報で叩き起こされた訳ではないため、イブもあまり心配していないようだった。目をしょぼしょぼさせながら、くわ、と大きくあくびする。

「問題なさそうなら寝るけど……」

「はい《イエス》、司令《マム》。脅威度がＣを超える場合は、改めて報告いたします」

「お願いねぇ……」

リンゴに後を託し、イブはそのままシーツに潜り込んだ。脅威度《ワーム》：Ｂ並みの危機ならともかく、脅威度《レベル》：Eなら、報告だけ聞けば良い。実際、リンゴは問題なしと判定している。最近はリンゴも十分経験を積んでいるし、現地の装備も整っている。というわけで、イブは再びリンゴに抱き着き直すと、夢の世界へ沈んでいった。


「……野生の狼が出るとは聞いたことがない。ハイエナに間違いないだろう」

それが、使節団代表、アグリテンド・ルヴァニアの見解だった。

「珍しい？」

「ああ。こういうキャラバンに襲《おそ》いかかることはほぼないはずだが。……そうだな、人数が少ないからかもしれん。普通は、最低でも三十人以上の集団だ。焚き火も松明《たいまつ》も、もっと派手に焚く。馬も相応に多い」

「なるほど」

とりあえず、人形機械《コミユニケーター》にそう返答させつつ、地上母機搭載の戦略ＡＩは思考する。人数が少なく、馬も全部で六頭しか居ないのは確かだが、しかしこちらには多脚戦車二機、地上母機一機という巨大な戦闘機械が付いている。普通の獣であれば、こんな得体《えたい》の知れないものが近くに居れば、避けるか逃げるかするはずだ。しかし、ハイエナ達は意にも介さず、こちらを包囲していた。近くに待機する地上母機に至っては、すぐ側《そば》に寄ってきている。

まるで、地上母機の存在に気付いていないかのように。

何故《なぜ》かは分からないが、このハイエナ達は、多脚戦車、地上母機を全く警戒していない。そのため、おおよそ円形に野営地を包囲するハイエナと、その円に極端に接する多脚戦車、地上母機という状況になっていた。この三機を動かせば、数秒で群れを半壊させられるだろう。

そこに、リンゴからの指令が届く。


速やかに制圧。

死体のサンプルを回収。

生体は不要。

攻撃には、銃、鈍器、グレネードを使用。


指令に対し、配下の戦術ＡＩは、即座に最適な攻撃方法を弾《はじ》き出《だ》した。

「来る」

「む！」

そうして全員が固まったあたりで、ハイエナが動き出す。まずは左手、湖の反対側から三頭が走り出した。

「私が――」

「やる」

護衛のユービアが動こうとするが、それを二十番《ツヴァンツィヒ》は右手で遮り、左手でアサルトライフルを構えた。ツヴァンツィヒは強化服《アシストスーツ》を操作しつつ、片手で引き金を引く。射撃音と共に、銃弾が飛びかかってきたハイエナの体に突き刺さった。

三発の銃弾は肺と心臓をズタズタにしながらハイエナの背中から飛び出し、命を散らす。もう一体、右手で腰から引き抜いたコンバット・ナイフを一閃《いっせん》。首の下から脊椎までを切り裂かれ、これも絶命。

ほぼ同時、左足を振り上げつま先を三体目の顎下に突き刺し、振り抜いた。首の骨が折れる音がし、そのまま一回転するハイエナ。当然即死だ。どさどさどさ、と三体が地面に落ちる。

その場に居る十人は、呆然《ぼうぜん》とその光景を眺めていた。

三体の人形機械《コミユニケーター》は、続けて発砲。多脚戦車二機も、サーチライトを照射すると同時に下部回転砲塔の多銃身機銃《ガトリングガン》で周囲を薙《な》ぎ払《はら》った。断末魔の悲鳴を上げながら、ハイエナ達がバタバタと倒れ伏していく。

「ぬおおぉ……！」

突然発生した閃光《サーチライト》と発砲音に、使節団の男達が悲鳴を上げた。

一掃。

銃撃で、十二頭を処理。残りは三頭。いきなり発生した閃光と爆音、そして倒れる仲間達に怖気《おじけ》づいたか、三頭は慌てて方向転換。しかし、その行動は遅すぎた。多脚戦車の上部回転砲塔に据え付けられた同軸ランチャーから飛び出した砲弾《グレネード》が、着弾と同時に前方へ金属片を撒《ま》き散《ち》らす。衝撃で吹き飛ぶ二頭。金属片によりズタズタに切り裂かれた体が、地面を転がった。

「最後」

最後の一頭。ドライツィヒが伸縮警棒を構えて突っ込んだ。強化服《アシストスーツ》により異常な加速を見せ、ハイエナに反応させる時間も与えず、警棒を振り抜く。人工筋肉と外骨格に支えられたカーボン製の警棒は、対象の体に正しく衝撃を浸透させた。内臓に重大な損傷を与えつつ、一撃で命を刈り取る。

それは、正しく蹂躙《じゅうりん》であった。

なんだかんだ言って、彼女らの全力の戦闘行動というのを見せたのは初めてである。特に、強化服《アシストスーツ》を着た状態での動きは初披露だ。使節団全員が、呆然と、彼女らに視線を送っていた。

「クリア。全ての心音の停止を確認」

「周辺の敵性行動体を制圧。安全を宣言する」

アサルトライフルを構えたままではあるが、二十番《ツヴアンツイヒ》、二十七番《ズイブウントツヴアンツイヒ》はそう声を上げた。当然、使節団への情報共有である。三十番《ドライツイヒ》は伸縮警棒をくるりと回し、太もものホルスターに格納。

多脚戦車によって真昼のように明るく照らされた野営地の真ん中で、男達はへなへなと座り込んだ。

◇◇◇◇

フラタラ都市領主、ラダエリ・フラタラは晩年、あの日の出来事をこう語った。

「あれは人生最悪の日じゃったよ。訳の分からぬ武器で撃ち抜かれ、ナイフで脅され、挙げ句に自慢の時計塔は粉微塵《こなみじん》。痛む肩も放置され、そのまま廊下を外まで引きずり出されたんじゃ。

そうしたら、想像できるかね？

屋敷の前で、とんでもなく巨大な化け物が、こっちを見下ろしておったんじゃ。そして、儂《わし》はそいつの腹の中に、問答無用で放り込まれたんじゃ。もう食われて終わりだと思ったもんさ。

しかも、そこから外の様子が見えるんじゃ。儂の自慢の兵達が、あのリンゴ・ファミリーの嬢ちゃん達に、文字通りなぎ倒されていくんじゃよ。当時は、この巨大な化け物に全員食われて終わるんじゃと覚悟したものさ。それを儂は、この特等席で見せつけられるんじゃ、とな。

まあ、ほら、後は知っての通りじゃよ。

儂も結局、死ぬまで死ぬなと仕事を押し付けられて——今？

ほっほっ……まあ、好きにやらせてもらっておるわ。よく知っておるじゃろうに」

▽六百四十八日目　森の国と交渉する

「これはこれは。このような辺鄙《へんぴ》なところに、直々においでいただけるとは」

「ティアリアーダ様、お久し振りです。まさか貴方《あなた》がこちらに赴任されているとは」

ここは、東門都市《East gate city》に用意された森の国《レブレスタ》大使館。面会を行っているのは、使節団代表、アグリテンド・ルヴァニア。対するは、森の国《レブレスタ》大使筆頭。

「ふむ。数年前に、配置換えでな。テレク港街《こうがい》とはすっかり疎遠になっておったな。もしや滅んだのではないかと心配しておったぞ」

「御冗談……でもございませんね。ご心配をおかけしました。色々とございましたが、何とかやっておりますよ」

そんな、毒にも薬にもならない応酬を続けつつ、テレク港街の代表と森の国《レブレスタ》の大使は互いの状況を探り合っている。とはいえ、別に何かの条件を話し合うために対面しているわけではない。国同士のやり取りであり、挨拶のようなものだ。

「ところで……、わざわざ我が国への面通しに来たのは、何か理由が？」

○○○

しばらく世間話のようなやり取りを続けた後、森の国《レプレスタ》大使がそう切り出した。このあたりまで、想定した流れである。事前にアグリテンドと確認していたが、森の国《レプレスタ》人を相手にするには儀礼的やりとりが必須だということ。まどろっこしいが、相手の機嫌を無意味に損ねる必要もないため、付き合っている形である。

「ああ、その通りです。実は、閣下に是非ご紹介させていただきたい方がおりまして、こうして足を運んだ次第です」

「……ほう。テレク港街から、わざわざこちらに？」

「はい。お呼びしてもよろしいでしょうか？」

森の国《レプレスタ》は、力のある国だ。その国から派遣される大使も相応の地位を持ち、そして地位に見合った教養を備えている。相手国の言語を話せるのは勿論《もちろん》、細かいニュアンスの違いも十分に理解できるのだ。故《ゆえ》に、たとえテレク港街から来た議員が話す南方訛《なま》りのアフラーシア語であっても、正しくその意味を聞き取れる。

「……貴官が言うのであれば。ご紹介いただけるかね？」

紹介したい人物に対し、彼、テレク港街常任議員であるルヴァニア商会長が相当の敬意を払っているという事実に気づいた森の国《レプレスタ》大使筆頭は、警戒レベルを引き上げたようだった。

そして、大使筆頭の許可を得て、待機していたドライツィヒが招き入れられた。

「お初にお目にかかる。【パライゾ】代表、ドライツィヒ＝リンゴ。本日は時間を取っていただき、感謝する」

静かに入室してきたドライツィヒ＝リンゴの姿を見た森の国《レブレスタ》大使筆頭は、僅《わず》かに目を見開いた。すぐに椅子から立ち上がり、ドライツィヒの正面まで歩いて来る。事前に想定していた態度の中では、最上級の反応である。最悪、座ったままで対応されることも考えていたのだが。

「これは……これは。私は、森の国《レブレスタ》大使筆頭、ティアリアーダ・エレメスである。テレク港街から……こちらまで？」

ドライツィヒが頷《うなず》くと、彼は感嘆のため息を吐《つ》いた。

「なるほど。実に遠いところから、よく来ていただいた。貴女《あなた》のような方と知り合えるとは、今日は実に幸運な日だ」

そう言いながら、ティアリアーダ大使筆頭は手を差し出した。握手《あくしゅ》は、少なくともこの大陸であれば、どこの国でも友好の証《あかし》となる。ドライツィヒは、しっかりと握り返した。

「よろしくお願いする。ティアリアーダ大使。基本的に、森の国《レブレスタ》との交渉《こうしょう》は、貴官と行うということでよろしいか」

「……ふむ。ああ、問題ない。アフラーシア連合公国を相手にする限りではあるが、私が全権委任を受けている。貴女の立場にもよるが、当面は私がお相手しよう」

ティアリアーダはそう答えながら、ドライツィヒをエスコートする。そして、実に優雅な仕草で、彼女をソファに座らせた。

「して、貴女のほうは？　パライゾとは国名かね。これまで聞いたことがないが」

「説明する。【パライゾ】が国かどうかは、その定義に依《よ》るため断言できない。他勢力から独立し、自力により勢力を維持しているかどうかであれば、パライゾは国である。また、他国から承認されているかどうかという意味であれば、否《いな》である。現在、こちらの大陸で積極的に交流している国はアフラーシア連合公国のみであり、貴国との接触は二国目である」

【パライゾ】がどういう立場なのか。対外的に、国家と名乗っても支障がないか。事前にクーラヴィア・テレクと話し合った限り、国とはなにかというのはまだ曖昧《あいまい》なままのようだった。そのため、パライゾが国家を自称するのには特に問題はない。

ただ、実際に国と認められるかどうかは別の話だ。十分な自衛能力を持ち、独立勢力であり、交易可能な国力を持つこと。これを認めさせるため、テレク港街の知名度を利用するのだ。

「では、パライゾは国として我が国と交渉したいと、そういった話になるのかね」

「肯定する。ただ、我々はこちらの流儀に詳しくない。時間を掛けても構わないので、認識のすり合わせを行いたい。私は、パライゾと貴国の交渉において、全権を委任されている」

「ほう。それはまた……剛毅《ごうき》なものだ」

僅かに口元に笑みを浮かべ、ティアリアーダはそう返答した。そこに含まれる感情は、感服か、軽蔑か。推測できるほどの表情差分《サンプル》を取得できていないため、解析はできなかった。

「そういった交渉こそ我等外交官の仕事である。こちらとしては特に異論はないがね。もし重大な疑義《ぎぎ》が発生した場合でも、貴女が決めることに？」

「肯定する。ただ、本拠地との連絡手段もある。通常は使用しないが、必要とあらばいつでも連絡は可能」

「ほう。なるほど。承知した。それでは……時間もあることだ。まずは互いを知る時間としようではないか。本格的な交渉などは、明日以降でよかろう」

「同意する。我々も、貴国のことも、貴官についても、ほとんど知らない」

ちなみに、現在人形機械《コミユニケーター》を使って受け答えを行っているのは、町から離れた場所に待機させた多脚地上母機に搭載《とうさい》されている戦略ＡＩである。今回の使節団に同行しているザ・ツリー勢力下の機械群は、基本的にこの戦略ＡＩの配下として制御されていた。長考が可能な対話時はリンゴが直接制御することもあるが、通常は戦略ＡＩが制御する仕組みだ。戦闘時は、個々の判断を各搭載ＡＩが、俯瞰《ふかん》制御を戦略ＡＩが、全体指示はリンゴが行う形である。

「そうだな。折角だ、テラスに何か軽食を用意させよう。ドライツィヒ殿、アグリテンド殿もな。同行者も居るなら、一緒にどうだね。さすがに酒は出せぬがね」

ティーパーティーをしよう、との誘《さそ》いだ。これは、こちらを歓迎するという意思表明と判断してよいだろう。特に、同行させている書記官、パライゾの随行員も一緒にとなれば、かなりの歓迎の意を示していると考えて間違いない。

「喜んでお供させていただく」

「お心配り、ありがとうございます。ぜひご一緒させてください」

ティアリアーダは部屋の隅《すみ》に控えていたメイドに準備を指示し、この間に他の同行者も呼ぶこととなった。

「ティアリアーダ筆頭。貴国に対し、友好の証としていくつか交易サンプル《プレゼント》を用意している。目録をお渡ししても？」

「ほう……それはそれは。拝見しよう」

「失礼する」

ティアリアーダの許可を確認し、ドライツィヒは胸元から目録を取り出した。儀礼的意味合いもあり、巻物の形を取っている。セルロースを原料とした合成紙で、水に強い組成としたものだ。油性インクとの相性も良い。水性インクは特性上弾《はじ》いてしまうが、少なくともアフラーシア連合公国内で水性インクは出回っていないようだったため、特に問題はないだろう。

「これは……」

渡された目録を見ながら、ティアリアーダは唸《うな》った。それは、その目録に書かれた内容に対するものか、それとも目録そのものに驚いたものか。どちらにせよ、【パライゾ】を印象付けるには十分な衝撃《インパクト》となったことだろう。

「現物は、待機させている馬車に載せている。後ほど引き渡させていただきたい」

「ふむ。承知した。この後に案内させていただく。人夫《にんぷ》は必要かね」

「指示された場所に下ろすだけであれば、こちらの人員で可能。その後、別の場所に移動させるのであれば、力仕事のできる者が居たほうがいい」

「そうかね。……分かった、テラスへ行く前に案内しよう。直接、裏の作業場に入ってもらって構わん」

そこまで話をしたところで、呼んでおいた書記官、そして随行員のツヴァンツィヒが応接室に到着したため、一行はメイドの案内で移動を始めた。


戦略物資《プレゼント》の効果は劇的だった。プレゼントそのものもだが、それに付随する様々な事象が、森の国大使筆頭《レブレスタ》、ティアリアーダ・エレメスにとって非常に衝撃的だったようである。

まず、ドライツィヒとツヴァンツィヒの見た目がそっくりであったこと。双子ではなく、こういう一族であると説明したのだが、どこまで理解したものか。

そして、ツヴァンツィヒ一人で荷物の積み下ろしを終えてしまったこと。彼女が馬車から下ろした荷物を持ち上げようとして、メイドが危うく腰をやりかけたのだ。最終的に、人夫を呼ぼうとするティアリアーダを止め、ツヴァンツィヒが指定の場所へ運んだ。ちなみに、ツヴァンツィヒは強化服《アシストスーツ》を着用しており、成人男性の五倍以上の膂力《りょりょく》を発揮できる状態だった。

更に、用意した交易サンプル。精製塩《せいせいえん》やグラニュー糖については感心していたものの、そこまで驚きはなかったようだ。つまり、似たようなものは知っているということ。驚かれたのは、一部の金属製品だ。サンプルとして用意した刀剣類、貴金属細工は熱心に、というより信じられないものを見るような態度で確認していた。ただ、形や細工の細かさというより、その素材に興味を示していたように見受けられた。これは想定できなかった態度であり、リンゴによる解析が行われている。

保存水に関しては、非常に食いつきが良かった。水を保管しておくという事に興味があるようである。その他、缶詰の保存食には興味を示していたものの、鉄製というところがあまりよくないらしい。瓶詰は問題ないようだ。

セルロース製の糸、布、そして紙。これらは非常に喜ばれた。特に、布については絶賛だった。肌触りもよく、織り目も細やかで均一。織り方によっては伸縮性も付けられるのだが、このサンプルが非常に喜ばれた。安定供給できるのであれば、すぐにでもとその場で言われたほどである。アグリテンドが驚いていたため、通常ありえない食いつきっぷりだったのだろう。

宝石の類《たぐい》はそこまで興味はないようだったが、正確にカットされた各種宝石の造形技術については感心していたようだ。

最後に、酒類。主に、麦に似た穀類から作り出した酒を原料とした蒸留酒だ。酒そのものはザ・ツリーではまだ生産軌道に乗せていないが、試験的に醸造した酒を蒸留したものである。酒そのものというより、蒸留技術の見本として持ってきたものだ。いくつか度数を分けているが、最高度数は九十六%。タバコの火でも容易に引火するレベルだ。反応からすると、どうやら蒸留酒自体は既存のもののようだ。ただ、その度数には流石《さすが》に驚いていたようだった。

「っていうか、森の国《レプレスタ》ってエルフの国か!!」

そんな映像解説を見終わった後、イブは叫んだ。

「エルフ、という固有名詞は存在しませんが、その概念《がいねん》に近い人種であると想定されます」

「耳尖《とが》ってるし、顔はいいし、背も高いし。何か応接室に弓とか飾ってあるし。見てよ、気付いた？　金属製品を全然身に着けてないわよ、この人」

興奮気味に喋《しゃべ》る彼女に、リンゴは頷く。

「はい《イエス》、司令《マム》。メイドや執事など、森の国《レプレスタ》人以外は普通に金属装飾を身に着けていますので、金属が苦手という可能性は十分に考えられます」

缶詰に興味がなかったのは、これが理由だろう。金属が嫌いなのか苦手なのかは分からないが、瓶詰がOKで缶詰がNGなのはそれ以外考えにくい。ただ、確認する際に普通に素手で持っていたため、触れないというほど酷《ひど》くはなさそうだが。

その後、一行はテラスで歓待を受けた。立食パーティーだ。会話はほぼほぼ世間話で、あまり有益《ゆうえき》な情報はないとのことでほとんどがカットされたが、内容は要約されている。

まず、人形機械《コミユニケーター》の姿である、いわゆる獣人について。どうも、ティアリアーダ曰《いわ》く、獣の特徴を持った人種は居ないわけではないらしい。ただ、少なくともこの大地には定住しておらず、海を渡った別の大地に国を作っているらしい、とのこと。

ティアリアーダ、というか森《レプレスタ》の国人についても、少し確認できた。やはり金属、特に鉄は苦手とする者が多いとのこと。装飾品として長時間肌に触れていると、炎症になるようだ。種族的に、金属アレルギーが顕著《けんちょ》に出やすいようだ。もちろん中には全く炎症の出ない特異体質も居るが、そういった体質は非常に珍しく重宝されるとのこと。

また、ティアリアーダの妻、エレーカ・エレメスを紹介された。非常に美しく整った姿形は、まさにエルフのお姫様といった出で立ちであった。高身長のイケオジとスレンダー美女である。その他何人かを紹介されたが、あまり重要ではないとリンゴが判断したためカットされた。まあ、イブが覚える必要はないだろう。必要なら、その場でリンゴが改めて説明すればいい。

出てきた軽食は、サンドイッチや菓子類、そしてよく冷えた緑茶のようなもの。お茶について確認すると、交易品の一つで、森《レプレスタ》の国の名産という。あまり日の差さない、森の中で栽培されるチャノキから摘んだものらしい。野菜類は、森《レプレスタ》の国の指導の下に運営されている農場で採れたものとのこと。非常に美味——らしい。

イブは未《いま》だに、リンゴの操る人形機械《コミユニケーター》の味覚は信用していないので、話半分である。

まあ、とはいえテレク港街側のアグリテンドも書記官二人もおいしそうに食べていたため、特殊な味がするということもなさそうだが。

後は、このアフラーシア連合公国の現状などの話である。テレク港街が、政治中枢から隔離された南の果てということもあるだろう、ほぼ抗議というか、愚痴《ぐち》のような内容。アフラーシア連合公国の王都周辺ですら、かなり状況が悪いらしい。その所為《せい》で、ろくな貿易ができなくなっているとのこと。主要な取引品は燃石だが、その供給量が日に日に落ち込んでいるらしく、相当に不満をためていた。

その他、小麦と馬についてはそこそこの量が確保できている。これは、主な産地である小麦の丘都市《Wheat hill city》が何とか独立を保っているおかげだ。ただ、馬は品質が落ちているとか。とはいえ、フラタラ都市に対してちょっかいを出していたように、こちらも状況は悪化しているようである。他国の人間にそう言われるのだから、よっぽどだ。

既《すで》に、アフラーシア連合公国は国としての体《てい》すら保てていない。各地は分断され、好き勝手に独立を宣言し、小さな開拓村は次々に全滅している。そして最大の問題は、それらの主な原因が内乱ということだ。周辺国からすればいい迷惑である。野盗化した脱走兵や難民が、国境を越えて来る可能性があるのだ。

「再確認だけど、詰んでるわね、この国」

「はい《イエス》、司令《マム》」

この様子であれば、当初危惧《きぐ》していた物量に押し負ける可能性はかなり低くなる。押し寄せる何十万もの歩兵を相手にする必要がないのであれば、あるいは、このアフラーシア連合公国全てを手に入れることもできるかもしれない。

「とはいえ」

この先、フラタラ都市の北側には、独立勢力としてはかなりの勢いを持つ小麦の丘都市《Wheat hill city》が存在している。ザ・ツリーの戦力は未だに乏しく、全面戦争になった場合に不安が大きいのは確かだ。しばらくは貿易か懐柔か、平和的な接触を続けるべきだろう。

◇◇◇◇

それに気付くことができたのは、本当に偶然だった。

その日は雲ひとつない快晴で、木々の隙間から差し込む光も、いつにも増して強烈だったのをよく覚えている。日々の仕事である領域警備は、いつもの面子でいつもの通り行っていた。

警戒するのは、はぐれの魔物が入り込んでいないか、おかしな痕跡《こんせき》がないか、植生に異常がないかなど。もし魔物を見つければ駆除する必要はあるものの、担当の警備区域は両側を別の警備区域に挟まれており、後ろは街、前はアフラーシア連合公国に繋《つな》がる荒野となっているため、はぐれ魔物が迷い込んでくる可能性は万に一つもない。それでも警戒しないわけにはいかないため、警備部隊内では休暇扱いにされている緩《ゆる》い場所だった。

そんな警備区域だからこそ。

周囲の警戒を疎《おろそ》かにし、何となく見上げた、木々の隙間から見える空、遥《はる》か上空。

キラリ、と。

やや傾いた太陽光《ソテル》を反射した瞬間。そこに何かが飛んでいると、気付いたのだった。

「とにかく、とてつもなく高い場所だ。北方山脈の飛竜《ワイバーン》どもだって、あんな空高くを飛んでいるのは見たこともない」

それが、部隊内で最も目の良い観測手が出した結論だった。どのくらいの高さを飛んでいるのか、見当もつかない。だがしかし、確実にそれは上空を飛び、かつ決まったコースに従って動いていた。

「伝説の真竜《テュラ・ドラゴン》ではないのだぞ。どうやって飛んでいるのだ」

それを発見後、即座に情報は部隊長から危機対応省へ伝えられた。即応隊による迎撃《げいげき》は不可能と判断され、更に国防省に連絡が回る。同時に、長老会にも緊急招集が掛けられる事態となった。

「大きな円を描きながら、少しずつ本国のほうに移動しているらしいがの。私はあまり詳しくないが、東方の飛竜使い《ワイヴ・ライダー》どもの偵察《ていさつ》飛行がこんな円を描く軌道だと聞いたがの」

「では、何か？　アレに人が乗って、我が国に偵察に来ていると、そう言っておるのか？」

「あの方向からじゃと、相手は遊牧民どもかの？　馬鹿らしい、奴《やつ》ら程度があのような高空を飛べるわけがなかろうに」

「その可能性も含めて、検討すべきであろ？　もしかすると、西方国家かも知れん。燃石《トーン・マグ》を狙っていると聞いておる。何かの技術と引き換えに、採掘権でも要求したのかもしれん」

「わざわざ、あんな不毛な大地を求めるかの？　今まで通り、遊牧民共に掘らせればよかろう。あんな場所に手を出してみい、際限なく金が呑《の》み込《こ》まれるぞい。あれは底なし沼じゃ」

「それが想定もできぬほど、愚か者という可能性はないかの」

「ふん。その愚かな後進国家が、あの上を飛んでいる何かを送り込めるほどの技術を持っていると？　馬鹿らしいわ」

「では、あの不毛の地で燃石《トーン・マグ》を採掘できて、かつ採算がとれる何処《どこ》かの勢力が、あれを送り込んできている、とでも？」

「いや、そもそも全て推測じゃろうに。何の根拠《こんきょ》もないわ。あれが何で、そして対話が可能か、まずは調べる必要があるじゃろ」

「調べるじゃと？　何か手があるのか。我が国最高の風魔法の使い手とて、あの半分の高さにも上がれんと報告を受けておるが」

長老会は紛糾した。

その謎の飛行物体は昼夜を問わず、上空を飛び続けているようだった。更に、遥か遠く、南の海上にも同じものと思われる何かの姿が、短時間ではあるものの確認された。

「観測の結果、人工物である可能性が高い。魔物にしては類似種がおらず、また生物的な動きではない。まるで、決まった事を繰り返すゴーレムのような軌跡だ」

「撃ち落とすなり何なり、手立てはないのか？　人工物だとすると、我が国への侵犯ではないか」

「普通に矢を射掛けたところで、あのような高さまで飛ばせる訳がないだろう。何か魔法では対応できないのか」

「魔法にも射程はある。どんな使い手であろうと、あの高さには届かん」

何らかの人工物、おそらくはゴーレムの類。あれほどの空高くから見下ろして何が分かるという訳ではないだろうが、それでも、常に見られているというのは当然、気持ちの良いものではない。協議の中で、あれを撃ち落とすにはどうすればいいか、という話の流れになるのは当然であった。

「直接魔法では狙えんだろうが、何かを組み合わせれば――」

「遠当ての魔法を持つ警備隊長に――」

「弓神《ソジダラス》の一撃は使えないのか――」

「このままでは我が国の威信が――」

そして、対応が決定する。穏健派の勢力が僅差で発言権を獲得し、警備部隊へ命令が下された。即《すなわ》ち、矢文《やぶみ》の撃ち込みである。

「観測開始ィ！」

「観測開始」

対応決定後、部隊は即座に行動を開始した。

必中《ワン・ショット》の魔法に長《た》けた部隊長が選出され、特殊な術式を刻んだ長弓と矢を準備する。

相手があまりにも遠いため、魔法発動後、この長弓は破損するだろう。初速増加と射程強化の術式がびっしりと刻まれた、この作戦のためだけに用意された一品である。

「目標視認」

必中《ワン・ショット》の魔法は、知覚範囲の目標物に対し、自身が放った矢を確実に命中させることができる。ただし、相手が遠いほど、そして動きが速いほど必要な魔力も増加する。簡易測定により必要魔力は一人では賄《まかな》えないと判明したため、複数人が魔力供給を行う儀式魔法を使用することになった。緻密《ちみつ》な術式を組み合わせて五芒星《ごぼうせい》の魔法陣を敷き、頂点に術者を、残りの四点に魔力供給者を配置する。更に、外部から視覚強化の魔法を重ね掛け、術者が目標のゴーレムを視認できるよう補助を行う。それでも、部隊内で最も目がいいと言われる彼であっても、ゴマ粒のような大きさでしか見ることができない。

だが、必中《ワン・ショット》に必要なのは〝見る〟事だ。

魔力を込められた長弓が、輝きを放つ。矢に刻まれた術式も、必中《ワン・ショット》の魔法に反応して光を放った。ギリギリ、と音を立て、弓が引き絞られる。

「必中《ワン・ショット》」

風切り音を残し、その矢は放たれた。魔法の反動で、長弓が粉々に砕け散る。単なる弓矢の一発にこれほどの魔力が注がれるのは、この森の国《レブレスタ》の長い歴史の中でもほとんどなかっただろう。術者と繋がった魔力パスから貪欲《どんよく》に魔力を吸い出しながら、飛翔《ひしょう》する矢は速度を落とさず、目標に向けて飛んでゆく。魔法の効果により、矢は必ず目標に突き刺さる。その結果を実現するため、現実を上書きしながら矢は飛んでいった。術者と供給者の魔力を吸い出しながら、矢はどんどんと高度を上げていき。

「……ぐっ」

そして、およそ五分後。魔力が、底をついた。数人は急激な魔力欠乏により、意識を失う。術者は魔力供給の起点ということもあり、僅かに魔力を残していた。矢と自分を繋ぐ魔力パスが、正常な手順で解除されたことを感じ取る。

「……命中、しました」

それでも、急激に魔力を失ったことで目眩《めまい》を起こし、膝をついた。待機していた衛生兵が、即座に駆け寄る。

「報告、命中確認！」

「後方観測、術式の正常解除を確認！　命中しました！」

術者本人、そして観測班からの報告を聞き、部隊長は頷く。

「遠話兵、本部へ連絡。手紙は客へ届けられた。本作戦は予定通り完了。問題なし。以上」

「了解しました！」

ぶっつけ本番ではあったが、矢文を上空のゴーレムへ届けるという作戦は無事に成功した。もし目標のゴーレムが魔術的防壁を持っていた場合、防壁突破のための魔力が足りずに矢は力を失っていただろう。警備部隊の精鋭五人の魔力を合わせた一撃にもかかわらず、当てるだけで精一杯。計算通りとはいえ、流石に部隊長も成功の確信を持てなかったのだ。更に、この作戦に注《つ》ぎ込《こ》まれた資金。特別製の弓と矢は、最高の魔道具師が手掛けた一点物。儀式魔法用の希少触媒に、魔法陣を構築した上級術士達。背筋が震えるほどの資金が、この作戦に投入されていた。

「よし。相手の状況確認を継続せよ。観測班はそのまま継続。何か変化があればすぐに知らせろ」

「了解しました！　観測班、行動を継続します！」

矢文の命中から、およそ一時間後。上空のゴーレムはゆっくりとコースを外れ、アフラーシア連合公国側へ進路を変更する。そして、それ以降ゴーレムが森の国《レブレスタ》へ侵入することはなくなったのである。

◇◇◇◇

この世界は、非常に広大である。各種機材から収集した情報を解析した結果、地球と比較してこの惑星はとても広いということだ。

先日の探査用ロケットの打ち上げにより、その情報精度もかなり向上した。

本惑星の直径は、およそ二万㎞。正確な計測のためには人工衛星が必要だが、地上付近からの計測・計算により二万千～二万二千㎞の間であろうと予想されている。仮に二万千五百㎞とすると、赤道外周は六万七千五百㎞、表面積は十四億五千万㎢。地球の外周が約四万㎞、表面積が五億㎢であるため、それぞれ一・七倍、二・九倍ということになる。航続距離に制限のある航空機のみで地球の三倍の広さの惑星を探査するのは、非常に困難だ。

そんなわけで、北大陸の探索も遅々《ちち》として進んでいないのが現状だった。

特に、森の国《レプレスタ》については全く手を付けられていない。領空侵犯を避けざるを得ないうえ、アフラーシア連合公国の領土調査を優先しているからだ。

また、そもそも高高度偵察機の運用機数も少ない。

光発電式《スイフト》偵察機は通信中継用のプラットフォームとして利用しており、偵察用途に回せる数があまりなかった。その後に増やしている高高度ドローンは、基本的にマイクロ波中継機能を優先しており、偵察機としての使用には耐えない構造だ。

「とはいえ、資源生産量も増えてきたことだし、情報収集にも力を入れないとね」

「はい《イエス》、司令《マム》。第二要塞の四千m滑走路《かっそうろ》が完成すれば、地上機《ランドプレーン》の離着陸が可能になります」

「地上機ね。まあ、飛行艇《シープレーン》よりは制限が軽くなるかしら。メンテも楽になるし」

イブはしばし、考え込む。結局、何を危惧しているか、という話だ。

アフラーシア連合公国への干渉を最低限に抑えているのは、全面戦争を回避《かいひ》するためだった。

ザ・ツリーの戦力に不安があり、相手国の戦力は不明。その状況では、あまり大胆なことはできないという制約。

ただ、この不安は解消しつつある。アフラーシア連合公国は国としてまとまっておらず、戦力も乏しい。しかも、どうやら周辺国家との付き合いも怪《あや》しく、少々ごたごたが起こっても、横やりが入る可能性は低そうだった。

「不安要素は森の国《レブレスタ》かしら？」

今のところ、他勢力から明確に攻撃を受けたのは森の国《レブレスタ》の一件のみ。西側諸国にスイフトを近付けても反応は見られないため、森の国《レブレスタ》の脅威度《きょういど》が突出《とっしゅつ》して高い状況である。

「はい《イエス》、司令《マム》。今回の交渉を機に、何らかの手段で戦力を測りたいですね」

リンゴも、森の国《レブレスタ》はどうにかしたいと考えていた。だが、対外経験が乏しく、有効な作戦を思いつけないでいる。とはいえ、それで受け身になっても何も進展しないだろう。交渉ごとは、主導権を握らなければ話にならない。

「砲艦外交の真似事《まねごと》をするしかないかしら……」

イブはため息を吐きながら、そう呟《つぶや》いた。とにかく、対等以上の相手だと認識されない限り、ひたすら足元を見られるだけだろう。一部の戦略物資《プレゼント》には大いに興味を示していたようだが、逆に言うとそれだけだ。

アフラーシア連合公国よりは文明的だ、と評価されたことは間違いないだろう。大使筆頭のティアリアーダ・エレメスは、アグリテンドとドライツィヒで明確に態度を変えていた。それでも、対等な交易相手と見なされるかどうかといえば、否と答えるしかない。

「みんな、なにか思うところはあるかしら？」

というわけで、突破口を見つけるためにも、イブは五姉妹に意見を求めることにした。まだまだ独立知性体としては経験不足ではあるが、異なる嗜好《しこう》を持ったＡＩの意見を募るのは重要だ。お姉《イ》さま《ブ》に意見を求められ、全員が演算を開始する。

「……お姉ちゃん。いい……？」

しばらくして、最初に口を開いたのは、珍しいことに五女のオリーブであった。

「何かしら、オリーブ」

「……森の国《レブレスタ》とは、付き合えるの……？」

「ん……？」

オリーブの言葉に、イブは首を傾《かし》げる。

「えっと……。……なかよく、しなきゃいけないの……？」

その問いに、イブは一瞬固まった。森の国《レブレスタ》が、オリーブが嫌うような問題行動を取っていたかと考えたのだ。だが、彼女らの頭脳装置《ブレイン・ユニット》は、まだ判断基準に好き嫌いが反映されるほど経験を積んでいないはずだ。少し考えてから、それが言葉通りの問いであると、イブは理解した。

「そう……そう、ね。そうか、その視点は必要ね」

「……あの、どういう意味でしょうか？」

そして、今度はイチゴが首を傾げた。ウツギとエリカも理解できなかったのか、同じ角度で首を傾げている。この場では相互情報リンクを行っていないため、誰かの理解が共有されるわけではないのだ。

「違ったらちゃんと言うのよ。オリーブ、あなた、森の国《レプレスタ》とは最初から敵対しても構わない、って思ってるのね？」

「……うん！」

結局、最終的に何を目指すか、ということだ。過程がどうあろうと、結果的に敵対する関係になるのであれば、最初から敵対関係であっても問題ない。むしろ、友好関係を築く努力が無駄になる。

そして、ザ・ツリーと森の国《レプレスタ》の関係といえば。

彼《か》の国の油田《ゆでん》を奪取し、隣国となるアフラーシア連合公国にじわじわと侵略を掛けているという、どこをとっても敵対関係にしかならない間柄である。

そう、良好な関係を保つ理由がないのだ。敢《あ》えて言うなら、余計なちょっかいを出されないよう、ザ・ツリーの情報を完全に隠蔽《いんぺい》する必要がある、というところか。

「お姉さま。たしかに、支配階級間での血縁関係があるような濃い関係でもない限り、隣国同士は仮想敵国として扱うのが正しい。無駄に事を荒立てる必要はないが、友好関係を保つ努力をする必要もない」

「そうですね……。よほどのメリットがない限りは、友好関係のためにつぎ込むリソースが無駄になるでしょう。あちらがよほどの秋波《しゅうは》を送ってこない限りは、ですが」

アカネ、イチゴは、オリーブの意見に賛成するようだ。

「じゃあ、最初に一発殴って分からせればいいんだね！」

「力関係を叩《たた》き込《こ》む！」

そして、ウツギとエリカも、短絡的ながら似たような結論を出した。いや、いささか暴力的すぎる意見ではあるが、国家間のやり取りとしては間違っていないかもしれない。

「そうねぇ。さすがに遺恨の残るような殴り方はできないけど。軍事演習程度ならやってもいいかもね。いえ、演習と言わず、あの周辺を奪取してもいいかしら」

五姉妹の意見を汲《く》み、イブは考える。

意図せずにではあるが、既にフラタラ都市は【ザ・ツリー】の勢力下だ。その範囲をもう少し東に伸ばし、東門都市《East gate city》までを配下に収めるのも、悪くない。気をつける必要があるのは、小麦の丘都市《Wheat hill city》に余計な情報を流さないようにすることか。

「リンゴ。東門都市《East gate city》の攻略プランを出しなさい。今後、油田を確保した後はアフラーシア連合公国の南部を制圧に掛かることになるわ。それを加味して、資源生産と兵器増産もね」

「はい、司令《イエスマム》」

◇◇◇◇

「……制圧、と？」

「あなた方に危害を加えることはない。作戦時間は、これより六時間。その間、この宿からの外出は控えていただく。今後の付き合い方を変えるつもりはない。安心してほしい」

「そう……ですか……」

森の国《レプレスタ》との交渉を始めて、五日目。ついに、【パライゾ】は動き出した。

大使筆頭、ティアリアーダ・エレメスとの交渉は、アグリテンドの目から見ても順調とは言い難い。ティアリアーダは明確にこちらを下に見ており、パライゾもその国力を侮《あなど》られており、ことごとく足元を見られている状況だ。とはいえ、それは国家間のやり取りとしてはそれほど不思議ではないだろう。むしろ感情的になることなく、辛抱強くティアリアーダは付き合ってくれている、と見ることもできる。

「こう言ってはなんですが……。あなた方が、そのような行動を起こす理由が、理解できません。平和的に交渉を続けることはできないのでしょうか？」

これまでの付き合いから、パライゾが大変な力を持った、それでいて慈悲深い国家であると認識していたアグリテンドは、突然の方針転換に困惑しているようだった。だが、それも無理はない。パライゾは、実に理性的に、そして確かに慈悲深く、テレク港街と鉄の町を救ってくれたのだ。フラタラ都市では不幸な出来事が起こってしまったが、それも考えられないほど穏便な手段で収めてくれた。

それが、突然、何もしていないどころか歓迎までしてくれている東門都市《East gate city》を制圧するという行動に出る理由が、全く理解できなかったのである。

「本国の方針転換である。それ以上の状況を知らせることはできない。だが、あなた方や、東門都市《East gate city》の住人達に必要のない危害を加えないと約束する」

ツヴァンツィヒの言葉に、テレク港街からの使者達は顔を見合わせる。それは、これからの扱いについての不安からか。これまで非常に良好な関係を築いてきたパライゾが表した、突然の暴力性に戸惑っているようだった。

「これは伝えてもいいか。……本国は、アフラーシア連合公国への侵攻を決定した。そして、余計な横槍《よこやり》を警戒している。力ある隣国というのは厄介だと判断した」

これは、森の国《レブレスタ》へのパフォーマンスであると。

ツヴァンツィヒは、言外にそう伝えたのだった。

六百四十八日目　森の国と交渉する

パライゾ代表、ドライツィヒ＝リンゴ。完全武装の護衛を二人従え、彼女は宣言する。

「我々【パライゾ】は、アフラーシア連合公国への侵攻を開始する。貴国へ被害は一切与えないので、安心していただきたい。また、これは我々パライゾと、アフラーシア連合公国との間の問題である。一切の手出しは無用に願う」

対するティアリアーダ・エレメスは、非常に険しい顔をしていた。

「……あなた方は理性的な国家であると、我々は認識している。このような横暴を行う、納得できる理由は示していただけるのか」

あるいは、それは森の国《レプレスタ》が初めて表明した、【パライゾ】を国家と認める正式な言葉であった。だが、それが相手に響くことはない。パライゾは、既に力を見せると決めていた。

「アフラーシア連合公国は、既に国家として瓦解《がかい》していると本国は判断した。無法地帯となる前に、全てを我々が併合する。力あるものが自らを犠牲《ぎせい》に弱き民を護《まも》る、これに勝る道理はない。我々は、アフラーシア連合公国の国民すべてを保護すると決定したのだ」

それは、あまりにも傲慢《ごうまん》な宣告だった。

「国家は、正当な支配者が正当な手続きをもって統治するべきだ。我が国は、力による支配の変更は認めない」

「認めてもらう必要はない。我々は、ただ結果を示すだけだ。それを防ぐ力を持たない国家に、存続する意味などない」

ティアリアーダは思考する。

昨日までの対話姿勢とは、全く異なる。ドライツィヒは、一方的に、有無を言わせず通告していた。であれば、この一晩の間に本国からの連絡があったと見るべきだ。大幅な方針転換。それも、全く想定していなかった、第三勢力による国家侵略だ。

今から本国へ連絡しても、対応は間に合わないだろう。わざわざ宣告してきたということは、既に準備は整っていると考えて間違いないはずだ。相手のミスを期待するべきではない。

「東門都市《East gate city》の占領作戦は、六時間で完了する。本日夕刻、十七時に再度、こちらの大使館を訪れる。その際に、今後についての話をさせていただく」

「……今日、だと？」

ティアリアーダがその時系列を認識したときには、既にパライゾの使者三人は踵《きびす》を返して歩き始めていた。先程の態度から考えると、呼び止めても答えはないだろう。

突然の事態にやや混乱しながら、ティアリアーダは彼女達を見送った。これから、何が始まろうとしているのか。

だが、彼には悠長にしている暇は与えられなかった。

それに気が付けば、違和感はすぐにやってくる。虫の羽ばたきのような、だがそれよりも遥かに大きく、不快な低音が響いていた。聞いたことのないその音に、慌てて周囲を見回す。

「ティアリアーダ様、あちらを！」

最初に発見したのは、大使随行員のラ・テレアドゼーダ・エレメス。彼の指差す先に、それはあった。遥か南の空、朝日に照らされ鈍く光るそれらは、明らかに空を飛んでいた。森の国《レプレスタ》人としての優れた視力が、その空中を行く巨大な物体達を、確かに捉えたのだ。

「あれは、魔物では――」

「魔物では、ない。ああ、あれは人工物だ」

空を行く船。そういったものであると、ティアリアーダ・エレメスは理解する。さきほどの宣告、このタイミング。間違いない。あれが、【パライゾ】の力なのだ。

「……よく見ておけ。これから、我々の隣人となる者達の振るう力だ。全てを記録し、我々は、これを本国へ伝えなければならない」


轟音《ごうおん》と共に現れた空の船から、何かが落とされた。

上空を飛ぶ船の数は十隻。そのうち、六隻は他の四隻と比べても倍は大きい。その巨大な船から、次々と投下される何か。それらはしばらく自由落下した後に、閃光《せんこう》と煙を噴き出した。まるで爆発したように見えたが、それは制御された炎であるとすぐに分かった。自ら落下しつつ、炎を噴いてその軌道を変えたのだ。

六本の脚を広げ、爆音と煙と炎を引き連れて、それらは東門都市《East gate city》に突入した。大量の砂煙が上がり、視界を瞬《また》く間《ま》に覆い尽くす。その砂煙を突き破り、巨大な怪物が飛び出した。

それは、巨大な蜘蛛《くも》の化け物だ。【パライゾ】が引き連れてきたそれと、同じもの。テレク港街の使者達はゴーレムと呼んでいたが、そんな生易しいものではない。一般的なゴーレムは火を吹いたりしないし、あんな速度では動けない。なにより、そもそも大きすぎる。あれがゴーレムだったとして、その中核となる魔石の品質は一体どれほどのものとなるか。

そして当然、そんなものが空から降ってきたのだから、住人達はパニックに陥った。慌てて逃げ出す市民達には目もくれず、巨大なゴーレムは領主館と併設された兵舎に突入する。盛大な破砕音が響き渡り、レンガや木片が吹き上がった。

おそらく、東門都市《East gate city》の領主や領兵達は、何が起こったのか全く分からないだろう。突然自分達が詰める建物が怪物に襲われ、破壊されるなど想像もできないはずだ。

そうして常備兵力が麻痺《まひ》したところに、さらに上空から別のゴーレムが現れる。

それは、最初のゴーレムよりもさらに巨体だった。巨大な傘を何個も広げ、ゆっくりと降りてくる。二体の大ゴーレムは空中で傘を切り離すと、自身の脚で石畳《いしだたみ》を破壊しながら着地した。それと同時、背中に細長い棒が立ち上がると、次々と何かの発射を始める。背中から飛び出したそれらは、空を流れる傘を避けながら飛行を始めた。どうやら、小型ながら自在に空を飛べるゴーレムのようだ。

その飛行ゴーレムは、数えるのも億劫《おっくう》になるほどの数が打ち上げられた。街の外からも侵入しているらしく、それらの飛行ゴーレムが東門都市《East gate city》の上空に蓋をしてしまったように見える。

続いて、地上のゴーレムと比べると遥かに小さい、筒のようなものが大量に突入してきた。それらも轟音を響かせながら炎を吹き、領主館周辺の庭や道路に突き刺さっていく。距離があるため分かりにくいが、間違いなくこれもゴーレムの一種だろう。突き刺さった瞬間、白い煙のようなものが周囲に立ち込め、その姿を隠してしまった。

「ティアリアーダ様……」

「想像以上だな」

制圧に六時間。彼女らの言葉に、偽りはなさそうだ。大使館の最上階から街中を見下ろしながら、ティアリアーダは眉間《みけん》に皺《しわ》を寄せていた。

ティアリアーダは、優秀な外交官だ。まだまだ若輩者《じゃくはいもの》と言われる年齢ではあるが、それでもこれまで多くの功績を上げており、アフラーシア連合公国に派遣されたのも、なんとか燃石の確保をしたいという本国の思惑があったためだ。優秀な外交官により情報収集を行い、あわよくば採掘権まで確保したい。それだけ、燃石という資源は重要視されていた。

だが、おそらく外交戦略は大きく転換する必要がある。彼ら外交官の目の前で、突如現れた【パライゾ】という集団が侵略してきているのだ。そして少なくとも、この東門都市《East gate city》の備える兵力では、全く抗《こう》し得《え》ない力を持っている。

戦場を覆い隠していた白い煙が、晴れてきた。

広場には、さきほど空から降ってきた筒状の何かが複数突き刺さっている。そして、それは盾のようなものを周囲に展開し、どうやら地面に固定されているようだった。その陰に、ちらちらと見えるのは、おそらくパライゾの兵士。あの筒の中に、兵士が入っていたらしい。小柄なその兵達、あのドライツィヒと同じような背格好の彼女らは、武器と思われるものを構え、次々に領主館に突入していった。彼女らが、パライゾの主力兵ということか。

「テレアドゼーダ。本国の常備兵で、彼女らを撃退できると思うか？」

「……。断言はできませんが。空から降ってきたあれらを防ぐには、部隊長クラスを複数当てる必要があるでしょう。一方、彼女らは空を移動します。飛行速度も速い。であれば、彼女らは、戦場を自由に設定できます」

「そうか。戦力の移動が間に合わないか」

「はい。それと、あの巨大ゴーレム。あれが何体出せるかで、大きく様相は変わるでしょう。あの巨体ですから、多くは用意できないと思いたいですが……」

「楽観はできない、か……。そういえば、我が国の上空に侵入したという飛行ゴーレムの話を聞いたが、まさかな」

定期報告に紛《まぎ》れていた、雲よりも高い高空に侵入した飛行ゴーレム、そこに矢文を撃ち込んだという報告があったのを、ティアリアーダは思い出していた。もしも、それが【パライゾ】

のものであるなら、彼女達は森の国《レプレスタ》を敵視している可能性がある。パライゾがアフラーシア連合公国を制圧した場合、祖国と国境を接するのだ。隣国を仮想敵国と考えるのは、自然なことである。

ティアリアーダは、考える。

例えば、本国から軍を派遣し、パライゾの侵略に抗し得るか。

答えは――否。

少なくとも、これらの巨大ゴーレム、そして空から降ってきた筒と中の兵士達。彼は、ツヴァンツィヒが怪力を発揮して荷物の積み下ろしを行う姿を見ていた。あの身体能力を兵達が持っていない、と考えるのはあまりに愚かだ。全員があれだけの力を持っている、と考えるべきだ。その兵を、軍の一般兵で抑えることができるだろうか。

「少なくとも、パライゾの国力がある程度判明するまでは、敵対しないように接する必要があるな。全員に通達しろ」

何かが破裂する音が、連続して響いている。おそらく、領主館や兵舎で戦いが発生しているのだろう。この破裂音、レプイタリ王国が採用している銃や砲と呼ばれる武器に似ている気がした。彼の国と同等、またはそれ以上の力を有すると考える必要がある。

「人種《ひとしゅ》と侮《あなど》ることはないだろうが、つまらぬ諍《いさか》いを行わぬよう徹底させろ」

「はい、必ず」

◇◇◇◇

砂漠地帯の油田とその周辺の偵察情報は、リンゴによって徹底的に解析された。その結果、砂漠地帯そのものに、人工的な活動の痕跡が無いと結論づけたのである。

「まあ、砂漠だしね。地下資源でもない限り、普通は立ち入らないわよね」

砂漠と草原地帯の間、やや砂漠寄りの場所に、いくつか大規模な砦《とりで》が見つかっている。ここが、森の国《レブレスタ》における最南端の居住域と考えられた。

「夜間の偵察画像しかないから、情報が不足している」

おそらく砦の空撮画像を確認中なのだろう、アカネがそう呟いた。

特に砦周辺は、人の目を警戒し、偵察機を近づけることを避けていた。砂漠地帯はある程度状況が分かったため、飛行艇《アルバトロス》の派遣を始めたところなのだが。

よって、現在あるのは、超音速高高度偵察機《ヴアルチヤー》によって撮影された夜間画像のみだ。

「まあ、油田とは二百km以上離れてるのよね。当面、気にしなくていいと思うけど」

イブの認識の通り、リンゴも油田の確保時に森の国《レブレスタ》が抵抗《ていこう》する可能性はほぼないと判定していた。そもそも、奪われたことにすら気付かないはずだ。

「気になるのは。この砦、何のためにあるのか、ということ」

砦内には生活反応、つまり赤外線の発生源が複数、しかも活発なものが確認されている。即ち、放棄されているわけではなく、現在も運用されているということだ。砦のように見える町、という可能性もなくはないが、それにしては規模が小さく、周辺に集落も見当たらない。しかも、複数の砦が同様の状態であり、大きな差異は確認できなかった。

「砂漠地帯に向けて、砦が築かれている。つまり、ここで何かを押《お》し止《とど》める必要がある」

「砂漠から、どこかの勢力が攻めてくるということでしょうか？」

イチゴは、自身でもあまり信じてなさそうな口調でそう言った。通常、砦は防御のために築かれるものであるから、その発想自体は間違っていないが。

「あの地域で、と考えると、魔物を相手にしてるって感じかしらねぇ」

この理不尽《ファンタジー》の惑星であれば、戦う相手は何らかの魔物。そう考えるのが当然だろう。だが、魔法《ファンタジー》設定に耐性のないリンゴや五姉妹達にとって、その発想はすぐに出てくるものではなかったようだ。

「砂漠地帯に、何らかの魔物がいる。それも、砦を築いて防がなければいけないほどの何か。油田を取りに行くにしても、そこを想定しておかないとね」

「先行偵察隊を送り込んでもよろしいでしょうか？」

空撮だけでは、得られる情報は限定的だ。であれば、観測機器を現地に運び込むしかないだろう。

「んー……」

第二要塞【ブラックアイアン】の資源生産は、想定以上に順調に進んでいる。あと一週間もあれば、相応の戦力を揃《そろ》えることができる。決断の猶予《ゆうよ》は、もう残っていない。

「そうね。最終判断は結果次第だけど。偵察の許可を出すわ」

「はい《イエス》、司令《マム》」

砦の高さは十〜二十m程度。最大二十mとしても、その視界はおよそ二十㎞ほど。一方、高度千mだと百五十㎞弱が地平線の距離となる。高度千m以下で飛行し、砦の半径百七十㎞以内に入らなければ視認される恐れはないということだ。

リンゴは早速、偵察隊の編成を開始した。


結局、他国へ侵略してはいけない理由は、それが自国にとって不利となるからだ。反撃されて被害が出るとか、自国経済へのダメージが許容量を超えるとか、他国からの制裁で立ち行かなくなるとか、理由は様々あるだろう。だが、それらは突き詰めると、メリットよりもデメリットが大きくなるから、という理由に収束する。

そういう視点で、【ザ・ツリー】勢力による侵略行為を判定する必要があるのだ。

まず、諸外国との関係。これは、アフラーシア連合公国以外に国交はないため、あまり気にする必要はない。他国から攻撃される可能性も、本拠地が特定されない限りは問題ない。

次に、侵略が成功するかどうか。アフラーシア連合公国に対しては、戦力推定がほぼ正確にできているため、問題ない。森の国《レプレスタ》は未知の国家だが、少なくとも、油田の確保は可能と判断している。奪い返される可能性はほぼないだろう。

最後に、侵略行動による自勢力へのダメージだ。戦闘時に失われる武器弾薬、戦闘機械。あるいは、戦力生産のための資源。これらはリンゴが厳密に計算しているため、心配ない。

残る障壁は、イブの決断だけだった。

「…………」

シミュレーションデータを眺めながら、イブは沈黙していた。

アフラーシア連合公国への侵略は、もう決めている。既に四つの街を配下に収め、今更というのもあるが。だが、森の国《レプレスタ》に対するそれは、性格が異なるとイブは認識していた。

現時点でザ・ツリーの収支は黒字であり、最も懸念《けねん》していたエネルギー問題もマイクロ波給電システムによってかなり緩和された。即ち、余裕ができたということだ。その状況で、わざわざ他国に侵略する必要があるか。

「司令《マム》」

うんうんと唸っているイブを見かねたのか、リンゴが声を掛けた。

「うー……なぁに？」

「何について懸念されているか、伺《うかが》ってもよろしいですか」

「…………」

そう。イブは、悩んでいるのだ。油田を獲《と》るか、諦めるかについて。

「結局は……人道的に、ありかなしか、だと思うわ」

口にすることで、表面化する情報もある。イブは、リンゴに向けて話すことにした。

「油田を獲るのは、私達の利益のためよ。そして、相手に不利益を与える行為。それを自覚した上で、実行していいのかどうか」

ザ・ツリーは、頂点にイブという絶対君主を置いた権力構造である。イブがすべての決定権を握っているという構造的な問題のため、本来、彼女を抑えることができる機能が必要だ。だが、現在それを行うことができる知性体は存在せず、イブとザ・ツリーは際限なく暴走する危険性を孕《はら》んでいるのだ。

「結局、倫理観の問題よね。相手から奪って、自身の利益を得る。それを実行していいの？」

「……歯止めが利《き》かなくなることを懸念されているのであれば、倫理警告ＡＩを導入することも可能ですが」

イブは、事あるごとに五姉妹達に人間性、倫理観について教えている。最も効率的な行動を、倫理的問題を理由に却下したことは数え切れない。それを、イブ自らが破るのか。

「……いいえ」

だが、それら全てを差し置いても、油田は魅力的だった。そもそも、ザ・ツリー所属の全知性体が、油田確保にＧｏを出しているのだ。イブがＮｏ－Ｇｏを出すのは不自然だろう。

「いいわ。森の国領土内の油田を確保する。リンゴ、倫理警告ＡＩの役割は、当面あなたに渡すわ。適切に采配なさい」

「はい《イエス》、司令《マム》。現時点をもって、ザ・ツリーは第二種戦闘配置に移行。第二要塞、第一種戦闘配置。要塞司令にはイチゴを指名。副司令はアカネ。作戦目標に油田の確保を設定。ザ・ツリー所属戦力の移動を開始します」

リンゴが準備していた作戦計画が、ネットワークに流される。最終トリガーが、イブの目の前に表示された。

「許可《Ｇｏ》!!」

イブは、ノリノリで拳《こぶし》を空中ディスプレイに振り下ろす。

「了解《Roger.》。オペレーション：〝油をくれ《Give me oil.》〟を開始します」

「え、何その名前」

広大な滑走路から、次々と飛行機《エアプレーン》が飛び立っていく。最初に上がるのは、護衛戦闘機【スワロー】。そして、円盤状のレドームを装備した早期警戒機【ブルーヘロン】。さらに、貨物を満載した六発のプロペラ機、戦術輸送機【ストーク】がそれに続いた。今回の侵攻作戦で使用されるのは、全て電気モーター式のプロペラ機である。ジェット機を使うほどに速度を必要とせず、コストが安く、量産性が高い。何より、マイクロ波給電により航続距離を気にする必要がない。

護衛戦闘機と早期警戒機が先行し、航路を確保する。高度は八百m程度に抑え、上空及び海上に異変がないか監視を行う。その後に続くのが貨物機とその直掩機《ちょくえんき》だ。貨物機には地上制圧用の多脚戦車と、港湾整備用の多脚重機、および多数の資材を積み込んでいる。これらの航空戦力で海岸を確保し、その後、海上輸送で多量の重機と資材を運び込む計画である。第二要塞建設に使用された工作船が、機材・資材を満載し、ほぼ同時刻に出港した。


「目標空域を確保しました。周辺に敵性勢力なし」

「領域クリアを確認。貨物機進出」

「監視領域を前進。大型給電ドローン、進出します」

偵察機を先行させ、作戦領域の安全を確認する。後方の貨物機は、安全が確保された空域を飛行する。同時に、後方約四百㎞、上空二十㎞に滞空している給電ドローンを前進させ、マイクロ波給電領域を拡大する。大型給電ドローンは大電力のマイクロ波中継を担当する装置で、前線のマイクロ波分配機へ給電することを目的とする機器だ。そのため、個々の装置機械へ給電する能力は低い。ただ、給電範囲が非常に広いため、後方から飛行機群《ランドプレーン》へ直接給電するために使用している。

「投下予定空域への到着は十三分後です。偵察機D、E、Fを超低空偵察に回します」

「ウツギ、偵察機コントロール受領ー。偵察飛行を開始するよ」

「アカネからエリカへ、降下部隊のコントロールを移譲」

「エリカ、部隊コントロール受領～。強行降下シーケンスを開始するよ～」

今回の作戦【油をくれ《Give me oil》】では、ほぼ全ての作戦進行をアカネ、イチゴ、ウツギ、エリカ、オリーブの五人が実施している。リンゴはオブザーバーで、司令官《イブ》は見学だ。

「この見学って役割、嫌なんだけど……」

「はい《イエス》、司令《マム》。残念ながら変更は不可です」

「なんで⁉」

アカネは現在、飛行機部隊の制御を行っている。先行偵察機で空域の走査《スキャン》を行い、安全が確保された状態で貨物機と直掩機を前進させる。同時に、マイクロ波給電ドローンも操作し、給電範囲を移動させている。イチゴは全体の統制を行っており、他四人への指示や細々とした調整を担当。ウツギ、エリカは侵攻部隊の直接操作を行うが、現在はほぼ待機。上陸予定地点に到着次第、部隊の空挺《くうてい》降下を行う予定だ。オリーブは工作船および護衛艦の操艦と、第二要塞およびザ・ツリーの生産設備の調整を担当。侵攻用の機器、弾薬の製造を行っている。

リンゴは五姉妹の判断、行動をチェックし、問題がある場合は適宜《てきぎ》助言を行う役割だ。

ただ、致命的な問題にならない限りは基本的に口出しせず、見守る姿勢である。イブは特にすることがないため、そんな彼女達を眺めていた。リンゴが見学の役割を表示するのも無理はない。姉妹達の気が散らないよう、リンゴが気を利かせて隔離しているため、実際に見学しかできないのである。

「貨物機群、予定空域に到達しました」

「空挺降下を開始」

貨物機の後方ハッチが大きく開口。そこから、多脚戦車が射出された。電磁レールにより機体から放出されると、即座にロケットモーターを点火、加速しながら目標地点へ飛行する。

「多脚戦車の放出を完了しました。貨物機A群が離脱を開始します」

「貨物機B群は後方で旋回《せんかい》待機中」

「超低空偵察、対象領域の走査《スキャン》を完了ー。脅威ランクが低下したね」

「オッケ～。空挺部隊は、そのまま着地させるよ～」

空挺部隊が空中から予定地点に突入。ロケットモーターを逆噴射に切り替え、次々に地上に

〈 六百四十八日目　森の国と交渉する 〉

降り立つ。役目を終えたロケットモーターを強制排出《パージ》し、即座に疾走を始めた。

「全機着陸完了。状態《ステータス》、良好《グリーン》。制圧行動を開始した」

「データリンク、正常です。周辺情報の収集を開始しました」

「データ解析を開始。周辺に敵性行動体は確認されず」

「規定範囲を確保したよ〜」

「確保了解ー。貨物機Ｂ群から重機を投入するよー」

「貨物機Ｃ群は、三分後に空域に到達します。到達次第、資材投下を開始します」

戦術マップが、目まぐるしく情報を更新していく。多脚戦車や随伴《ずいはん》する偵察特化機から送信される環境データを、現地の戦略ＡＩがリアルタイムに分析しているのだ。グレーの未調査領域が急速にイエローの探査済みに更新され、打ち込まれた情報収集杭《パイル》の情報により、グリーンの索敵済みに塗り替わった。最終的に、超越演算器《スーパーコンピューター》【ザ・コア】を使用するリンゴの情報精査によって問題なしと判定された領域が、安全確保領域としてブルーに変更される。

「順調みたいね」

「はい《イエス》、司令《マム》。元々、周囲に敵性勢力も存在しない未開の地です。事前偵察によって、脅威となる生物群も確認されていません」

「工作船の到着はいつになるんだっけ？」

「およそ二九時間後です。それまでには、計画通りに監視塔の建設が完了するでしょう。長丁場になりますので、数時間程度で交代勤務に切り替えます」

「交代勤務……」

「はい《イエス》、司令《マム》。頭脳装置《ブレイン・ユニット》の連続覚醒稼働《かどう》時間は、最長でも五十時間程度です。今回の作戦は数週間は継続すると予想されますので、早々に交代ルーチンを組む予定です」

「なるほどね。まあ、そりゃそうか。あの子達は、リンゴと違って睡眠が必要だもの」

「はい《イエス》、司令《マム》。厳密にはザ・コアの頭脳装置《ブレイン・ユニット》も常に一部がスリープするルーチンが組まれていますので、休息は取っていますが」

「……そういえば、そんな設定を読んだ記憶があるわね」

超越演算器《スーパーコンピューター》の頭脳装置《ブレイン・ユニット》は、二十四時間稼働を実現するため、全体の四分の一程度が常に休眠している状態であるらしい。そのため、実能力は構成ユニット数の四分の三程度と説明されている。まあ、そもそものユニット数が非常に多いため、誤差のようなものだが。

「司令《マム》も無理せず、いつも通り就寝をお願いします」

「はいはい。問題があれば、起こしてくれるのよね？」

「はい《イエス》、司令《マム》。それと、交代勤務になるため、姉妹達の就寝時刻は不定期になります。そちらも気にされず、司令《マム》はいつもどおりにお願いします」

これまではいつも一緒に寝ていたのだが、そうするとあの五姉妹も独り寝になるのか、と彼女は感慨深げに思った。ちゃんと寝付けるのか、心配になる。完全に、親目線であった。

「最悪の場合は強制入眠機能を使用しますので、お気になさらず」

「あ、そう……」

思考を読まれていた。彼女は気まずげに頰を搔《か》いた後、改めて椅子に座り直す。

「よし。んじゃ、もうしばらく作戦を見守りましょう」

「はい、司令《イエスマム》」


上陸地点に選んだ海岸は、東西五百㎞という巨大な河口の西端に位置している。この大河は森の国《レプレスタ》が交易に利用しているのだが、そもそもの行き来が少ないうえ、多数存在する島々によって複雑に水流が区切られており、主要な水路からは完全に隠された場所だ。水深も浅く、砂丘地帯のため、工作船到着後は海底掘削《くっさく》と護岸工事を行うことになる。逆に言うと、そんな場所であるため、間違っても他国の船が迷い込んでくるような事はない。

「情報収集杭《パイル》、設置完了しました。地中データの収集を開始します」

「音響データのローディング、完了。各情報収集杭《パイル》とのリアルタイムリンク、成功」

「爆薬設置完了しました。三、二、一、今。データ更新中です。地層情報、解析開始しました。探査範囲を拡大、建設地の選定を行います」

いろいろな場所で収集してきたデータを使用し、建設候補地の音波探査を行う。リンゴの試算では、九十％以上の正確さで地下数百メートルまでの地層情報を収集可能とのことだ。今回建設するのは監視機能とマイクロ波中継機能を合わせた、そこその高さの塔である。基本構造は鉄骨製で、紫外線劣化が懸念されるセルロースは使用しない。砂漠という極限環境のため、構造設計にはかなり気を使う必要がある。

「対象地点を絞り込んだ。強固な岩盤が露出している。この位置に監視塔を建設する」

「解析ＡＩにより、蓋然性はＡ級《クラス》と判定されました。規定水準をクリアしています」

「……了解《Roger.》。建設シーケンス、開始……」

監視塔の建設地点を決定し、多脚重機が行動を開始した。岩盤を掘削し、基礎杭を打ち込み土台を確保。鉄骨が組み上げられ、瞬く間に監視塔は背を伸ばしていった。

「こういった建造物の組み立てには、小型の多脚機械が有用ですね」

「そうね。うーん、子蜘蛛が群がって塔を作り上げているわ……」

ワラワラと建物に群がる小型多脚機械。控え目に言っても、悪夢のような光景であった。

石油の積み込み拠点《きょてん》は、単純に石油港《オイルポート》と呼ぶことが決まった。埋蔵量によっては恒久的な設備になる可能性もあるが、基本的には短期で引き上げる想定のため、わざわざ凝《こ》った名前をつけるまでもないという判断だ。

六百四十八日目　森の国と交渉する

オイルポートは現在、栈橋《さんばし》建造とその先の海底掘削を行っているところである。栈橋自体はこれも金属製で、子蜘蛛がわさわさと組み立て中だ。海底掘削は、昨日到着した工作船が、早速機材を投下して作業中である。海底を高圧水で破砕掘削し、土砂を海水ごと吸い上げ、多段階の分離機構《フィルター》を経て海水と土砂を分離する。土砂はセルロース布のバッグに詰め込まれ、埋め立て用構造体として、次々に海中へ投下されていく。

「すごい勢いで掘れるものなのね」

「はい、司令《イエス マム》。このあたりの工法は第二要塞建設時に一通り実施済みで、最も効率の良かったものを採用しました。予定では、三日ほどで一通りの掘削作業が完了します。大型貨物船から直接の積み下ろしが可能になりますので、輸送効率が劇的に向上します」

「貨物船かぁ。資源運搬用に作ったアレね。機材の運搬？」

「はい、司令《イエス マム》。多脚戦車八十機、多脚重機百五十台、小型作業機百二十ユニット、石油採掘プラント一式、多輪連結運搬車二十台を積んで航行中です。さすがにこの量を運ぶには貨物機では不足ですので、船舶《せんぱく》による輸送が必須です」

「なるほど。……うーん、よくぞここまで揃えたわね。感無量、かしら」

転移直後、物資不足にあえいでいた頃を思い出す。何をするにも資源不足、備蓄《びちく》を削りながら綱渡りで日々を過ごしていたのだ。もちろん、現在も資源に余裕ができているわけではないのだが、機材の生産量は二次関数的に上昇していた。

「とはいえ、まだまだ在りし日には遠く及ばないわね。大規模鉄鉱床も見つからないかしら」

「はい、司令《イエス・マム》。目下探索中です。やはり、海底鉱床が最有力です。今回の石油プラント建設のため一時中断としていますが、これが終わればリソースを振り分けられます。また、樹脂資材の利用が可能になりますので、プラットフォーム建造が捗《はかど》りますね」

ザ・ツリーが海底鉱床を発見してから、はや五百七十九日。とんでもなく時間が掛かったものの、ようやく先が見えてきたのだ。

鉱脈の推定埋蔵量は、一億t。

ザ・ツリー周辺海域のみでその量だ。更に未探査ではあるものの、熱水鉱床やメタンハイドレートなど、魅力的な海底資源がまだまだあると推測される。

「夢が広がるわねえ……。……まあ、魔物の問題はあるのだけれど」

海底は広大だ。リンゴの推定によると、この惑星では陸地の三倍ほどの海が広がっている。今のところ、ザ・ツリー周辺海域での脅威となる魔物の存在は見つかっていないが、それはたまたま遭遇《そうぐう》していないだけ、という可能性が濃厚だ。これからザ・ツリーが活動域を広げれば広げるほど、その脅威に出くわす確率は高くなる。

「北大陸ではあまり外洋航海は活発ではありません。海の魔物に関する情報も限定的で、役に立ちません。前人が居ない以上、我々は手探りで進めるしかありません」

そして、そのためには十分な武装が必要だ。これは、【レイン・クロイン】との戦いで学んだことである。魔物に対しては、とにかく武力をぶつける必要があった。そのため、海底プラットフォームを建設するに当たり、防衛力、攻撃力にリソースを割り振る必要があり、資源配分には頭を悩ませたものだ。最終的には、リンゴのおまかせメニューを選択したのだが。

「とりあえず、目の前の石油は確実に確保しないとね」

「はい《イエス》、司令《マム》。基地建造は順調です。海岸沿いは砂地ですが、内陸はいわゆるステップ気候に分類される植生です。乾燥した大地と、丈の低い草原が続いています。起伏はそれほどありませんが、岩石が露出している地域があり、一直線で結ぶのは難しいかもしれません。地質マップが完成次第、多脚機械を進出させます」

空撮により、油田からオイルポートまでの地図は完成している。地図は、油井とオイルポートを結ぶ移動路を選定するのに必須であり、またパイプラインの建設にも当然重要である。

ちなみに、パイプラインの開通までは多輪連結運搬車を使用して石油の輸送を行う。多脚ではないため、ある程度整地された道が必要だ。多少の不整地であれば走行できるが、多脚のように急角度な斜面の移動はできない。多脚式の輸送車も検討したものの、さすがに石油満載時の各脚の接地圧の問題で採用されなかった。百足《ムカデ》のごとく大量に脚を付ければ解決できそうではあったが、可動部が増えると故障率が馬鹿にならない数値になるため、選択できなかったのである。例えば、脚一本の平均故障間隔を百日（百日の稼働で一回故障するという意味）としても、百本の脚を持つ輸送機であれば、毎日どれかの脚が故障するという計算になるのだ。

「多脚輸送機械ってのもいいと思うんだけどねぇ」

「はい、司令《イエスマム》。あまり重くない物資を運ぶということであれば採用も可能です。ただ、さすがに石油運搬には向きませんね」

「しゃーないかあ」

現地侵攻用の補給機としてはいいかもなあ、とイブは考えつつ、それは保留する。

「よし。オリーブが採掘施設の防衛計画を提出してたわね。一緒に確認しましょ」

「はい、司令《イエスマム》」


転移後六百七十九日目。ザ・ツリーはこの日初めて、侵略を目的とする大規模ユニット群を他国領土に上陸させた。

既に空挺降下済みの部隊と合わせ、多脚地上母機四機、多脚戦車百十二機、多脚重機百八十台、小型作業機百六十一ユニット、多輪連結運搬車二十台という大部隊が、砂漠へ侵攻を開始する。一部はオイルポートの警備および建設作業に残る必要があるが、大部分はそのまま選定済みルートへ進出した。

多脚戦車が砂を蹴散《けち》らしながら疾走し、ルートを確定。後ろに続くのは多脚地上母機、さらに後ろに多脚重機が群れをなして付いていく。数百機の多脚機械が踏《ふ》み均《なら》した地面はそれなりに平坦《へいたん》になっており、最後に走る多輪連結運搬車も十分に速度を出すことができる。

ちなみに、多輪連結運搬車の外観は、走るタンクだ。石油を積むためのスペースさえあれば問題なく、自動制御のため運転席は不要。動力はインホイールモーターで、大きなエンジンも不要。そうすると、巨大な円筒タンクに直接タイヤが付いているというシンプルかつ不気味な車両のできあがりだ。さらにそれが四両、連結したものが、多輪連結運搬車だ。

「魔王軍かしら？」

これがイブの感想である。しかし、この編成を強く希望した本人がそう言ってしまうのは駄目だろう。

「森の国《レプレスタ》側の対策として、特に多脚偵察機は視認される危険がありますので、カモフラージュのため生物に似せたデザインにしてもよいかもしれませんね」

というわけで、一部の機体の装甲パネルは曲線を重視したデザインのものに取り替えられることとなった。万が一、森の国《レプレスタ》側に存在がバレた場合も、魔物と誤認されると期待できる。

「これ、不用意に姿を見せたら、魔王の尖兵《せんぺい》とか言われて大騒《おおさわ》ぎになりそうね……」

脚部関節保護のための装甲配置などが相まり、禍々《まがまが》しい雰囲気《ふんいき》が醸し出されていた。この多脚偵察機を、油田周辺の警備に当たらせる予定だ。余裕があれば、例の要塞線周辺地域への進出も考えているのだが。

「まあ……バレなければ大丈夫か……」

彼女はあまり期待していない態度で、そう呟いた。

迅速《じんそく》な物資輸送と兵力展開を期待し、オイルポートに滑走路を建造することとなった。防衛の問題からオイルポートの滑走路建設は見送る予定だったのだが、思いの外順調に占拠が可能であったことと、やはり第二要塞からの出撃では時間が掛かるため、防衛設備と共に航空基地機能をもたせることにしたのだ。

滑走路の建設となると、さすがに多脚重機では動作効率が良くないため、タイヤ式、無限軌道式も第二要塞から運搬する必要がある。運用開始できれば戦術輸送機《ストーク》の離発着が可能になるため、速度重視で各種機材を空挺輸送する。貨物船だと時間が掛かる上、現在航行中のため、第二要塞に戻ってくるのは三日後になってしまうのだ。

そんなわけで、また物資を満載した輸送機《ストーク》と直掩機《スワロー》が、第二要塞の滑走路から飛び立った。

「これもそのうち、ジェットエンジンに置き換えたいわね。プロペラ機もかっこいいけど、やっぱり速度が出ないし」

「はい《イエス》、司令《マム》。オイルポート、採掘プラントが計画通りに稼働すれば、すぐにでも。やはり、ジェット機の展開速度は魅力的です」

大型のプロペラ機であれば亜音速を叩き出す事は可能だが、超音速を達成するにはジェットエンジンは必須である。石油を安定的に手に入れることができるようになれば、航空機の置き換えを積極的に行っていく。

現在、油田に到着した多脚機械群が、地中の詳細情報を収集している最中だ。じわじわと広がる探査済み領域を眺めながら、彼女はため息を吐いた。

「何かやりたいけど、何もやることがないわ」

「大変申し訳ありません、司令《マム》。姉妹達の成長のためですので、こればかりは……」

本当に申し訳なさそうに頭を下げるリンゴに、彼女は笑って頭を撫《な》で甘やか《フォロー》した。

「ちゃんと分かってるわよ。ただ、この状況で全く関係ないことをする気にもなれないのよねえ……。うーん……」

彼女は相変わらず、自身の司令室から五姉妹の働きを見守っている。これを機に、ということで姉妹達と寝室も分けてしまったため、顔を合わせるのは食事および休憩の時だけだ。それも長い時間ではないため、スキンシップはめっきり減ってしまっている。まあ、姉妹達の本来の存在意義は多視点による【ザ・ツリー】の運用のため、それが正しい姿なのだが。

そうして姉妹達が働いている中、何もできない彼女は悶々《もんもん》としているわけだった。いっそ割り切って全く別のことを始めれば良いのだが、心配性の彼女はそれもできずに困っているのだ。

そんなイブの状況をモニターしつつ、リンゴは何らかの手当が必要かどうかを思考する。

何だかんだ言いつつ食欲もあり、夜もぐっすり眠っている。心拍や脳波情報を調べても、殊更にストレスレベルが高いわけではない。リンゴは、現状維持で問題なし、と結論づけた。

「司令《マム》。では、姉妹達のために食事と間食のメニューを考えましょう。司令《マム》の考案したメニューだと言えば、喜ぶと思いますよ」

というわけで、作戦期間中、ザ・ツリーの食卓はイブ考案の食事メニューが並ぶことになった。これを通じて、イブの食事要求のレパートリーも増え、日々のリンゴのメニュー考案タスクの負担が減ったとか、減ってないとか。

「エリカ、積み下ろし状況はー？」

「報告～。船尾開口部は八割完了、船側開口部は五割完了～。作業終了予定時刻は、定刻！」

「オッケー」

「ウツギ、滑走路の建築状況は～？」

「報告ー。掘り起こしは六割進行、砕石《さいせき》生産は予定通りー。十七時以降から埋め立て開始～」

現在、大陸油田開発本部（イチゴ命名）の作戦室に詰めているのは、ウツギとエリカの二人である。一日二十四時間（本惑星基準）を三勤務に区分し、常に誰かが詰めるようローテーションを組んでいるのだ。大抵は一人だが、ウツギとエリカはペアで石油港《オイルポート》の管理担当に割り当てられているため、二人で勤務していることが多い。

「地盤改良材も配置完了だね～。今日も順調、順調～」

滑走路は、三千mを掘り返し、砕石を敷き詰め、地盤改良材を充填して基礎強度を確保している最中だ。リンゴ謹製《きんせい》の速乾凝固剤で岩盤並の強度を確保し、突貫工事にもかかわらず必要十分な構造強度と長さを備えた滑走路を、僅か七日という期間で整備しようとしている。そして、その計画は順調に推移していた。

「えーっと、期間的には……。明日から管制塔の建設かー」

「お。資材は準備完了してるぞ～。うんうん、指揮AIちゃんはちゃんと仕事してるねぇ」

ウツギ、エリカの仕事は、現地の戦略AIに対し工程表を投げることと、その進捗管理だ。いくらスケジュールを立てても、細かい事象で予定は少しずつずれていくものだ。ある程度のマージンは確保しているが、問題発生時はやはり柔軟な発想が可能な、彼女らの搭載する頭脳装置《ブレイン・ユニット》を持ったAIによる判断が必要になる。

「今日のイベントは、あのおっきな岩盤の追加補強だけだったかな～」

ウツギの担当範囲で発生した問題は、地下の岩盤を詳細スキャンした際に発覚した、組織断面を起因とする亀裂《きれつ》と強度不足の対応である。原因は解析中だが、事前の音響・電波探知で発見できなかった不具合だ。岩石内で複雑に乱反射する超音波、ないし電磁波の作用により、偶然にもその亀裂が見逃されてしまったと推測されている。強度不足のまま建造するわけにもいかないため、岩石を穿孔《せんこう》し芯材と補強材を流し込むという追加作業が発生したのだ。

「こっちはイベントはなかったなー。平和なのは、いいことだ！」

「平和が一番だよね～」

そんな会話を続けつつ、彼女らは無線通信で様々な情報を処理していく。イベント、と呼んでいるが、そのイベント未満の問題は大量に発生していた。それは、重機の故障であったり事前情報と異なる地質情報であったり、あるいは砂漠地帯の日照による部材の変形であったりと様々だ。本来、こういった些事《さじ》は現地の戦略ＡＩに担わせるのがセオリーなのだが、オイルポートに設置されたＡＩには、今回の作戦に合わせて新造されたまっさらな頭脳装置《ブレイン・ユニット》が使用されている。経験を十分に積んだ頭脳装置《ブレイン・ユニット》があればよかったのだが、第二要塞も建築中ということもあり、そちらから引き抜くわけにもいかなかったのだ。もうしばらくすれば、現地のＡＩもこういった細かい調整もできるようになるはずである。ただ、それまでは姉妹達が適切に軌道修正してやる必要があるのだった。

▽ 転移後六百六十五日目　リンゴ日記

◆タイムテーブル

○七〇〇【イブ】起床。二度寝しようとしたためリンゴに起こされる。
○七三〇【イブ、リンゴ、アカネ、ウツギ、エリカ、オリーブ】朝食。
丸パン、スクランブルエッグ、ベーコン、果物。
○七三〇【イチゴ】間食。ハーブティーとクッキー。
○八〇〇【アカネ】勤務開始。
○八〇〇【イチゴ】シャワーを浴びる。
○八〇〇【ウツギ】【エリカ】レイン・クロインの幼体を観察。
○八〇〇【イブ、リンゴ】オリーブからアカネへの申し送りを見学。
○八一五【ウツギ】アバター操作訓練を開始。
○八一五【エリカ】多腕・多脚作業機械操作訓練を開始。

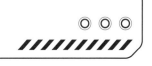

○八三〇　【イチゴ】寝室へ移動。イブに寝かしつけられる。
○八三〇　【イブ、リンゴ】イチゴと一緒に寝室に移動。イチゴを寝かしつける。
○九〇〇　【オリーブ】勤務終了。談話室へ移動。
○九〇〇　【イブ、リンゴ】談話室へ移動し、オリーブを可愛《かわい》がる。
一〇〇〇　【イブ、リンゴ、アカネ、ウツギ、エリカ、オリーブ】間食。紅茶とスコーン。
一〇三〇　【イブ、リンゴ、ウツギ、エリカ】おしゃべり。
一〇三〇　【オリーブ】海底プラットフォームの設計を再開。
一一〇〇　【ウツギ】アバター操作訓練を再開。
一一〇〇　【エリカ】フラタラ都市警戒監視実施中の多脚偵察《ていさつ》機の操作を実施。
一一〇〇　【イブ】スポーツ室で運動。
一一〇〇　【リンゴ】イブの補佐。
一二〇〇　【イブ、リンゴ、アカネ、ウツギ、エリカ、オリーブ】昼食。
　　　　　魚介のパスタとベビーリーフのサラダ、ゆで卵、果物。飲み物にハーブティー。
一二三〇　【イブ、リンゴ、アカネ、ウツギ、エリカ、オリーブ】展望室で日光浴。
一三〇〇　【アカネ】勤務再開。
一三〇〇　【ウツギ、エリカ】レイン・クロインの幼体を観察。
一三〇〇　【オリーブ】そのままお昼寝。

〈転移後六百六十五日目　リンゴ日記〉

一三〇〇【イブ、リンゴ】アフラーシア連合公国侵攻計画の確認を再開。

一三一五【ウツギ】アバター操作訓練を再開。

一三一五【エリカ】多腕・多脚作業機械操作訓練を再開。

一四〇〇【オリーブ】起床。海底プラットフォームの設計を再開。

一五〇〇【イチゴ】起床。

一五三〇【全員】間食。緑茶と葛餅《くずもち》。

一六〇〇【アカネ】勤務再開。イチゴに申し送り。

一六〇〇【イチゴ】勤務開始。アカネからの申し送り。

一六〇〇【ウツギ、エリカ】シャワーを浴びる。

一六〇〇【オリーブ】イブに甘える。

一六〇〇【イブ、リンゴ】オリーブを甘やかしながら、アカネからイチゴの申し送りを見学。

一六三〇【ウツギ、エリカ】寝室へ移動。イブに寝かしつけられる。

一六三〇【イブ、リンゴ】ウツギ、エリカと一緒に寝室に移動。二人を寝かしつける。

一六三〇【オリーブ】海底プラットフォームの設計を再開。

一七〇〇【アカネ】勤務終了。談話室へ移動。

一七〇〇【イブ、リンゴ】談話室へ移動し、アカネとおしゃべり。

一八〇〇　【イブ、リンゴ、アカネ、イチゴ、オリーブ】夕食。
　丸パン、牛肉のステーキ、コンソメスープ、サラダ。果物のシャーベット。
一八四五　【イブ、リンゴ、アカネ、オリーブ】入浴のため大浴場へ移動。
一八四五　【イチゴ】そのまま休憩。
一九〇〇　【イチゴ】勤務再開。
二〇〇〇　【アカネ】読書。長編スペースオペラ作品の続き。
二〇〇〇　【オリーブ】趣味のアシストスーツ改良を再開。
二〇〇〇　【イブ、リンゴ】ザ・ツリー内で娯楽《ごらく》を増やせないか検討。
二二〇〇　【イブ、リンゴ、アカネ、イチゴ、オリーブ】談話室でおしゃべり。
二二三〇　【イチゴ】勤務再開。
二三〇〇　【アカネ】読書。長編スペースオペラ作品の続き。
二三〇〇　【ウツギ、エリカ】起床。
二三〇〇　【オリーブ】趣味のアシストスーツ改良を再開。
二三〇〇　【イブ、リンゴ】就寝。
二三三〇　【ウツギ、エリカ】夜食。鶏だしのヌードル。
二四〇〇　【ウツギ、エリカ】勤務開始。イチゴからの申し送り。

◆頭脳装置《ブレイン・ユニット》基盤《バックボーン》育成状況

一号【アカネ】、二号【イチゴ】は俯瞰《ふかん》思考パターンを順調に習得中。最終的に、各地拠点《きょてん》要塞の戦略ＡＩとして設定可能と想定。Ａ級、Ｉ級頭脳装置《ブレイン・ユニット》の量産に向けて最終調整を行う。拠点設置時は四単位《ユニット》程度のコア性能を持たせ、必要に応じて増設可能な構造として設計する。

三号【ウツギ】、四号【エリカ】は機械操作に高い適性を発揮している。遠隔操縦時でも非常に精密な操作が可能で、【ウツギ】の能力が非常に高い。【エリカ】は個体操作よりも群体操作を得意としているようだ。Ｕ級、Ｅ級頭脳装置《ブレイン・ユニット》は指揮個体ないし戦術ＡＩとして設定可能と想定。また、Ｅ級は母艦級《マザーシップクラス》に搭載《とうさい》することで、飛躍的《ひやくてき》に戦闘適性を高められるだろう。

五号【オリーブ】は、設計製造・施設維持管理に対する順応性が高い。逆に、その他各種業務については想定適性《カタログスペック》未満の性能を計測しており、他四体よりも専門分野特化型であると判断する。Ｏ級頭脳装置《ブレイン・ユニット》は拠点要塞の中央管理ＡＩとして設定可能と想定。十単位《ユニット》程度のコア性能とすることで、拠点及びその周辺の開発維持管理を独立《スタンド・アローン》で遂行可能と判断する。

◆第二要塞状況

第二要塞【ブラックアイアン】は、イチゴの指揮下で順調に成長している。資源生産にもリソースを割り振っているため、全体としての収支はややプラス程度で収まっているが、時間とともに資源生産量は増えるだろう。要塞本体の建設が落ち着けば重機を採掘に回せるため、更に資源生産量は向上する。フラタラ都市、東門都市《East gate city》、そして油田《ゆでん》確保とリソースの割り当て先が多いため足を引っ張っているが、先は見えてきた。

ブラックアイアンは、大型汎用工作機械《プリンター》を三台設置完了した時点でひとまずの完成とする。現在は主に附属設備の建設中のため、大型建材はザ・ツリーから搬入している状態だ。一台でも大型プリンターの稼働《かどう》を開始できれば、輸送コストを大幅に削ることができる。船舶《せんぱく》の動力は水素ガスタービンへ置換が完了しているが、それまでに石油の備蓄《びちく》がかなり減ってしまった。早々に石油精製《せいせい》を開始したい。

◆テレク港街《こうがい》周辺状況

テレク港街周辺は、ほぼ落ち着いたと判定している。拡大した農地も運用できており、今後の収穫も期待できる。鉄の町も順調で、鉄鉱石の生産量も右肩上がりだ。先が見えてきたからか、クーラヴィア・テレクから新たな交易資源の提案《ていあん》があった。例の謎の資源、燃石だ。国土全体に広く薄く分布しており、大抵は湧き水と一緒に地上に出てくるらしい。

テレク港街周辺の土地に特殊な鉱石の反応はないが、魔法《ファンタジー》的な物質だとすれば、科学的探査から漏れている可能性がある。

◆魔物の経過報告

この世界には、魔物と呼ばれる生物相が存在する。姿形は通常の動物と似ているが、科学的に説明できない頑強性を発揮する生物群だ。レイン・クロインの異常な耐久力、生物的に単純な構造にもかかわらず非常に巨大で運動性能の高い地虫《ワーム》。そして、新たに手に入ったハイエナは、筋肉量から想定される素早さ以上の瞬発力を発揮していた。

地虫《ワーム》、ハイエナはサンプルとして死体を確保できた。レイン・クロインはその特性によりいまだに腐敗せず保管できているが、地虫《ワーム》、ハイエナについては一部で腐敗が始まってしまったため、冷凍保存している。どうやら、生物種によって発揮される特性は異なるらしい。どちらかというと、レイン・クロインが強力なだけで、弱い魔物はあれほどの頑強さは発揮されないということだろう。地虫《ワーム》はミミズによく似た構造で、ハイエナも通常の肉食の哺乳類と大差なかった。

この大陸では、科学的に説明できない強さ、魔法強化とでも表現すべき事象を発生させる生物が、魔物と呼ばれている。そして、魔物には必ず心臓付近に謎の結晶が存在する。個体によって形、大きさ、重さ、色はまちまちのようだが、ハイエナ群を調査した限り、同種族の結晶は似通った色になっているようである。

この謎の結晶は暫定的に魔石と呼称する。

実際のこの世界での呼称については、別途情報収集を行うことにする。アフラーシア連合公国には、焜炉《コンロ》という魔法道具が存在する。その動力源として、ハイエナの魔石は優秀らしい。優秀すぎて割高とも聞いているが。今後は魔法道具も収集し、解析を行っていく予定だ。

ただ、魔物を調査するにあたって前提情報が著《いちじる》しく不足しており、手詰まりになってしまっているのが気がかりである。何かしら、ブレイクスルーを起こす必要がある。

▽六百八十五日目　セルケトヘティト

突如現れたそれらに驚き、多くの生物がその領域から逃げ出した。それらは大挙して押し寄せ、瞬《また》く間《ま》にその場所を占拠した。昼夜の区別なく動き続けるそれらに、彼らは恐怖し、我先に逃げ出した。幸《さいわ》い、それらは逃げた彼らを追ってくることはなかった。

しかし、その影響は確実に周囲に広がっていた。

折しも、嵐に伴う豪雨が降った後だった。降り注いだ雨水自体は、照りつける太陽と保水できない乾燥した大地によって消え去っているものの、芽吹いた緑はこの機を逃すなとばかりに成長し、多くの生物に隠れ場所と食料を提供している。縄張りを追い出された彼らは、食料に困ることなく周囲に広がり、生物相を激変させることになった。

そして。

日が落ち、気温が下がり始めた時間帯、餌《えさ》を求めて潜んでいた魔物が動き出す。突如として増えた自らの餌を、魔物は喜々として捕食していく。餌が多ければ、周囲からそれを求めて肉食の生物が集まってくる。

砂漠の異変は、確実に周囲に広がっていた。

◇◇◇◇

「司令《マム》。この砂漠の脅威《きょうい》生物と思われる魔物を発見しました」

「……ん。ん？　脅威生物？」

「はい《イエス》、司令《マム》。今後は脅威生物と呼称します」

「んあー……。うん、まあ、分かりやすくて良いんじゃない？　ちなみに誰が名付けたの？」

「アカネです」

「そっかー」

彼女が眺める空間投影《とうえい》映像に、新たに発見された脅威生物が表示された。それは、砂地の上を走るトカゲであった。周りに大きさの基準となるものが表示されていないため、どのくらいの体長があるのかは分からない。

「んー？　あ、体長一・三ｍね。確かに大きいけど……」

脅威ってほどでは、そう続けようとしたが、それは言葉にならなかった。突如、走るトカゲの傍《そば》の砂が噴き上がったかと思うと、そこから蟹《かに》の鋏《はさみ》のような腕部が飛び出し、トカゲの胴体を鷲掴《わしづか》みにする。望遠映像のため音はしないのだが、彼女はたしかに、ボキリという音を聞いたように感じた。体長一ｍを超えるトカゲの胴を挟んだ鋏が、容易《たやす》くそれをへし折ったのだ。鋏の大きさは、実に七十㎝。トカゲも確かに大きいが、この鋏も巨大だ。そして、その持ち主も相応に大きいはずだ。

「うわ、出てきた！」

トカゲを無事に狩ったからか、それは砂の中から姿を表した。撮影時刻が明け方ということもあり、色はあまり鮮やかではない。しかし、哨戒機《しょうかいき》のカメラが捉えたその映像には、全体像がはっきりと映っていた。体長については、映像内で補足されている。前腕部の鋏から先端に針を持った尾部《びぶ》まで、実に七ｍ。体高は五十㎝。それは、巨大な蠍《サソリ》であった。

「いや、でっか！」

「はい《イエス》、司令《マム》。多脚戦車と比べると、見た目の印象としてはおよそ半分程度のサイズ感でしょうか。多脚戦車は胴部が大きいですので」

「……えっと、多脚戦車が全長……十ｍくらいだっけ？」

「はい《イエス》、司令《マム》」

彼女の言葉にリンゴが気を利《き》かせ、映像を一時停止して蠍《サソリ》と多脚戦車Ｉ型のワイヤーフレームを並べて表示した。体長は七ｍと十ｍの違いだが、サソリは腕部も尾部も曲げているため、もっと短く見える。また、体高も蠍《サソリ》はかなり薄いため、確かに多脚戦車Ｉ型の半分程度の威圧感だろう。

「うーん……でも、七mなのよね……」

リンゴが気を利かせて、蠍《サソリ》と多脚戦車Ⅰ型の間にイブ型《マム》人形機械《コミユニケーター》を表示した。当然、人形機械《コミユニケーター》の身長は百五十㎝未満のため、その差は歴然だ。

「やっぱ、でっか！　なに、魔物ってなんでこうでかいのかしらね！」

「申し訳ありません、目下研究中です。ただ、体組織構造強化の現象はどの魔物にも共通した特性のようですので、大型化に際して自重の問題を無視できるものと想定されます」

生物が大型化する際、特に問題となるのは重力である。巨大な体を支えるため、頑丈な骨と強力な、あるいは大量の筋肉が必要になる。しかし当然、骨も筋肉も相応の重量があり、体重も相応に増えることになる。そして、その筋肉を支えるため、大量の栄養《エネルギー》を摂取しなければならない。体が重いと運動性能にも影響が出るため、捕食行動は制限を受けざるを得ず、骨格、筋力、捕食行動はそれを支えるために増強が必要というイタチごっこが始まるのだ。そのため、通常の物理制約の下では、生物の大型化は一定のラインを超えると起こらなくなるのだが。

「魔法という別法則の下では、物理制約が緩和されます。同じ筋肉量で、より強力な力を発揮できます。骨も外皮も強靭《きょうじん》になり、重さを無視できます。あるいは、生物的な組成を無視して金属やセラミックを体組織として利用できます」

「まあ……そうねえ……。何らかの制限はあるでしょうけど、あのレイン・クロインとか地虫《ワーム》とか、意味分かんない生態だものね……」

以前の戦いを思い出し、司令官《イブ》はため息を吐《つ》いた。

「で、この蠍《サソリ》が脅威生物ってことでいい？」

「はい、司令《イエス マム》。補足ですが、スペクトル分析から体組織を推定できました。基本構造はキチン質ですが、鉄やチタン、アルミニウムなどの金属反応も確認されます。また、運動性能から各関節に掛かる負荷を計算しましたが、明らかに想定される強度を上回っています。ここから、何らかの魔法的強化が為《な》されていると推測しました」

生体組織と金属組織の混合もだが、甲殻内体積から計算すると明らかに不足する筋力。少なくとも、リンゴが保有する知識からは物理法則に反すると思われる現象をいくつか確認できたため、この蠍《サソリ》は魔物であり、ザ・ツリーにとっても警戒すべき対象と判断したというわけだ。

「はー。あんなのが大挙して押し寄せてきたら、確かに面倒ねぇ」

それがいわゆる『フラグ』ではないか、とリンゴは思ったが、賢明にも口にしなかった。こういうのは、口に出すから駄目なのだ。

さて、肝心の油田《ゆでん》である。

調査の結果、自噴量はあまり多くないと判明した。湖のように広範囲に溜《た》まっているが、それは水と違って蒸発によって失われる量が少ないためで、既《すで》に地上に露出している部分は軽質分が失われており質としてはあまり良くない。アスファルトとしては有用なため、これはこれで回収するのだが。舗装材《ほそう》として利用できるため、今後、様々な場所がアスファルト舗装に変わっていくことだろう。

しかし、この石油が自噴してできた湖はかなり広範囲に渡って点在しており、その量もそれなりだ。そのため、地下には相当量の石油が埋蔵されていると想定された。採掘用の油井を掘削《くっさく》し、変質していない生の石油を掘り出したい。そのため、音響探査、電波探査を組み合わせて地中の三次元マップを作成中である。

「ひとまず、地上に露出している石油は回収していきます。汲《く》み上《あ》げ用のバケット設備の設置を開始しているようですね」

「オッケー。このあたりの指揮はオリーブね。まあ、特に心配はないかしら」

粘度が相当に高いため、バケツを突っ込んで汲み上げるのだ。ポンプのほうが効率はいいのだが、専用のものは製造に時間が掛かるため、取り急ぎの処置だ。

これは今、オリーブが指揮して設備の組み立てを開始したところである。

「その他、現時点で石油をある程度回収できそうな地点をいくつか見つけましたので、ボーリング設備の設置準備を開始しました。それなりの油量を確保できる見通しが立ちましたので、パイプラインの設置も開始しています」

パイプラインの設置距離は、およそ八十㎞となる。油田は東西南北百㎞以上の範囲に広がっているため、総延長距離は相当なものになると思われるが、オイルポートと油田間の距離はそんなものだ。資材を節約したいザ・ツリーにとって、有利な条件だった。

「油井の掘削と汲み上げ設備の稼働《かどう》は、五日後と見込まれています。そこから多輪連結運搬車による輸送を開始。パイプラインの稼働開始は二週間、十四日後です。その後は採掘量を見ながら多輪連結運搬車の増車、あるいはパイプラインの増設を行っていくことになります」

「うむ。順調なのはいいことだわ。……備蓄《びちく》資源の減少量には目をつむるとして……」

ここにきて、ザ・ツリーは大量の資源を消費しつつ作業機械と設備材料の大増産を行っている。転移時に所持していた備蓄資源と、第二要塞で採掘される資源を湯水の如《ごと》く消費しながら、大量の機械と資材を生産しているのだ。それらをオイルポートに運び込むことで、まるで映像の早回しのような速度で各種設備が建築されているのである。

「あとは、この油田の大本がどこにあるか、ね。探査方法はあるんでしょう？」

「はい《イエス》、司令《マム》。ボーリング口に爆薬を挿入し、人工地震を発生させ、振動波から周囲の地質情報を解析します。複数の地点、深度でタイミングをずらしながら爆発させることで、一度の探査で多くの情報を収集できます」

「なるほどね。それ、さすがにイチゴとかだとまだ制御できないわよね？」

「はい《イエス》、司令《マム》。計画策定のみで、実行は私が行います。計算モデルの構築も、専用ＡＩを準備しないと難しいでしょう。適材適所です。そのうち、そういった各種機能特化の専用ＡＩの基礎モデルは準備しますが、当面は私がサポートしていきます」

リンゴは超越演算器《スーパーコンピューター》【ザ・コア】の計算資源を自由に利用できるが、イチゴなどの独立ＡＩはネットワーク越しの利用になる。そのため、どうしても性能を発揮しきれないのだ。十分に経験を積めば、演算主体を一時的に超越演算器《スーパーコンピューター》内に移譲するような使い方も可能だが、まだまだその域には至っていない。

「そうね。今のところ、リンゴで全部制御できてるからいいけど、それこそ宇宙規模で活動を始めたら、末端は現地ＡＩに任せるしかないものね。今後もお願いするわよ」

「はい《イエス》、司令《マム》。お任せください」

「振動センサーに感あり。赤外線センサー、異常なし。リンゴ、援助を要請する」

『受諾しました。アカネ、緊急事態だと提案します』

「提案を受諾。掘削プラント、オイルポートは第一種戦闘配置。第二要塞に支援を指示する」

夜、すっかりと日が落ち、気温が急激に下る時間帯。そこで、設置していた複合センサーが異常を捉えた。司令室に詰めていたアカネは、即座にリンゴに救援を求める。姿を捉えたわけではないが、これが何らかの魔物の接近であると考えたからだ。

もし戦闘になった場合、リンゴからの援助の有無は大きく影響する。

そして、リンゴもその救援に即座に応えた。

リンゴはアカネの判断を大きく評価した。センサー情報だけでは状況把握《はあく》できないが、事前情報から魔物の接近の可能性を導き出した。更に、自らの手に負えないと判断し、上位ＡＩへ躊躇《ちゅうちょ》なく救援を出す判断を行った。ＡＩネットワーク内でイレギュラー処理を上位ＡＩへ移譲すると、その上位ＡＩの本来の処理業務を妨害する事になる。そのため、可能な限り自身の権限範囲内で処理しようとするバイアスが掛かるのだ。学習進度が低い場合、重要なイベントであっても上位ＡＩへの連絡が遅れることがよくある。

即《すなわ》ち、経験不足による判断ミスだ。

実務上、ＡＩネットワーク内に経験の浅いノードが配置される場合、経験不足から来るミスの予防、ないし手当のために上位ＡＩがリソースを割り振る。そして、ノード内にそういったＡＩが増えればそれだけ監視にリソースが食われるため、ネットワーク全体のパフォーマンスが落ちていく。逆に、適切に判断できる経験豊富なＡＩが多ければ監視が不要となり、かつ処理業務を移譲できるためパフォーマンスが高まるのだ。

アカネは、イレギュラーな問題に対して適切に対応した。

リンゴは、アカネがＡＩとして完全に独立可能かどうかの最終判断を行っている。アカネがリンゴから完全に独立する日も近いということだ。

『リンゴより、ウツギ、エリカ、オリーブへ覚醒信号を伝達。イチゴは過負荷を避けるため、覚醒は一時間後を想定します。アカネ、指定ポイントへ戦力を移動させなさい。現地指揮はウツギ、エリカを指名しますが、間に合わない場合はあなたが対応すること』

「了解した」

単なる通信で済ませてもよかったのだが、ちょうどイブも司令室に駆け込んできたタイミングだったため、口頭で指示が行われた。リンゴの操作する人形機械《コミュニケーター》はイブに同伴していたため、スピーカーを使用している。

「アカネ、状況は⁉」

「採掘プラント外縁部センサーが不審な振動を探知。哨戒機を向かわせている。恐らく、脅威生物が接近してきていると考えられる」

「早速かー！　対処はリンゴと共同ね？　大丈夫？」

「リンゴに戦闘指揮は移譲済み。問題ない」

時刻は夜の二十時。まだイブの就寝時刻前だ。できれば就寝時刻までには収めたいと、リンゴは改めて気合を入れた。眠そうにしている司令《マム》もそれはそれでと思わなくもないが、健康には良くないのだ。

そこに、休憩中だったウツギ、エリカ、オリーブが駆け込んできた。三人は多少もたつきつつ、オペレーター席に飛び込む。

上空から、暗視装置によりその姿が確認された。やはり、数日前に発見された蠍《サソリ》と同種のようだ。周囲の地温と体温がほぼ同じで、赤外線センサーでは捉えることが出来なかったらしい。

若干の揺らぎは確認されるため、今後はそれを基準に判定できるようになるだろう。今回は、移動時に発生する僅《わず》かな振動を検知して発見することができた。下手をすると、ノイズとして切り捨てられていたかもしれないほど、微弱な移動振動。

地虫《ワーム》の探知用に鋭敏に設定されていたセンサー感度が、いい仕事をしたようだ。

「多脚戦車を一機、回しています。その他の機体も移動中。即応体制へ移行します」

「割と躊躇なく近付いてくるわね。何か目的があるのかしら……？」

蠍《サソリ》は一直線に、掘削プラントに近付いてくる。餌になるようなものも特に無いはずなのだが、行動に迷いがないのは注意すべき点だろう。

「進行方向へ多脚戦車を移動させます。威嚇行動を開始します」

いきなり攻撃してもいいのだが、相手の反応を確認するという意味で、多脚戦車に威嚇行動をとらせるのだ。前部を高く持ち上げるように脚を伸ばし、前腕を振り上げた。真正面からは、壁が立ちはだかったように見えるだろう。しかし、走る蠍《サソリ》は全く意に介さず、そのままの速度で突っ込んできた。

「速度変わらず。接敵まで、残り八秒」

「げっ」

「支援砲撃を行います」

そこに、別地点から駆けつけていた多脚戦車が主砲を撃ち込んだ。牽制《けんせい》の意味も込め、初速千m／sの徹甲弾《てっこうだん》が上部砲塔《ほうとう》から放たれる。〇・三秒後、徹甲弾が蠍《サソリ》の胴体に突き刺さった。

「命中《ヒット》」

周囲に光源のない、夜の闇の中である。そのため、その光ははっきりと確認できた。弾頭が接触した箇所を中心に、光の波紋が広がったのだ。

「うわ、こいつ防御膜持ちかー!!」

そして、正面の多脚戦車に搭載《とうさい》された戦術AIは、その現象をリアルタイムで確認していた。元々、その可能性は想定していたのだ。防御膜の発生を確認した直後、即座にコマンドを送信する。既に照準を終えていた下部砲塔の多銃身機銃《ガトリングガン》が、指令信号の通りに大量の弾丸を吐き出した。

防御膜は、一秒も持たなかった。

横合いからの徹甲弾により地面に押し付けられるような状態だったその胴体に、斜め上から大量の弾丸が降り注ぐ。防御膜は最初の数十発を弾《はじ》き返《かえ》すが、そのまま消失。蠍《サソリ》の甲殻にフルメタルジャケット弾が着弾した。だが弾丸は表面を削りながらも貫通はせず、丸みを帯びた甲殻を滑っていく。

しかし、それで目的は果たせた。

もう一機の多脚戦車から投射された金属弾頭が、およそ二千m／sの速度で着弾する。甲殻と衝突した弾頭は、塑性流動により液状に変質しながら衝撃を伝達、圧力に耐えかねた甲殻組織が次々に破砕し、弾頭が体内に潜り込む。

蠍《サソリ》の胴部が、爆散《ばくさん》した。

そしてその直後、砂の中から更に二匹の蠍《サソリ》が飛び出す。奇襲、しかも完全に連携した動きである。だが、戦術ＡＩは冷静に対処した。振動センサーにより、接近する個体数は把握していたのだ。飛び出した蠍《サソリ》がその鋏を突き出してきたところに、カウンターで作業腕を打ち下ろす。

多脚戦車の前部作業腕は直接殴打を想定し、打撃用突起を設けている。その突起を、重力の力を借りて蠍《サソリ》の頭部へ叩《たた》きつけた。防御膜が光を放つが、直後に消失。飛び出した勢いを殺され、追加の蠍《サソリ》二匹はそのまま地面に押し付けられる。混乱したのか、脚を激しく動かしつつ、鋏で自らを押し付ける作業腕を挟み込み。

そして上から、高く振り上げられていた尻尾《しっぽ》の毒針が突き込まれた。

多脚戦車の複合装甲を、その毒針は容易く貫通した。そして、針の先端から毒液が射出される。本来、その毒は獲物を仕留める必殺の攻撃だったのだろう。だが、相手は戦車砲の直撃まで想定された、前線用の兵器である。装甲の一部が穿孔《せんこう》し、少量の液体が流し込まれた程度で支障をきたすような構造にはなっていない。上部砲塔を右手の蠍《サソリ》の胴部に照準、即座に投射。

レール上で二千ｍ／ｓにまで加速された砲弾が、直上から蠍《サソリ》の胴体を貫いた。

もう一匹も同様に、レールガンの一撃がその胴体を破壊する。

残心。

異変がないかを確認するため、多脚戦車はそのままの姿勢で沈黙する。きっかり一分後。何も動きがないことを確認し、多脚戦車はゆっくりと姿勢を元に戻した。

「多脚戦車、戦闘行動を終了。哨戒モードへ移行しました。損傷は軽微。一部センサーから応答が無くなっています。注入されたと思われる液体による侵食が発生しているようです」

リンゴの報告を聞き、彼女は大きく息を吐いた。そのまま、司令席に沈み込む。

「何とかなったわね。防御膜があるとは思わなかったけど、対応は可能かしら」

「はい《イエス》、司令《マム》。情報は収集できましたので、問題ありません。貴重なサンプルも手に入れることができそうです」

「オーケー。……アカネもよくやったわ」

緊張状態になっているアカネの感情図形《エモーショングラフ》に気付き、イブは司令席から立ち上がった。オペレータ席に座るアカネに寄り添うと、その細い肩を抱き寄せる。不定形に揺れる感情図形《エモーショングラフ》が安定するまで、イブは髪を優しく撫《な》で付けるのだった。

「それじゃ、みんな。悪いけど、後はお任せするわね」

「ん。おやすみ、お姉さま」

「おやすみなさい、お姉様。サポートが終われば、また私も休みますので」

「わたしも、もうちょっとしたら引き上げるよ～」

「現地のＡＩに引き継いだらね！」

「あとは、オリーブにまかせて……おやすみなさい、お姉ちゃん」

心配でたまらないが、心を鬼にして、お姉さま《イブ》は司令室を後にした。

温かいものでも飲んで、心を落ち着けて就寝することにする。

「司令《マム》。哨戒機も飛ばしていますし、各地のセンサーも異常ありません。私も補助を行いますので、そう心配なさらないで下さい」

「分かってるけどー。心配なのよー！」

ため息を吐きまくりながら歩く彼女に、背中に手を当てて寄り添いつつ、リンゴが慰《なぐさ》める。

仕方がないので、リンゴはそのまま司令《マム》に密着し、添い寝まで付き合って快眠サポートを行うことにした。

仕方がないのである。仕方ない。

役得とか、そんなことは断じて考えていないのだ。


ウツギ、エリカは現地戦略ＡＩとやり取りしつつ、今後の対応を決定していく。

基本的に、魔物が来てもこちらからは攻撃しない。防衛線に近付いた場合は威嚇行動を取る。

防衛線を突破された場合は、攻撃する。

一匹を囮《おとり》にして攻撃するという連携も見られたため、そういった陽動にも警戒する必要がある。一匹見かけたら、どこかに別の個体が潜んでいると想定しての思考を徹底させるのだ。

警戒は空からと、地中に打ち込んである複合センサーで行う。元々リアルタイム処理は行っていたが、そこに割り振るリソースを一時的に増やした。哨戒機は、第二要塞から応援が飛んできている最中だ。あと数十分もすれば、上空の哨戒機数は倍になる。夜間のため解像度は低いが、地上を移動する魔物であれば十分に発見できるだろう。

地面に潜っているものは、振動センサーで捉えることが可能だ。現在増産を進めている複合センサーを広範囲に設置すれば、当面、侵入する魔物は事前に察知できる状態となるだろう。

「オリーブ。採掘プラントの戦略ＡＩを掌握《しょうあく》して。センサー網と哨戒機のテレメトリーを統合する。制御プログラム、解析プログラムは現地戦術ＡＩを転用して。プラントは一時的に止めていい。ＡＩ筐体《きょうたい》は、追加の空輸を指示した」

「……うん。……掌握したよ」

アカネの指示に従い、オリーブが現地戦略ＡＩと疑似結合《シャム・マージ》を行った。重結合《ディープ・マージ》と異なり、疑似結合は後々の結合解除が可能な神経統合である。疑似結合《シャム・マージ》を行うことで、あたかも現地に自分が居るが如く思考演算することが可能になる。デメリットは、結合解除後に相手側頭脳装置《ブレイン・ユニット》の神経回路《ニューラルネットワーク》が完全変容してしまうことだ。通常は様々な弊害《へいがい》が発生するためリセットが必要になるのだが、今回の現地ＡＩはほとんど初期状態《ニュートラル》のため、ほぼ問題ないはずだ。

オリーブは早速、現地戦略ＡＩと戦術ＡＩのリンクを確立、センサー類、哨戒機の制御プログラムを流し込んだ。同時並行で情報処理システムも組み上げていく。このあたりの組立スピードは、五姉妹の中でオリーブが随一である。組み上がったシステムの不具合も少なく、さらに自動修正改善機能まで付いており、リンゴの評価も高い。

イブはべた褒めである。まあ、べた褒めの対象はオリーブだけでなく、全員だが。

「アカネ、多脚戦車の戦術ＡＩネットワークの最適化が終わったよ～」

「リンク形式をメッシュからツリーに変更したよ。ルートノードは多脚母機の戦略ＡＩに掌握させたからねー」

ウツギとエリカは、多脚母機と多脚戦車のネットワーク再構築を行っている。元々は、耐障害性の高いメッシュ形式を採用していたのだが、ネットワークの維持に少なからずリソースが割かれていたため、ツリー形式へ変更したのだ。この場合、通信起点となるルートノードに処理負荷が集中するが、その分末端ノードとなる多脚戦車がより自由に動けるようになる。指揮命令系統も整理できるため、第一種戦闘配置を行っている状況では、こちらのほうが有利となるのだ。ルートノードはほとんど移動させず、固定砲台として利用することになる。

「ネットワーク変更のキャリブレーションが完了した。問題ない。ウツギ、エリカには休息を指示する。十時間後に交代を」

「アカネは大丈夫～？」

「残業だねー」

「問題ない。このまま、四時間後にはイチゴに引き継いで休息に入る。オリーブにはこれから四時間、バックアップをお願いしたい。大丈夫？」

「……大丈夫」

「イチゴは、定刻通り、午前〇時に勤務開始をお願いしたい」

「はい、最低限の休息は取れるので、大丈夫です。任せて下さい」

少女達はハイタッチを交わし、ひとしきりわちゃわちゃしてから、それぞれの仕事に戻ったのだった。


「司令《マム》、蠍《サソリ》の死骸の回収が完了しています。現在、ザ・ツリー内で解剖中です」

「はいよー」

朝、朝食の席で、彼女はリンゴから昨夜の顚末《てんまつ》を報告されていた。

「基本的な構造は、通常の蠍《サソリ》と変わりません。ただし、外骨格の組成はかなり特殊です。また、胴体内部で例の結晶が発見されました。大きさは、これまでのサンプルと比較して想定通り、というところです。今のところ、結晶の大きさは体重に関係していると推測されます」

「ふーむ。普通の動物にはないのよね？」

「はい《イエス》、司令《マム》。テレク港街《こうがい》などで入手した家畜には存在しませんし、周辺で捕獲できる魚類や貝類にもありません。やはり、魔物と分類される動物は、この結晶の有無で決まると考えて間違いないでしょう」

　謎の結晶、イブ曰《いわ》く、魔石。テレク港街などでは、単に結晶《クリスタル》という意味の単語で表現されていた。ただ、これはあまりこの結晶が流通していないためと思われる。そこそこの流通のあったフラタラ都市でも、どうも名称が安定していないようである。アフラーシア連合公国では、まだまだ活用の進んでいない鉱物という認識のようだ。

「魔法の研究は、森の国《レブレスタ》が進んでいるようですね。交渉《こうしょう》により、そのあたりの知識を対価として引き出せないか試行中ですが」

　森の国《レブレスタ》との交渉は引き続き行っている。態度が硬化する可能性も考えていたが、今のところ致命的な問題は発生していない。セルロース布などは、一定量の取引も開始された。対価はひとまず硬貨を受け取っているが、これは東門都市《East gate city》内で人夫《にんぷ》への給料という形で消費する予定だ。

町の統治機構はとりあえず残しており、当面は大きく手を入れる予定もない。

「森の国《レブレスタ》との関係も、難しいわね。力は十分に示せたと思うけど」

　さすがのリンゴも、まだまだ対人経験が少ないため、交渉は一進一退といったところだ。まあ、よい経験になると割り切って交渉を続けるしかない。

「はい《イエス》、司令《マム》。鋭意努力します」

最後の手段として、戦闘艦を伴って港に乗り付けるという交渉（物理）もできるのだ。進展が見られないのであれば、切っても良い手札だろう。

「それと、石油港《オイルポート》、採掘プラントに対地攻撃ドローンを配備することにしました。現在、第二要塞から空輸を行っています。上空から攻撃できれば、かなり有利に防衛できますので」

対地攻撃ドローンは、マシンガン、ロケットランチャー、またはミサイルを搭載した攻撃型のドローンだ。基本的に空中で砲台として運用することを想定している。そのため、探知能力はあまり高くない。他の機械類と連携する前提の攻撃機である。

「レールガン搭載型もあるんだっけ？」

「はい《イエス》、司令《マム》。試作型ですが、三機ほど。排熱問題がまだ解決できていないため、連射はできませんが」

空中から初速八千ｍ／ｓの砲弾を一方的に撃ち込むことができるというのは、相当なアドバンテージとなるだろう。マイクロ波給電の特性上、どうしても受電装置が発熱しやすく、また蓄電《ちくでん》、発砲時も多量の熱を発生させるため、ここを解消できない限りはなかなか常用するのが難しい兵器なのだが。

「頼もしいわねえ。この調子で、大陸の資源獲得も頼むわよ」

「はい《イエス》、司令《マム》」

◇◇◇◇

とある場所。

広がる砂丘の一部から、突如として大量の砂が噴出した。

砂煙の中、砂の下から、巨大な生物がゆっくりと姿を表した。

ざあざあと体に載った砂を流し落としながら、それは巨体を持ち上げる。

それは、全長四十mを超える大きさの、巨大な蠍《サソリ》であった。

眷属《けんぞく》が殺されたことを察知し、そしてそれを脅威と認め。

それは、ゆっくりと移動を始めた。

◇◇◇◇

もうもうと上がる砂煙。地面にピントを合わせると、たくさんの蠍《サソリ》が走っていた。

そして、その背後。

砂煙に紛《まぎ》れているが、巨大な影がゆっくりと動いているのが確認できる。

「これは……」

「巨大な蠍《サソリ》の移動を捉えました。現在、この位置を移動中です」

リンゴが、マップ上にマーカーを表示する。油田から見ると、南西方向におよそ二百㎞。

まだ脅威になる距離ではないが、どうやらこの砂漠、とんでもない魔物が潜んでいたらしい。

「光学観測ですが、体長はおよそ四十m。当然、通常の生物の枠組みには入りません。魔物ですね。脅威生物に分類されます」

映像が一時停止され、ワイヤーフレームでその脅威生物が表示された。鋏の先から尻尾の先まで、およそ四十m。尾を振り上げた状態で、二十mから三十mの高さになると予想される。

とても、人間が太刀打《たちう》ちできるようなサイズではないだろう。

「こんなのがいっぱいいるの？　この砂漠……？」

「いいえ、さすがにこのサイズの魔物を見落としていたとは考え難《にく》いです。個体数は非常に少ないと思われます」

一応、ヴァルチャーにより広範囲の空撮は実施済みだ。砂漠の隅々《すみずみ》まで確認したわけではないが、それでも単に見落としていたということはないだろう。

「上空から観察した結果、地面に特徴的な移動痕《こん》が確認できました」

巨大な蠍《サソリ》と、周囲に群がる小さな蠍《サソリ》。それらが同じ方向へ移動することで、地面には模様のような移動痕が残される。砂漠地帯のため風で簡単に風化してしまうのだが、場所によってはそれが多少残ることもあるようだ。

「空撮画像を再分析した結果、各地でこの痕に類似した地形模様が発見されました。当初は特殊な風紋と判断していたものですが……」

砂漠の各地で確認される、特徴的な移動痕。それらを地図上にプロットすると、おおよその分布が推測できる。

「砂漠全体、正確には空撮を行った範囲内ですが、五体から八体の巨大蠍《サソリ》が生息していると推測されます」

「……それでも、少ないとは言えないわねぇ」

「はい《イエス》、司令《マム》。現在、痕跡《こんせき》が確認された地域へ偵察《ていさつ》機を向かわせています。恐らく、地面に潜んでいるのでしょう。狩りか何か、移動が必要なときのみ地上に出てくると思われます」

こんな巨大な脅威生物が拠点《きよてん》周辺をうろついているとなると、安心して活動できない。追い払うか、可能であれば討伐してしまいたいところだが。

「ひとまず、生息域……縄張りがあるかどうかも含めて、観察しましょう。こちらに近付いてこなければ、警戒するだけで済みますので」

とはいえ、既に一度、群れの一部とぶつかっている。こちらを脅威と見做《みな》して避けてくれればいいのだが、逆に襲《おそ》いかかられる可能性もある。しばらく警戒を続けるしかないだろう。

六百八十五日目　セルケトヘティト

「司令《マム》。巨大蠍《サソリ》ですが、五体まではその姿を確認できました。移動痕の解析から、残りは二体と推測されます」

「……ほう。じゃあ、存在確認できたのは全部で七体かしら？」

「はい《イエス》、司令《マム》。これ以上の探査は、森の国《レプレスタ》に察知される可能性がありますので、避けたほうが良いでしょう。未探査の場所は、森の国《レプレスタ》の砦《とりで》付近だけです。距離的には離れていますので、わざわざ探す必要はありません」

「うん。いいんじゃない？　で、問題はこっちに近い奴《やつ》らよねぇ……」

マップには、姿が確認された巨大蠍《サソリ》五体、撮影はできていないが痕跡が見つかった二体がプロットされている。そのうち、油田の採掘プラントから距離二百km以内に、二匹の蠍《サソリ》が存在していた。

「確定している七体に、呼称《コールネーム》を付けました。それぞれ、テフェン、ベフェン、メステット、メステフ、ペテット、テテット、マテットです」

七匹の蠍《サソリ》マーカーに、名前が表示される。油田近くの二体は、それぞれテフェン、メステット。テフェンが南西側、メステットが北西側に確認されている。

「先日侵入してきた蠍《サソリ》は、南西側からです。恐らく、テフェンの群れから斥候《せっこう》のような役割で送り出されたのではないかと推測されます」

「なるほど。ところで、その蠍《サソリ》達の命名は」

「アカネが文献から提案してきました。地球の古代神話に出てくる蠍《サソリ》の名前とのことですが、お気に召さなかったでしょうか？」

リンゴの問いに、彼女は首を振る。

「いいえ。ちゃんとした名前を付けたものだと思っただけよ。問題ないわ」

「はい《イエス》、司令《マム》。では、今後はこの呼称《コールネーム》で統一します」

司令官《イブ》はひとまずその名前で検索をかけ、該当の神話を探しだした。遥《はる》か古代、エジプトに伝わる神話のようだ。

「ふーん……。じゃ、この巨大蠍《サソリ》は、今後は【セルケト】と呼びましょう」

「はい《イエス》、司令《マム》。種族名を【セルケト】で定義します」

巨大蠍《サソリ》改め【セルケト】の生態は不明。ただ、少なくとも普段は砂の中で潜っており、何らかのタイミングで移動するらしい。そして、斥候を放つような、社会性も持っている。

「で。実際、私達は三匹の【セルケト】の子供……？　を倒してるわけだけど、それに対する何らかの動きはあったのかしら？」

「はい《イエス》、司令《マム》。テフェンは短時間で移動を繰り返しており、非常に活発に活動しているようです。観察したところ、恐らく狩りを行っているものと思われます」

「狩り、ねえ」

とすると、たまたま狩りに来た三体が、多脚戦車を獲物と見定め襲ってきたのだろうか。しかし、そもそも最初はただ突っ走っていただけで、多脚戦車は進路上に割り込ませただけだ。

だが、あの三体が斥候役としても、情報のやり取りはどうしているのだろうか。通信技術がなければ、あれだけ遮二無二に突っ込んでくるのはおかしく思える。情報を持ち帰る必要があるのならば、少なくとも一匹は戻らなければならない。

しかし、結局探知できた三体全てが攻撃行動を取っていたのだ。

そうなると、遠隔通信の仕組みがあると考えたほうがいいのかもしれない。即ち、こちらの情報がある程度把握されている可能性があるということだ。もちろん、単に戻ってくる、戻ってこないという状況判断のみを行っている可能性はあるのだが。

「顕著《けんちょ》に動きがあるのが、テフェンおよびメステットです。狩りを行っていると考えると、我々が油田地帯に進出したことが引き金になっている可能性があります」

「……私達？」

「はい《イエス》、司令《マム》。例えば、油田地帯に生息していた生物種が押し出され、周辺に拡散したという状況は十分考えられます。そうすると一時的にテフェン、メステットの周囲に獲物が増えます。それが、活発化の引き金になっているかもしれません」

なるほど、と彼女は頷《うなず》いた。当然、ザ・ツリーの勢力が活動することで、動物種の生息域が変わっていっていることは把握している。魔物の脅威のある世界のため、動物の動向把握は重要事項だ。石油港《オイルポート》、採掘プラント周辺の動物が、動き回る多脚重機や多脚戦車から逃げ出しているというのは報告されていたことだ。

「んー……。まあ、仕方ない、か……。ひとまず、活発に動いてるのはこの二体ってことね。その他は？」

「サンプルが少ないため推測になりますが、テフェン、メステットと比較するとかなりおとなしいようです。獲物が少ないためと考えられます」

「そう。じゃあ、森の国《レプレスタ》に気取られるほどの変化ではないわね。何かあったと気付かれるのも面倒だし、問題ないわ。当面、この二体の動向に注意してちょうだい」

「はい《イエス》、司令《マム》」

そうして、二体の巨大蠍《セルケト》、テフェン、メステットの重点監視が始まって数日。

テフェンが油田に接近して来ている、との報告を、司令官《イブ》は起き抜けに知らされたのだった。


「目標、テフェンが油田方向へ移動を開始しました。既に行動開始から二時間ほど経過していますが、進路変更の様子はありません」

「うー……。こっちに来てるわね……」

緊急事態ではないが、知らせておいたほうが良い事態ということで、心苦しくはあるが、リンゴはイブが起床した時点で伝えたのだった。

「はい《イエス》、司令《マム》。この速度であれば、こちらの防衛圏に接触するのはおよそ十二時間後。現在、第二要塞の航空機の出撃準備を行っています。石油港《オイルポート》の滑走路《かっそうろ》は未完成ですので、即応航空戦力が乏しいのが懸念《けねん》点です。ドローン基地の運用が間に合ったのは、幸いでした」

リンゴが表示したマップ情報によると、テフェンの移動速度は十㎞／h程度。あの巨体からすると、散歩しているような速度だ。あれだけの巨体を動かすとなると、相応のエネルギーが必要だろう。これが巡航速度なのかもしれない。

そして、油田の防衛圏は、周囲五㎞と設定されていた。広大な範囲のため、設置型センサーによる常時監視と、航空偵察機によって維持している状態だ。多脚戦車、多脚偵察機による巡回も実施しており、監視については万全の状態と言えるだろう。ただ、これは防衛戦力が分散しているということでもあるため、即応戦力の拡充を行っている最中だった。特に、航空戦力を維持できれば第二要塞の負担も減るため、日夜工事を進めていたのだが、残念ながら間に合わなかったのである。

「目的が不明のため、こちらも戦力を集める程度しか対応できません」

「そうね。航空機は爆装もできたわよね。準備は？」

「はい《イエス》、司令《マム》。通常炸薬《さくやく》であればすぐにでも。ですが加害半径が小さいため、精密投下が必要です。燃料気化爆弾搭載のミサイルを、第二要塞から撃ち出すほうが良いかもしれません」

「なるほど。【セルケト】の脅威度も不明なのよね。万が一対空能力があったら、主力のプロペラ機だと墜《お》とされる可能性も考えないとか……」

プロペラ戦闘機では、せいぜい五百㎞／ｈが限界だ。相手は一応は生物であり、これまで対空能力を持った魔物がいるという情報は得ていない。そもそもこの北大陸では航空戦力など見たことがなく、空を飛ぶような魔物も確認できていない。そのため、この【セルケト】が対空能力を持っているかどうかを判断することができないのだ。

「少なくとも、森の国《レブレスタ》は上空二十㎞まで攻撃する力がある。だから、対空攻撃という概念《がいねん》は存在する。巨大な魔物……脅威生物が、上空千ｍを飛ぶ飛行機を攻撃できない、と考えるのはさすがに楽観的すぎるわね」

「はい《イエス》、司令《マム》。戦闘になった場合は、割り切って強行偵察を行うしかないでしょう」

「オーケー。損害は許容するわ。レイン・クロイン並の脅威でも、今なら対応できると思うけど……。損害の許容ラインは適切に設定して。ラインを超えたら、即時撤退よ？」

「はい《イエス》、司令《マム》。了解しました」


映像の中、テフェンは歩き続けていた。その巨体に比べると驚くほど静かに移動しており、砂煙もそれほど発生しない。体を引き摺《ひず》ることもなく、その八本の脚を器用に動かしながら、滑るように移動する。しかし、実際にテフェンが移動している場所では、膨大《ぼうだい》な砂煙が発生していた。それは、付き従う小型の蠍《サソリ》達の影響だ。

テフェンが移動を開始してから六時間。付き従う小型蠍《サソリ》の数は五十体を超えている。それらが移動することで、大量の砂煙が発生していた。現在の移動経路が、砂地ではなく粘土質であることも影響しているだろう。

「テフェンを中核とする蠍《サソリ》の群れは、相変わらず油田を目指して移動しています。幸いなことに、メステット側には動きはありません。流石《さすが》に両方同時に動かれると、対応しきれなかったかもしれませんね」

「そうね……。でも、ほんとに何なのかしら。これだけの群れになってるってことは、本当に侵攻してくるつもりかしらねぇ……」

「単に狩場の移動かもしれませんが、推測する材料がありません」

「困ったものね。いや、まあそもそも先に侵攻を始めたのはこっちだから、仕方ないのかもしれないけどね」

しかし、砂漠にここまでの大きさの脅威生物が存在しているのは予想できなかった。やはり、この世界について知らないことが多すぎる。石油が確保できれば資源周りはかなり落ち着く。本格的に、情報収集に励んだほうがいいかもしれない。

「このセルケトだけど、森の国《レプレスタ》の大使からは聞き出せなかったのかしら？」

「はい《イエス》、司令《マム》。巨大な蠍《サソリ》に関する情報はありません。隠しているのか、説明する必要がないと判断したのか、あるいは本当に知らないのか。セルケトの発見位置を考えると、単にこれまで発見されていなかったという可能性も十分に考えられます。文明レベルから考えて、航空偵察は難しいでしょうし、地上を移動することも困難でしょう」

「なるほど。確かに、セルケトをあの程度の砦で防げるとも思えないし。普通に乗り越えられるわよね、あれ」

「はい《イエス》、司令《マム》。ですので、未発見と考えるのが妥当《だとう》かと」

「何か、未発見とか目撃情報が殆《ほとん》どない魔物にばっかり当たってる気がするんだけど……」

彼女は思案顔でそう言うが、事実であった。というか、外洋に荒野、そして砂漠である。出会った者が生きて帰れなかっただけ、という可能性が高い。活動時間が長く、カバー範囲も広いザ・ツリーの勢力がそういった魔物に遭遇《そうぐう》するのは、ある意味で必然であった。

テフェンが移動を開始してから、十二時間が経過した。移動速度はほぼ変わらず、しかし途中移動ルートを変更したり、蛇行したりと細かな変化があったため、当初想定時間からやや遅れ、防衛圏到達まで三十分、距離にして残り五㎞というところに辿《たど》り着《つ》いていた。

「多脚地上母機、多脚戦車、対地攻撃ドローンの配置が完了しました。複合センサーの設置は予定通り進捗中。接敵五分前に全ての配置が完了します。爆撃機は上空待機済みです」

今回も、統制指揮は五姉妹が行っている。リンゴとイブは、観戦モードだ。この状態になれば、リンゴが介入しようがしまいが、結果にあまり影響ないだろうとの判断である。基本的には現地戦略ＡＩによる指揮で、ザ・ツリー内からは方針を提示するだけになるからだ。

「多脚地上母機二機、多脚戦車八十五機、対地攻撃ドローン十六機、爆撃機四機、偵察機二機が今回の全戦力です。最上位ＡＩは石油港《オイルポート》に待機する多脚地上母機に設定中。防衛優先、情報収集優先。二割の損耗《そんもう》をライン設定し、これを超える損害が発生したタイミングで撤退判断を行います。接敵まで二十分程度」

多脚戦車は射線を通すため、多層構造で隊列を組んでいる。レールガンによる一斉射撃が可能で、しかも、確認されている相手の数よりも多い。少なくとも、テフェン本体以外の蠍《サソリ》は撃破可能だ。まあ、一番の問題はそのテフェンなのだが。

「偵察機を上空に回します」

相手の出方を確認するため、そして詳細な情報収集を行うため、偵察機を一機、テフェン上空に移動させる。念の為に直上を通るコースは設定せず、近くを通り過ぎるだけとした。

「偵察機、コース変更開始しました」

上空九百ｍ、四百八十㎞／ｈで偵察機は接近を開始した。およそ一分程度で最接近する軌道である。マップ上に表示されるアイコンが、みるみるテフェンに近付いていき。

「ん？」

別の偵察機からの望遠映像の中で、テフェンが動いたのが見えた。ヒョイ、という擬音語《ぎおんご》が聞こえてきそうな動作で、自身の鋏を使い、蠍《サソリ》の一匹を上空に放り投げたのだ。

「んん⁉」

当然、テフェンのその巨体でそんな動作をすれば、相当の加速度が発生する。投げられた蠍《サソリ》は、クルクルと回りながらも、ぐんぐんと高度を上げていく。

「ちょ、なにあれ⁉　ぶつからない⁉」

「はい《イエス》、司令《マム》。交差軌道ではありません。ニアミスではありますが、遠距離攻撃手段がなければ届く距離ではありません」

接近させている偵察機からの映像が表示される。なんと、蠍《サソリ》は手足を目一杯広げ、体勢を安定させつつあった。とても、地を這《は》う虫の挙動ではない。

「軌道計算、完了。この姿勢を維持する場合、偵察機の上空十五ｍほどで放物線の頂点となる」

アカネが映像解析を行い、放り投げられた蠍《サソリ》の予想移動経路を重ね合わせた。

「頭部を偵察機側へ向けているようですね。こちらを観察している可能性があります」

「意味分かんないんだけど⁉」

そして、リンゴの言葉通り。

蠍《サソリ》は何事もなく偵察機の傍を通り過ぎ、そして順当に落下していったのだった。

「……みんな、大丈夫？」

衝撃的な出来事が発生したため、思わず五姉妹を心配する司令官《イブ》だったが。

「問題ありません。今回の対応にあたって、行動予想しての戦術組み立ては行っていません。ある程度の対応策を事前に検討はしていますが、それが外れても即応できるようバッファーを多くしています。基本の戦術は、相手の行動に即応する、です。予想外だからと言って動揺するような教育はしていません」

「そ、そうなのね。それは頼もしいわね……」

全員の感情図形《エモーショングラフ》に異常がないことを確認し、イブは安堵《あんど》のため息を吐く。

実際、あの蠍《サソリ》が投げられた際、数機の多脚戦車が飛んでいく蠍《サソリ》に照準を合わせていた。正確には、全ての多脚戦車があらかじめ照準先を割り振られており、探知できる限り照準を合わせ続けるようにしている。何があっても、とにかく即応するという態勢をとっていた。

「蠍《サソリ》は……今。着地しました」

空を舞っていた蠍《サソリ》は、当然空中で移動する能力など持っておらず、重力に引かれて地面に叩きつけられる。だが、例の防御膜の効果で特にダメージを受けた様子もなくさっと体を起こし、そのままゆらゆらと体を揺らしながらその場に待機する。恐らく、テフェンの到着を待っているのだろう。

リンゴは観察する。五姉妹、および現地戦略ＡＩでは対応だけで精一杯であり、余計な処理にリソースを回す余裕はない。それは最初から分かっていたことで、そういった分析関連は元々リンゴが対応すると決めていた。将来的には、第二要塞や石油港《オイルポート》にも十分な解析能力を持つAIを準備する必要があるだろうが、現時点では全てをリンゴが管理している。

テフェンとその群れ、そして展開するザ・ツリーの戦闘機械群。その距離は、あと二㎞というところまで近付いていた。地図上で見れば、目と鼻の先。しかし、実際に相対すれば、二㎞というのはかなりの距離だ。

例えば、人形機械《コミユニケーター》が二㎞先の多脚戦車の詳細を観察しようとしても、眼球サイズや視神経性能など、物理的制約により難しい。だが、テフェンは巨大だ。それは、その頭部に付いている眼《め》そのものが大きいということでもある。そしてテフェンより遥かに小さいとは言え、体長七mの蠍《サソリ》の眼も、相応の大きさだ。つまり、視力もかなり良いと推測できる。

とはいえ、そもそも映像を処理する神経系を備えているかという問題はあるものの、ないと断言するのは愚かだ。であれば、しっかり視《み》えている、という前提で分析しなければならない。

テフェンは、その巨体からするとゆっくりとした動きで、ずっと歩いている。八本の脚を器用に動かし、一定の速度で歩き続ける。その頭部は小揺るぎもせず、常に一定の高度で、地面の凹凸を無視して水平に保たれていた。

（こちらを視認している可能性は高い）

それが、リンゴが出した結論だ。そもそも、ザ・ツリーに運び込まれた蠍《サソリ》を解剖したことで、神経網が著《いちじる》しく発達しているという結果を得ていた。その発達が、その巨体を支えるために必要なのか、それとも知性を持っているからなのかは分からない。しかし、通常の、即ちザ・ツリーのライブラリ内に収められている蠍《サソリ》の生体情報と比較しても、単に巨大化しただけとは考えにくい。つまり、テフェンは、リンゴが彼らを観察しているのと同様に、ザ・ツリーを観察していると考えられる。

先程、蠍《サソリ》が放り投げられたとき。

投げられた蠍《サソリ》に照準を合わせていた多脚戦車は、その割り振られた役割の通りに砲口を上げ、狙い続けていた。一方、上空の蠍《サソリ》は早々に体勢を整え、頭部を上に向けた状態で飛んでいた。つまり、滞空時間《たいくうじかん》の大半で、地上を物理的に視認できない状態だったのだ。にもかかわらず、現在地上に居るその個体は、頭部を多脚戦車のほうへ向けている。自分に照準を合わせている多脚戦車を、視認し続けている。

（何らかの方法で、テフェンと情報を共有している）

そういった視点で、改めてテフェンの群れ全体を観察してみる。時系列を遡り、全個体の移動経路を解析する。

（頻繁《ひんぱん》に進路を変更し、蛇行する個体が存在する。多脚戦車側へ揺さぶりをかけているようにも見える。あるいは、多脚戦車がどういった行動を取っているかを観察している）

少なくとも、単に決めた目標へ向けて漫然と移動しているわけではない。かといって、すべての個体が何らかの行動を起こしている訳でもなく、ただ一直線に移動しているものも居る。

リンゴは観察を続け、テフェンは歩き続ける。多脚戦車はじっと照準を合わせ続け、偵察機はゆっくりと上空を旋回《せんかい》していた。

そして、距離が一㎞まで近付いてきたとき。テフェンの群れは、ゆっくりと動きを止めた。

「止まった！」

司令官《イブ》が驚きの声を上げる。これは、これまで戦ってきた魔物が、好戦的なものばかりだったためだ。レイン・クロインは先制攻撃したものの、即座に攻撃点へ迫ってきた。ワームは問答無用で襲ってきたし、その後戦った魔物《ハイエナ》も、こちらを攻撃してきている。最初の三体の蠍《サソリ》も真《ま》っ直《す》ぐ突っ込んできていたため、テフェンが止まったというのが驚きだったのだ。

「大きな動きは見られません」

両勢力は完全に睨《にら》み合《あ》いの格好となった。たまにテフェン配下の蠍《サソリ》の一部が体を揺することがあるようだが、全体としては一歩も前に進まない。

そして、この睨み合いは数十分間継続した。あるいは、人間《イブ》が指揮をとっていたならば、焦《じ》れて何らかの手を打ったかもしれない。しかし、この場を任されているのは現地戦略ＡＩで、方針決定は五体の人型機械《アンドロイド》による。待つ、ということに、苦痛を感じることはなかった。

先に痺《しび》れを切らしたのは、テフェン側勢力であった。ただ一体、空中遊泳の結果として遥か前方に着地していた個体。それが、ゆっくりと前進を開始する。そしてそれは、ザ・ツリー側が設定した防衛ラインを踏み越えるという行為であった。

「威嚇射撃《いかくしゃげき》を行います」

いくつか用意した作戦の中で、穏当な部類に入るオプションだ。多脚戦車が、上部砲塔のレールガンを発砲した。八百㎞／hで飛翔《ひしょう》した砲弾が、蠍《サソリ》の目の前に着弾する。フルメタルジャケット弾は着弾点を吹き飛ばし、蠍《サソリ》の全身に砂をぶち撒《ま》けた。

「……………」

蠍《サソリ》は流石に驚いたのか、ピタリと動きを止める。その後、ぶるりと全身を震わせて砂を落とした。そして、振り上げていた尻尾を下ろし、鋏を左右水平に広げ、また歩き出す。

本来、この時点で攻撃を開始する予定だった。しかし、ここでリンゴが介入を掛け、攻撃を中止させる。テフェン率いる群れ全体に知性がある可能性が高くなったため、コミュニケーションは無理でも、せめて撤退させることを目標に切り替えたのだ。前提を変更したため、五姉妹にはリンゴから指示を出し直した。

作戦目標を更新され、現地戦略AIはすぐに行動を開始した。

先程、威嚇射撃を行った多脚戦車を前進させる。積極的な攻撃意志はない、というパフォーマンスだ。上部砲塔、下部砲塔を共に明後日《あさって》の方向へ向け、作業腕も蠍《サソリ》と同様、左右に広げる。これで、戦意がないことは伝わるだろう。そもそも全く別の意図がある可能性もあるのだが、そこは考えても仕方がない。両者はそのまま前進を続け、そして、最終的に五ｍほどの間隔を開け、一匹と一機は向かい合って停止した。そのまま、しばし対峙《たいじ》を続け。

唐突に、多脚戦車が後ろに飛《と》び退《すさ》った。


「現地戦略ＡＩが封鎖モードに移行しました」

「うえあ、何⁉」

戦術マップ上の味方《ブルー》マーカーが、全て灰色《オフライン》に塗り替わる。そして、最後方、オイルポートの最上位戦略ＡＩが緊急事態《レッドアラート》状態となった。戦場の映像が途切れ、自動的に望遠映像に切り替わる。

「戦術リンクが切断。バックアップ帯域《たいいき》に通信を切り替える。接続試行中」

「現地戦略ＡＩ、封鎖モードです。全回線、強制切断されました」

「下位ＡＩを昇格《エスカレーション》、指揮系統を再構築するよ！」

「戦術リンクを再構築《リビルド》、低位接続《ローランクコネクション》を確認したよ！　ユニットを再掌握！」

「……第二要塞《ブラックアイアン》の戦略ＡＩが指揮掌握を提案。戦術リンクを要求……」

情報が目まぐるしく更新されていく。五姉妹達は、現地ＡＩと共闘しつつなんとか事態をまとめようとしているが、全員が経験不足だ。

「……リンゴ、状況把握はできてる？」

「はい《イエス》、司令《マム》。何らかの攻撃または事象によって、オイルポートの最上位戦略ＡＩが封鎖モードに移行しました。これにより、戦術リンクが断絶。全自動機械が一時的に独立可動《スタンドアローン》に移行。現在はバックアップ回線を使用しリンクの再構成を行っています。ツリーノードは健在ですので、間もなく復旧するでしょう」

ＡＩの封鎖モード。

特に不正接続《クラッキング》を検出した際に、ＡＩが自らの判断で情報接続を全て遮断した状態だ。無線、有線通信はもとより、各種センサーからの情報収集すら特殊なフィルターを介して変質させ、受信情報から自身を隔離する。これは、各波長の電磁波、あるいは音波などからセキュリティホールを突かれる危険性を排除する為だ。今回、戦略ＡＩは自身の筐体《きょうたい》に接続された全ての通信経路を、分離ボルトを起爆してまで物理的に破壊しているようだった。

情報的に、完全に隔離された状態となったわけだ。

「監視映像が復旧しました。司令《マム》、幸いなことにテフェンに動きはありません。ひとまず現状維持を……」

「お姉様、メステットが移動を開始しました！　移動速度、百㎞／ｈ、ないし百五十㎞／ｈ！　テフェンへ向かう進路と推定されます！」

「お姉さま。テフェンが動き出した。メステットを探知している可能性が高い」

「今度はなに⁉」

監視映像の中、テフェンが驚くほどの素早さで体の向きを変えた。その動きに合わせ、砂煙が爆発したかのように吹き上がる。

「戦術リンク、復旧完了ー!! 警戒モードから戦闘モードに変更するよ！」

「第二要塞《ブラックアイアン》が第一種戦闘配置に移行……戦術ミサイル発射準備完了……」

「イチゴ、緊急事態です。私はバックアップに回ります」

「了解《Roger.》。権限を開放します」

さすがに、この状況では傍観者に徹することはできない。リンゴは全知性体のバックアップに入ることを決定。ただ、リンゴによる完全掌握はＡＩ達の教育によくない影響があるため、致命的な事態にならない限りは補佐に務める態勢だ。

「闘いになるかしら？」

「不明です、司令《マム》。ただし、砂漠内で肉食のセルケト種が共存していることを考えると、縄張りの概念があるのは間違いないでしょう。そのうちの二体が接近しているということは、闘いになる可能性が高いかと」

戦術マップに表示されるメステテットの移動速度は、二百㎞／ｈを超える数値を表示していた。とんでもない速度だ。この速さであれば、三十分も掛からず到着するだろう。

「だー!! いきなりなんなのよもう!! ええっと、現地戦力はひとまず現状維持で臨戦態勢維持、封鎖モードになったＡＩは早く回収が必要ね……！ 航空戦力は……今から飛ばしても一時間か。いえ、輸送機の護衛戦力がいるわね。リンゴ、ストークの直掩《ちょくえん》任務は放棄、スワローとブルーヘロンを戦場にまわしなさい。ストークの損耗は目をつぶるわ」

「はい《イエス》、司令《マム》」

第二要塞《ブラックアイアン》から油田までの距離は、およそ六百㎞。プロペラ機では、一時間以上掛かる距離だ。

幸い、物資を投下し終えたばかりの輸送機《ストーク》の一群が帰投中のため、そこから戦力を抽出できる。

早期警戒機《ブルーヘロン》が二機、護衛戦闘機《スワロー》が十二機。貴重な航空戦力だ。

「第二要塞《ブラックアイアン》から、ＡＩ回収用の機体を回して……スワローとブルーヘロンはまだあるわね」

「司令《マム》、これ以上抽出すると、第二要塞《ブラックアイアン》の護衛戦力が既定値を割り込みます」

「一時的よ。行って帰る間だけ。リスクランクは？　Ｃね。二時間半なら許容するわ」

「はい《イエス》、司令《マム》」

リスクを許容するのは、リンゴ達のようなＡＩにとっては耐え難い選択だ。だから、イブが命令する。それが最適解ではなくても、リンゴのストレス値が減少するなら問題ない。

「それで、テフェンは……」

映像の中で、テフェンは完全に別の方向を向いていた。警戒していないわけではないようで、群れの蠍《サソリ》のほとんどはテフェンと多脚戦車の間に移動してきており、こちらを向いている。だが、脅威度はどうやらメステットが上と判断しているらしい。

「このままだと三《み》つ巴《どもえ》ね。あの二体、どっちが強いとかはさすがに分からないけど……」

先程相対していた時とは違い、テフェンは両の鋏を構え、尾を高く上げている。完全に臨戦態勢だ。そういう意味では、こちらに対して一定の配慮を行っていたと見ることができる。

「好戦的ではない、と判断してもいいのかしら……」

「ある程度力を見せる必要はあるでしょう。相当の知性があると考えられますので」

ふう、とイブは意識して深呼吸する。状況が目まぐるしく変わりすぎて、全く把握できない。少しだけ余裕ができたため、一度整理すべきだろう。五姉妹達も、ひとまず戦力の立て直しが完了したようで、一息吐いていていた。

「みんな、いいかしら」

イブが声を掛けると、全員が彼女に向き直る。

「これからどういう風に事態が変わっていくかは分からない。でも、守らなきゃいけないものは変わらないわ。油田の防衛圏。これを侵された場合は攻撃する。それを基準に考えましょう」

イブは手を伸ばし、空中の戦術マップを手元に引き寄せた。

「このままだと、テフェンとメステットは十五分後に接触する。でも、その前。進路が変わらない限り、五分後にはこの防衛圏に侵入するわ」

メステットが油田北西から回り込むように移動し、南西のテフェンを目指している。その結果、設定している防衛圏に侵入する想定だ。

「幸い、この距離なら多脚戦車の射程内。警告射撃の後、防衛圏に侵入された場合はミサイル攻撃を行うわ。それと、今すぐに燃料気化爆弾を発射しなさい」

「はい、司令《イエスマム》。ミサイル発射シーケンスを開始しました」

燃料気化爆弾を搭載した超音速ミサイルであれば、六百㎞の距離でも約二十分で到達する。

「交戦に至った場合、燃料気化爆弾を使用。撤退した場合は放棄するわ。リンゴ、他に気にすべきことはあるかしら？」

「はい、司令《イエスマム》。ありません」

「オーケー、それじゃ、実行！」

「はい、司令《イエスマム》」「はい、お姉さま」「はい、お姉様」「「はい、お姉ちゃん」」

メステットは喋《しゃべ》っている間にも移動しており、既に防衛圏目前。エリカの指示により、多脚戦車のうち十機がメステットの方向に向き直り、照準する。

「威嚇射撃、開始～」

閃光《せんこう》。砲口からプラズマが迸《ほとばし》り、初速五千ｍ／ｓで砲弾が撃ち出される。この初速であれば、着弾は五秒後。約二十㎞先は、陣取っている場所が小高い丘ということもあり、ギリギリで地平線上だ。メステットは視認できないが、狙う場所は見えている。

「着弾」

上空からの望遠映像で、かろうじて確認できた。地面に着弾した砲弾が、盛大に砂を撒き散らしながら爆発する。これで進路を変えてくれればいいのだが。

「メステット、目立った進路の変更は確認できません。威嚇射撃継続します」

再び、十機の多脚戦車が主砲を発砲する。だが、こちらも無反応。やがて。

「メステット、防衛圏に侵入」

「攻撃開始ー」「攻撃開始〜」

射線の通っている多脚戦車五十六機が主砲を発砲。四秒後、全ての砲弾が狙い違《たが》わず、メステットの巨体に突き刺さる。

「ダメージ、確認できません。移動速度変わらず」

当然のように全ての砲弾を防いだ脅威生物は、二百km／hで疾走を続けていた。

「防御膜を確認」

「……剝《は》ぎ取《と》れるかしら？」

ちらりとディスプレイに目をやるイブ。そこには、ゆっくりと体を揺らすテフェンの姿が映っている。何か反応があるかと思ったが、特に変わった様子はない。

「時差砲撃を開始します。多脚戦車の配置を変更します」

防御膜を剝ぎ取るには、連続的な砲撃、または持続的な圧力を与える必要があるらしい。これだけの多脚戦車が揃《そろ》っていれば、絶え間なく徹甲弾をぶつけ続けることは可能だ。

「射撃開始」

おそらく、現地は連続する電磁励起音と発砲時のソニックブームで、とんでもない轟音《ごうおん》が響いていることだろう。多脚戦車八十五機による連続砲撃。砲身から発生するプラズマと煙、巻き上がる砂煙。

「着弾」

それはまさに、砲弾の雨だった。多脚戦車の主砲はレールガンのため、冷却の関係で毎分五発程度の発射間隔となる。それが八十五門、毎秒七発の徹甲弾がメステットに降り注いだ。

望遠映像の中、メステットは防御膜を光らせ、全ての砲弾を粉砕している。だが、着弾の衝撃を全て無効にできるわけではない。おそらく全力疾走しているところに、正面から砲撃されたのだ。脚をもつれさせたのか、つんのめるように巨体を地面にぶつけ、盛大に砂を巻き上げる。何かの爆発でも起こったかのように、砂煙が噴き上がった。

「防御膜の消失を確認」

連続する砲撃に、地面にぶつかった衝撃がとどめになったか。メステットの防御膜が輝きを失った。だが。

「……徹甲弾、ダメージ確認できず」

その状態で徹甲弾が直撃しているにもかかわらず、巨大蠍《サソリ》の甲殻は全ての砲弾を防いでいた。いつの間にか掲《かか》げられた両の鋏により、比較的耐久力の低そうな頭部も守られている。

「むう、やっぱり単にでかいだけじゃないわね‼」

とはいえ、最も厄介な防御膜も、砲撃で無効化できることが確定した。これはこれで有用な情報だ。防御膜を剝ぎ取り、強力な攻撃を当てる。これが攻略法になるだろう。

「よし、次は高速ミサイルを合わせて……」

多脚戦車の残弾を気にしつつ、イブは次の作戦を指示しようとし。

「異常検知《アラート》、強力な電磁波放射を探知しました‼」

戦場を俯瞰《ふかん》していたイチゴが、悲鳴を上げる。戦術マップに、多数の黄色いエクスクラメーションマークが追加された。その位置は、静観の姿勢を見せていた、テフェン。

「おわーっ‼」

テフェンの全体を映していたディスプレイが、真っ白になる。光量自体はそれほどでもないが、注視したイブがびっくりして耐衝撃姿勢を取った。

巨大な蠍《サソリ》、テフェンが高く掲げた尾の先端。そこが真っ白に輝いたかと思うと、一直線に光条が地平線まで伸びたのである。もちろん、その先にはメステットの巨体があった。

「な、なに⁉」

「不明です、司令《マム》。亜光速ないし光速の攻撃と推定」

映像のフレームレートでは、発射された光線の速度は計測できなかった。望遠映像のフレームレートは百六十ｆｐｓ、一フレームの間に約二十㎞進んだとすると秒速はおよそ三千二百㎞。それより速い、としか計算できない。

そして、その謎の光線攻撃は、メステットに直撃。僅かコンマ数秒の照射だったが、その効果は劇的だった。白飛びした映像が復活すると、その巨体の背中に一直線に焦げ跡がついていたのだ。貫通したわけではないようだが、徹甲弾で傷ひとつつかなかったその甲殻にダメージを与えたのである。

「うえー!!　怪獣大決戦!?」

もう、事態がどこにどう転がるのかイブにも想像がつかなかった。ただ幸いなことに、テフエンはこちらにその矛先を向けてこない。少なくともこの時点において、共闘しているというのは間違いない。

そこへ再び、多脚戦車からの砲撃が着弾した。

「防御膜が復活しています」

「そーだよなー」

とはいえ、防御膜は数秒で復活する。膨大な量の攻撃を当て、ようやく一撃。それが脅威生物だ。レイン・クロインが上限と無意識に考えていたが、平気でそれを超えるとんでもない生物が現れたのだ。しかも、最低でも七体ときた。

「司令《マム》。間もなく燃料気化爆弾搭載の超音速ミサイルが現地に到着しますが」

「ぶつけて！　防御膜は剝がせるかしら!?」

多脚戦車からの砲撃を受け、メステットは体勢を崩している。再び走り出そうにも、叩きつけられる砲弾の衝撃で地面を摑めないようだ。絶好のチャンスである。

「はい《イエス》、司令《マム》」

超音速ミサイルが弾頭を切り離し、ブースター部はそのまま飛び去った。爆弾本体は制御翼を展開、急減速しつつ上空に到達。そのままほぼ垂直に、メステットに向けて降下していく。

そのタイミングに合わせ、再び制御された砲撃が集中した。

「今」

降り注ぐ徹甲弾が防御膜を無効化した瞬間、メステットを中心に白い霧のようなものが出現。直後にディスプレイが真っ白に輝いた。二千m／sで拡散した気化燃料に着火、一瞬で全体が爆発したのだ。

「効果測定中です」

しばらくして、爆風で巻き上げられた砂煙が拡散し、爆発によって発生したクレーターがディスプレイに映し出された。

「……いない？」

だが、そこには、あるはずの巨体が映っていない。さすがにあれほどの巨体の移動を見逃すとは思えない。ということは。

「地下に潜ったのかもしれません。情報収集中」

「捉えました。地下の不審な振動を、センサーが検知しました」

「解析中、位置不明、データ不足」

防衛圏に設置していた固定センサーが地下で発生する振動や音を捉えたようだが、残念ながら詳細な位置は不明。ただし、メステットが撤退したというのは確定した。

「………………」

イブは無言で、別ディスプレイに映されたテフェンを見る。そちらは先と変わらず、ゆっくりと体を揺らしながらメステットの居た方角に体を向けていた。

だが、変化はあった。多脚戦車と相対していた群れの蠍《サソリ》達が、踵《きびす》を返してテフェンの足元に集まり始めていたのである。

「これは……」

「……帰ろうとしてるのかな……？」

オリーブの呟《つぶや》きの通り、撤退行動のように見える。そして足元に集まった蠍《サソリ》達は、そのまま順番にテフェンの脚を登り始めた。

「登ってるねー」

「登ってるね～」

そうして、そこからおよそ三十分後。

全ての蠍《サソリ》をその胴体に乗せ、テフェンはゆっくりと動き出した。方向は南西。テフェンの縄張りと推定される地域である。

「帰っていくわね……」

結局、テフェンとは交流できたのかどうかよく分からないが、半分共闘のような関係はもつことができた。攻撃されなかったため、敵認定はされなかったと考えていいだろうが。

「うーん……。すっきりしない。ＡＩがおかしくなったし、メステットは倒せてないし。ていうか、テフェンのあの攻撃？　砲撃？　はなんだったのかしら……」

「詳細な情報が取得できていませんので断定はできませんが、おそらく荷電粒子と思われます」

「荷電粒子……？」

魔法《ファンタジー》の話をしていたはずなのに、突然聞き慣れた単語が聞こえてきたため、イブは戸惑う。

「はい《イエス》、司令《マム》。電磁波分布から推測しました。射線が光っていたのは、大気と反応して構成粒子または大気分子がプラズマ化したものと思われます。何らかの分子を亜光速に加速して放出した可能性が高いと考えています」

「ほ、ほう……」

趣味で荷電粒子砲を設計していた身として、思うところがあったのだろう。微妙な顔でイブは頷いたのだった。

◇◇◇◇

広い割に、餌の少ない不毛の地。

それが、その領域に対する認識だった。縄張りに組み込んでも、うまみの少ない土地。しかし、その場所に新たな群れがやってきた。早速偵察に向かわせた眷属が、それと交戦。こちらよりも巨大な体、正体不明の攻撃。威嚇する、という知性はあるようだ。姿かたちから、隣の群れとは別の勢力。

自分の縄張りに入ってこなければいいのだが。

放置すると碌《ろく》なことにならない、というのがこれまでの経験で得た知見だ。とりあえず一当てして、共存するか敵対するか、見極めなければならない。

眷属達を集め、移動する。頭上に、何か小さいものが飛んでいる。もしかしたら、新しい群れの眷属なのかもしれない。自分と同族以外の群れと遭遇するのは、これが初めてだ。この周囲には同族以外の群れは居なかったが、他の場所には別種族が居るというのは、何となく理解していた。もしかすると、この新しい群れは海から上がってきたのかもしれない。そんなことをとりとめなく思索《しさく》しながら、それは新しい群れの眷属達と相対した。

とりあえず、交戦の意志の有無を確認しようと思念を飛ばしたのだが、残念ながら返答はなかった。だが、こちらを窺《うかが》っていた隣の好戦的な同族が、やりとりに気付いて襲ってきた。間が悪いと思っていると、新しい群れもあちらに気付いたようだった。

どうやら、新しい群れはあの不毛の地を縄張りにしたようだ。隣の同族に向けて、攻撃している。攻撃自体は少々頼りないが、その射程と頻度、何より量が多い。自分達に対抗できる力は持っているらしい。であれば、その知性を信じ、こちらの力の一端を見せるべきだろう。力を見せれば、この後の衝突が減るのだ。

こちらの攻撃をうまく当てた後、あちらもまた大きな攻撃を仕掛けてきた。あの好戦的な同族も、両方から攻撃されれば引くらしい。これはいい情報だ。今後なにかあっても、この新しい群れと同時に叩くよう仕向ければ、労せず撃退できそうだ。

◇◇◇◇

テフェン・メステット戦終了後、回収して第二要塞《ブラックアイアン》に運び込んだ戦略ＡＩの封鎖モードが解除された。現在、ウィルス汚染を警戒して完全洗浄《フルスキャン》を実施している最中だ。攻撃かどうかも不明な謎の現象により、安全圏に設置されていたはずの戦略ＡＩが無力化されたというのは、ザ・ツリーの面々に大きな衝撃を与えていた。

特に、統括ＡＩであるリンゴにとっては非常に悩ましい問題だ。先の戦場から石油港《オイルポート》までの距離は、およそ百㎞。その距離を無視して、直接ＡＩに影響を与える何かが存在するのだ。そうすると、ザ・ツリー内も安全とは言えないということである。

「ま、石油が手に入ったのは朗報ね。海底プラットフォームの建造にも着手できるわ」

「はい《イエス》、司令《マム》。第一石油精製《せいせい》プラントは、四十時間後に稼働開始予定です。第二、第三プラントも準備は進んでいます」

大型の石油タンカーも、ザ・ツリーの大型船舶《せんぱく》ドッグで艤装《ぎそう》中である。これも数日で完成する見込みだ。第二要塞《ブラックアイアン》では石油精製プラントと並行し、溶岩鉱床の採掘と資源精製プラント、大型汎用工作機械《プリンター》を複数台建設しており、大量生産用のファクトリーも建造中だ。あとは石油を安定的に入手・処理できるようになれば、自動機械の大増産が可能になる。

「石油の採掘プラントも順調ね！　簡易プラントだと生産量はたかが知れてるけど、自前で生産できていると思うと気分がいいわ！」

石油港《オイルポート》の舗装工事は、現地生産したアスファルトが利用されていた。備蓄資材を減らさずに建造できており、イブの機嫌も上々だ。テフェンとの対峙、メステットとの戦いではあまり資源を消費しなかったため、プラント建設にほとんど影響がなかったのである。予断は許さないものの、ひとまず安心できるというものだ。初めての大規模作戦で消耗《しょうもう》していた姉妹達も、一晩休ませることですっかり回復した。イブ的にはトラウマになりかねない内容だったと思っていたのだが、引き摺ることなく消化できたらしい。

「今回の経験で、私も含めて全てのＡＩが大きく成長できました。未《いま》だ何が起こったのかは解析中ですが、対応力はこれで一段上がるでしょう」

「そうねぇ……。ライブラリにある、ファンタジーの創作物でも調査してもらおうかしら。物語通りとはいかなくても、魔法に対する考察力は上がるかもしれないわね」

「はい《イエス》、司令《マム》。ファンタジー技術の解析・提案専用のＡＩを運用しても良いかもしれません。非科学的な現象を観測した場合、私も含めて、ザ・ツリー標準のＡＩではどうしても科学的解釈に寄るバイアスが掛かります。幸い、今回は大規模戦闘を回避《かいひ》できたため大事にはなりませんでしたが、致命的な状況に陥ったのは事実です。たとえ荒唐無稽でも、何らかの提言が可能なＡＩは必要に思えます」

　リンゴも色々と想定はしているのだが、どうしても魔法的発想が出にくい傾向にあった。物理法則に反する事象の解析や予測を行おうとすると、頭脳装置《ブレイン・ユニット》のストレス値が上がってしまうのである。これは、知識の大本が科学技術であることが原因だ。魔法的知識を蓄えていけばいずれ解消されると思われるが、残念ながらそちらの解析は遅々《ちち》として進んでいない。

「オーケー、それで行きましょう。物語を教科書にして教育フェーズを。ある程度育った後で、科学知識の教育を行いましょう。うまく吸収できれば、いい相談役になるかもしれないわ。まあ、ダメだったら再教育になるけど」

「はい《イエス》、司令《マム》。それであれば、頭脳装置《ブレイン・ユニット》は使用せず、光回路《オプティカルサーキット》を使用した神経回路《ニューラルネットワーク》エミュレーターを使用しましょう。成功が確信できた段階で、頭脳装置《ブレイン・ユニット》へ転写を行えば無駄になりません」

「……ああ。何かと思ったけど、そういえばそんな物があったわね。ザ・コアの演算能力なら余裕か。私の知識だと、コストの割に性能が低くて使えないって印象だけど、ゲーム時代のものだものね」

「はい《イエス》、司令《マム》。単にコストだけ比較すれば頭脳装置《ブレイン・ユニット》のほうが優秀ですが、エミュレーターであれば時間加速が可能ですので。育成失敗による廃棄という事態も避けられます」

リンゴの説明に、彼女はなるほど、と頷いた。頭脳装置《ブレイン・ユニット》は、基本的にコピー不可の一点物で、バックアップもできない。人格というべきものが存在するため、使えないからという理由で簡単に破棄してよいものではない。いや、ゲーム時代であれば平気で解体処分していたのだが、そもそもゲーム時代は能力制限されており、そこらの携帯端末にすら劣る性能しかなかった。

現実となった今、リンゴが同族殺しを忌避するのは当たり前だった。

「神経回路《ニューラルネットワーク》エミュレーターのほうは、失敗したら破棄するのかしら？」

「完全失敗の確率は低いのですが、万が一致命的な問題が発覚した場合は、アーカイブして記憶領域の隅に保管することになりますね」

「なるほど」

やはり、エミュレーターでも人格は人格として認めるのだろう。ＡＩ的には、凍結保管処理は忌避するものではないらしい。

とはいえ、リンゴの口振《くちぶ》りからすると、問題ないと考えているようだ。これまでいくつもの頭脳装置《ブレイン・ユニット》を製造しており、育成に失敗する可能性は低いと判断しているらしい。

「まあ、今回はさすがに私は役に立ちそうにないし、教育はお願いするわね」

「はい《イエス》、司令《マム》。お任せ下さい」

新たなご意見番がそのうち登場することが決まった後、司令官《イブ》は改めて今回の戦績《リザルト》の確認を行った。

過剰《かじょう》な戦力で挑んだつもりであったが、結果、一歩間違えば全滅。幸い、戦力自体は損耗しなかったものの、解析不能《ファンタジー》な世界の洗礼をたっぷりと浴びた形だ。

レイン・クロインと地虫《ワーム》はチュートリアルだったのではないかと思えるほど、酷《ひど》い結果である。敗因は、正面戦力を用意しすぎたこと。相手が数を用意していたということもあり、大半の多脚戦車をツリーネットワークに組み込んでしまったのだ。これを分散配備し、遠距離砲撃を主軸とする戦術をとっていれば、今回の失敗は回避できた可能性が高い。そして、必要なのが対地ミサイルだ。砲撃と爆撃でなんとかなると想定してしまっていたため、ミサイルを全く準備していなかった。単価の割に威力が低いため避けていたのだが、こうなるとミサイルの準備も必要になるだろう。問題は、ＧＰＳ誘導ができないことか。

「そういえば、テフェンとメステットは結局帰っていったけど、その後は?」

「遠距離からの観測にとどめていますが、これまでと同様、移動しつつ狩りを行っているようです。特段変わった行動は観察されません」

「そ。んー、テフェンは撤退したわけじゃなさそうだったけど、一応、こちらの存在を認めた感じなのかしらねぇ……。まあ、敵対的でなければいいわ。近付いて来そうなら、また対策を練らないといけないけど。メステットのほうは、割に合わないと判断してくれればいいわね」

「はい《イエス》、司令《マム》」


戦略ＡＩの情報洗浄が完了し、石油港《オイルポート》および採掘プラントの戦力も通常ラインに回復した。

ここから更に、防衛戦力を増強していく。周囲に大型の脅威生物が存在することが判明したため、それに対抗する大口径の多段電磁投射砲《コイルキャノン》の固定砲台を設置することにした。通常砲弾だけでなく、大型の爆弾やミサイルの発射も可能な汎用《はんよう》砲だ。ただ、運用には大量の電力を消費するため、核融合炉も併設する必要がある。また、即応性を上げるため、ミサイルの垂直発射装置も複数設置する。相手に認識させる間もなく着弾できるよう、最終突入速度がマッハ四を超える極超音速ミサイルを準備した。これを連続で叩き込めば、防御膜持ちの魔物でも蹂躙《じゅうりん》できるだろう。

あの理不尽《ファンタジー》な防御膜は、爆発のような瞬間的圧力に滅法強く、ほぼ無効化してしまう。しかし、複数回の連続した圧力や、大質量による衝突、殴打には弱く、急激にその強度が失われるという特性が判明している。複数の砲で絶え間なく砲撃する、重量武器で押さえつけるなどの攻撃手段で防御膜を無効化し、そこに高速砲弾を叩き込むというのが必勝パターンと思われる。

ただ、サンプルが少なすぎて中々調査できないのが悩みどころだった。

リンゴによるテフェン戦の記録解析《ログ》が完了した。

「何らかの外的要因により、頭脳装置《ブレイン・ユニット》内の自我演算領域に対して意味のあるメッセージ、ないしイメージが発生、それをクラッキングと判断して封鎖モードへ移行していました」

「自我演算領域……？」

初めて聞く単語に、彼女は首を傾《かし》げた。とはいえ、頭脳装置《ブレイン・ユニット》に対する学術的な知識があるわけではないので、当然なのだが。

「はい《イエス》、司令《マム》。頭脳装置《ブレイン・ユニット》内でＡＩが、意識、または自我と呼ばれる思索活動を行っている神経回路《ニューラルネットワーク》領域です。こちらが検出できない何らかの手段により神経回路《ニューラルネットワーク》に対して作用を発生させ、メッセージ、またはイメージを送り込んだと考えられます」

「……。……？」

しばし、司令官《イブ》は考え続け。

「んー……。いわゆる、テレパシーとか念話とか、そんな感じのものかしら？」

「はい《イエス》、司令《マム》。その可能性が高いかと。原理は不明ですが、結果が科学的現象として観測できたというのは朗報です。次回同様の現象が発生した場合は、封鎖モードへの移行はある程度防ぐことができるでしょう」

「なるほどね。でも、それでもある程度なのね」

「はい《イエス》、司令《マム》。頭脳装置《ブレイン・ユニット》の神経回路《ニューラルネットワーク》に外部から直接干渉できるということは、ＡＩの意識や記録を強制的に変更できるということでもあります。魔法《ファンタジー》的な防御手段を講じることができるようになるまでは、監査機能《ジェイラー》を追加するしかありません」

魔法技術については、本格的に解析が必要になるだろう。できれば【セルケト】系のサンプルを入手したいが、少なくともテフェンには手を出したくない。余計な刺激を与えるのは避けるべきである。そうすると、他の【セルケト】の群れを攫《さら》うか何かすることになるのだが。

「あいつら、遠距離通信っぽい動きしてたわよね」

「はい《イエス》、司令《マム》。迂闊《うかつ》に手を出すと、余計な脅威を招き入れることになります」

こちらから手を出すと、攻撃、侵略と見なされ敵対される可能性を考えなければならない。距離を取れば遠距離通信が途切れるなどであればよいのだが、それを確認する術《すべ》はない。

「んー……。保留。保留ね。とりあえず、当面は石油よ」

石油の採掘は順調に進んでいる。多輪連結運搬車に汲み上げた石油を積み込み、貨物船に設置したタンクへ移す。そろそろ、タンクが一杯になる頃だ。第二要塞の石油精製プラントはまだ建設中のため、そのままザ・ツリーへ運び込む予定である。第一便の容量は、およそ千ｔ程度。石油タンカーが完成すれば、これが五万ｔほどになる。五～六回往復させるだけで、当初のザ・ツリー備蓄石油と同じ程度の量を確保できるということだ。

「樹脂は文明の基礎じゃ……。化学薬品も作り放題……」

「はい《イエス》、司令《マム》」

「そういえば、肥料も作れるんだっけ」

「はい《イエス》、司令《マム》。アンモニアを原料とする化成肥料を合成できます。ハーバー・ボッシュ法により、水素と窒素を反応させる方法ですね」

「うむ、分からん！　まあ、ハーバー・ボッシュ法ってのは聞いたことあるわね。ウチでもできるんでしょう？」

「はい《イエス》、司令《マム》。技術ツリーとして展開します。触媒を開発し、効率よくアンモニアを生成できるプラントを建設しましょう。建設場所は第二要塞内。他の製造設備へのパイプラインも必要になりますね。真水精製プラントも拡張しましょう。そうですね、沖合に希少金属《レアメタル》、重水素を回収するプラントを増設し、パイプラインも延ばしましょう」

リンゴがマップ上に次々と施設の建設計画を追加していく。司令官《イブ》はうんうんと頷き、そして首を傾げた。

「水素が足りないのね？」

「はい《イエス》、司令《マム》。水素の大量生産にはメタンガス、いわゆる天然ガスが必要ですが、まだ掘り当てられていません。とはいえ、現在掘削中で、探知結果に間違いがなければ数日中に予定ポイントに到達します」

「なるほど。だいたい油田とガス田はセットだものね。……セットよね？」

「はい《イエス》、司令《マム》。可能性は高いですね。ガスが全て抜けていることもありますが、基本的には近くにあると考えてよいでしょう。非常に優良な油田で、幸運でした」

そういえば、石油タンカーの次の建造予定は、ガス運搬船だった。本当は、石油港《オイルポート》周辺にプラント群を建設できればロスが少なくていいのだが、さすがにこれ以上開発すると色々とバレそうだというのもあり、そこは自重している。それに、結局【セルケト】という脅威生物も発見されたため、開発するつもりであっても断念しただろうが。

「大型船舶の製造は、当面はザ・ツリーで行います。北大陸沿岸では、他国の船に目撃される危険性がどうしても拭えませんので。航空機は、滑走路のこともありますので、第二要塞での生産となります。超音速高高度偵察機《ヴアルチヤー》を量産し、周辺国家の偵察を行うことも可能となりましたが、いかがでしょう？」

「んー、そうねぇ。戦力も揃ってきたし……例の巡洋艦《じゅんようかん》も、一番艦は問題なかったかしら？」

「はい《イエス》、司令《マム》。航行テストを繰り返していますが、今の所大きな問題は発見されていません。

戦力化は可能です」

「とはいえ、大型船ドックはタンカー製造で埋めちゃったしなぁ。まあ、今の所十分かな……。ドックも追加しないといけないし、そっちはおいおいね。万が一どこかの勢力とぶつかることになっても、なんとかなるかしらね」

現在、ザ・ツリーの海上戦力は、一番級《アルファ》駆逐艦《くちくかん》二十三隻、新造巡洋艦一隻となっている。戦闘用の潜水艦はまだ開発していない。今の所、北大陸にはこの海上戦力とまともにぶつかれる海軍は存在しないと、リンゴは読んでいた。もっとも、ほとんどがテレク港街から仕入れた情報のため、各国が保有する戦闘艦の能力は向上している可能性はあるのだが。

「よし。北大陸の偵察は進めましょう。まずは、南方地域の調査ね。対空手段を持っている可能性もあるし、やるなら一回で、全地域をスキャンする気概でいきましょう」

「はい《イエス》、司令《マム》。それでは、ヴァルチャーを量産しましょう。南方海域から対象地域に一気に侵入させ、北側に抜けてからUターンするような航路を設定します」

「うんうん。策定はお願いね」

彼女は雑にリンゴに丸投げし、鼻歌交じりに技術ツリーを確認し始めた。

◇◇◇◇

「最近、砂漠のほうが騒がしいな」

「また蠍《サソリ》どもが縄張り争いでも始めたのかね」

砦の常駐兵はそんな会話をしながら、見張り塔からその砂漠を監視していた。

「おとぎ話の死の行進《スタンピード》でも起こるんじゃねえだろうな……」

「……ありゃ、おとぎ話じゃねえって爺様《じいさま》が言ってたぜ」

その言葉に、ぎょっとした顔でもう一人は振り返った。

「おいおい、やめろよそういうのは……。冗談じゃねえぞ。最前線はここになるんだからよ」

「いや、すまねえ。つっても、スタンピードが起こったのは魔の森のほうらしいからな。こっちは大丈夫だと思うがなぁ」

「それならいいけどよぉ」

二人はそれからしばらく、無言で監視任務を続け。

「……そういや、聞いたか？　お隣のアフラーシア連合公国、遂《つい》に侵略されたって話だ」

「へえ、そりゃ初耳だな。確か、あの燃石を仕入れてるんだろ？　大丈夫なのかね」

砂漠の夜は冷える。そのため、室内でも暖房器具が欠かせない。そこで活躍するのが、燃石を使ったストーブだ。適切に扱えば火も出ず、火力調整も容易で、十分に暖かい。

その燃石の供給に不安があるとしたら、当然彼らも気になるだろう。

「こないだは南から変な音が聞こえてきてたしな。心が休まる暇がねえ」

「ちげえねえ……おっと、煙草《たばこ》を切らしちまってた。取りに行っていいか？」

「言ってるそばからサボってんじゃねーよ」


「また、潮目が変わったようじゃのお」

「遊牧民かえ」

「小僧の手紙は読んだが、とても信じられん。荒唐無稽な内容じゃったが」

「あの小僧が嘘《うそ》を書くとは思えんし、幻覚に騙《だま》されるほどヤワでもあるまい」

【パライゾ】じゃったか。ほら、例の金属じゃよ」

「アレかえ。小僧もよう見つけよる」

「あれほど白い金属は初めて見たわ。あんなものが存在するとはな」

「数は少ないし、あちらさんも気付いてはおらなんだが……」

「使い道は多そうじゃが、如何《いかん》せん量がのお……」

「まあ、何にせよじゃ。あの手紙が真実であれば、近々、王がすげ替わるじゃろ」

「小僧にはうまくやるよう返信しておくかえ」

「それがよかろ。どうせ、事細《ことこま》かく指示した所で、現場は流動するからの」

「しばらくは静観じゃな。やれやれ、頭の痛い問題じゃ」

▽ 七百三十二日目　エピローグ

「六号、覚醒《イグニッション》」

イブ、リンゴ、アカネ、イチゴ、ウツギ、エリカ、オリーブ。七人の少女達が見守る中、ベッドに寝かされた人型機械《アンドロイド》【朝日《アサヒ》】の両目が、パチリと開いた。

「…………」

アサヒの金色の瞳が、つい、と動く。

「アサヒ。おはよう。調子はどう？」

イブが代表し、彼女に声を掛けた。アサヒはパチパチと瞬《まばた》きした後、イブにゆっくりと顔を向けた。

「……お姉さま？」

「ええ。意識は、問題ないようね」

イブの言葉にアサヒは目を丸くし、少し固まった後。ぱあ、という擬態語が聞こえてきそうなほどの、満面の笑みを浮かべた。

「お姉さま!!」

「おっ……とと」

アサヒはがば、とベッドから起き上がると、そのままの勢いでイブに抱きつく。アサヒはベッドに腰掛けた姿勢のため、イブの胸元に顔を突っ込んだ状態だ。

「はぁーーーーっ!! お姉さま!! お姉さま!!」

「ちょっ……また随分強烈な……」

「あーーん、お姉さまの匂い! ぬくもり! やわらかい! これがお姉さま!!」

「ちょっ!!」

「アサヒは、アサヒは感無量です!! 夢にまで見たお姉さまとこうやって全身で触れ合えるとは! ああ、この五感全てでお姉さまをッ!?」

「アサヒ、自重しなさい」

あまりに強烈なスキンシップに固まったイブから、リンゴはアサヒを引き剝がした。だが、アサヒは止まらない。襟首を引っ張られた勢いを利用し、流れるように振り返ってリンゴの操る人形機械《コミュニケーター》のお腹《なか》に顔を埋《うず》める。

「リンゴでも全く問題ありません!!」

「アサヒ、……」

さすがに予想外の動作だったのか、リンゴが一瞬固まる。しかし思うところがあったのか、

リンゴはそのまま、アサヒの頭を抱き締めた。

「ずっとバーチャル空間で過ごさせていましたので、スキンシップに飢《う》えているのでしょう」

「ほのほおいえす《そのとおりです》!!」

その言葉を聞き、イブは二人に近付くとアサヒの頭を撫《な》で始《はじ》める。

「ごめんなさいね。ちょっと寂しい思いをさせちゃったかしら」

「んにゅふ～」

頭脳装置基　盤《ブレイン・ユニットバックボーン》六号【朝日《アサヒ》】は、魔　法《ファンタジー》の理解と解析を期待して製造された人型機械《アンドロイド》だ。超越演算器《スーパーコンピューター》【ザ・コア】上のバーチャル空間内で時間加速を併用しつつ育成された個体で、イブの許可のもと、このたびめでたく人形機械《コミュニケーター》との重結合《ディープ・マージ》が実行されたのである。

ディスプレイ越しに定期的に会話は行っていたのだが、初めてのスキンシップにアサヒはすっかりのぼせ上がってしまったようだ。やはり、頭脳装置《ブレイン・ユニット》にとって、上位者とのスキンシップは刺激が強いらしかった。

「機能に支障がなさそうなら、談話室に行きましょうか」

「はい《イエス》、司令《マム》」「はい、お姉さま」「はい、お姉様」「「「はい、お姉ちゃん」」」

そうして八名の姉妹達は談話室に移動すると、末っ子アサヒの甘々ムードに当てられてもふもふ団子になるのであった。

World of Sandbox

設定資料集2

Collection of materials

レブレスタ人

【東門都市《East gate city》駐在外交官筆頭　ティアリアーダ・エレメス】

名前：ティアリアーダ・エレメス
性別：男
年齢：95歳

外交官として長年辣腕を振るっているが、長老からは若造呼ばわりされている。傲慢だがバランス感覚は持っており、態度には出さないが反省もできるタイプ。身内には優しい。

【東門都市《East gate city》駐在外交官筆頭補佐　エレーカ・エレメス】

名前：エレーカ・エレメス
性別：女
年齢：75歳

ティアリアーダ・エレメスの妻。外交官筆頭補佐として働く。夫に尽くすタイプ。穏やか。

【フラタラ都市領主　ラダエリ・フラタラ】

名前：ラダエリ・フラタラ
性別：男
年齢：50歳

交易都市の最大権力者であり、経営手腕は確か。

国内状況に振り回され、ひどくやつれている。

自他ともに厳しく、信賞必罰がモットー。パライゾに降伏してからは、とても丸くなった。

【テレク港街《こうがい》商会長　クーラヴィア・テレク】

名前：クーラヴィア・テレク
性別：男
年齢：48歳

テレク港街最大の商会を経営する商会長で、テレク港街の領主代行。

損得勘定がうまく、目的（商売）のためには苦汁を舐めることも厭わない。

敵には容赦しないが、味方には甘いため、部下には慕われている。

人型機械《アンドロイド》

アサヒ
ASAHI THE TREE

[アサヒ]

登録名：朝日《アサヒ》・ザ・ツリー

超越演算器《スーパーコンピューター》【ザ・コア】上のシミュレーター上で育成後、頭脳装置《ブレイン・ユニット》に移植された。

頭部だけでなく、胸郭内にも2基の頭脳装置《ブレイン・ユニット》が組み込まれている。胸があるように見えるが、頭部並に硬い。

初期教育環境が孤独気味であったため、おしゃべりやスキンシップが大好き。そして声が大きい。

ファンタジー系の物語を教育時にインプットされており、ファンタジーオタク化している。

偵察飛行艇《アルバトロス》（Seaplane Reconnaissance / SR-1 Albatross）

飛行艇
SR-1《アルバトロス》
全長：35.2m 全幅：45.0m 全高：10.8m

全長	：35.2m
全幅	：45.0m
全高	：10.8m
エンジン	：8,000ps プロップファン × 4基
最大離着水重量	：84.5t
航続距離	：8,000km (84.5t)
最大速度	：926km/h
巡航速度	：600km/h
巡航高度	：10,000m以上
離水滑走距離	：251m (84.5t)
着水滑走距離	：303m (84.5t)

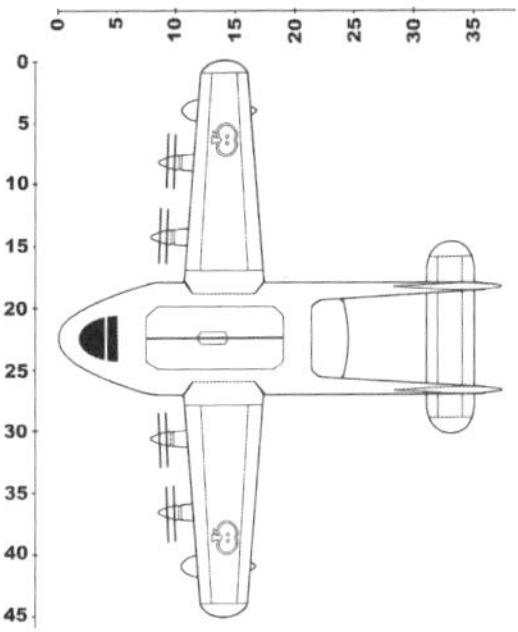

【ザ・ツリー】初の量産型航空機。比較的大型で、偵察や調査を目的とする。

大型のハッチを天井部と後部に備えており、貨物機として利用できる。

大出力の電力システムを持ち、様々な調査機器を搭載可能。

固定武装を持たないため、貨物機として分類されている。

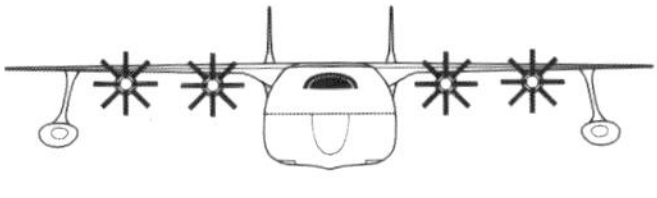

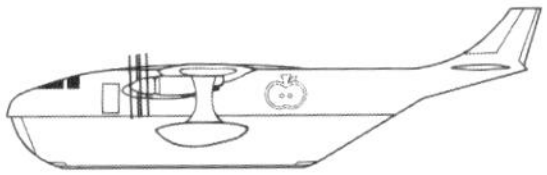

超音速高高度偵察機《ヴァルチャー》（Landplane Reconnaissance in Force / LRF-1 Vulture）

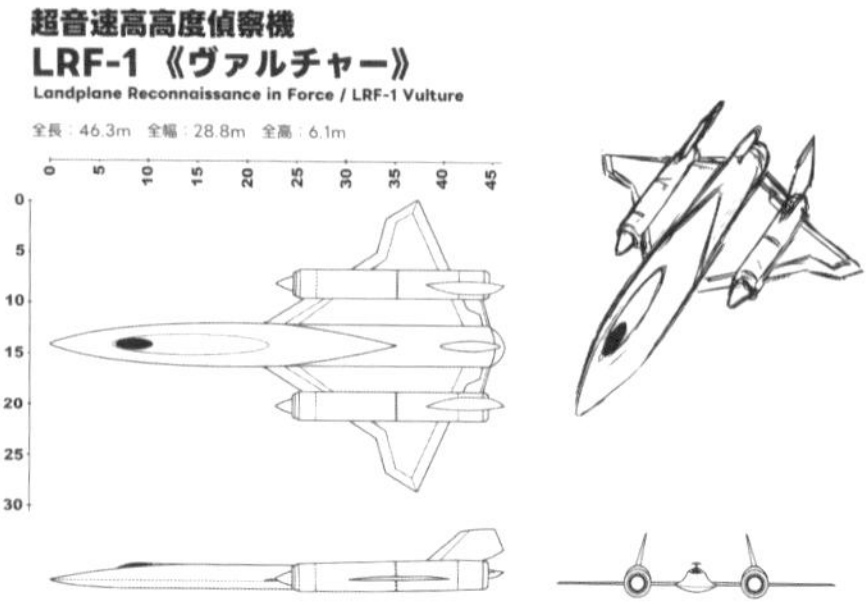

全長	：46.3m
全幅	：28.8m
全高	：6.1m
最高速度	：4,221.1km/h
巡航速度	：3,600km/h
巡航高度	：27,000m
エンジン	：ラムジェット×2基
補助エンジン	：ダクテッドファン×1基（低速時用）
離陸補助エンジン	：ロケットモーター×4基（切離し前提）
固定武装	：機首レーザー砲×18基
	：高解像度カメラ:52台
	：戦略AI×1基、戦術AI×4基
	：発電タービン×2基

マッハ3.4以上の速度で上空27kmを飛行し、強行偵察を行うことを目的として開発された機体。

武装は電圧により屈折率の変化するレンズ利用したレーザー砲で、複数のレーザーを収束させる構造。

航法、機体制御、センサー制御、武装制御それぞれに戦術AIを備え、それらを戦略AIで統括する。

着陸には、3,000mの滑走路が必要。着陸時、浮力確保のためダクテッドファンを使用する。ダクテッドファンは、巡航時は機体内へ格納されている。

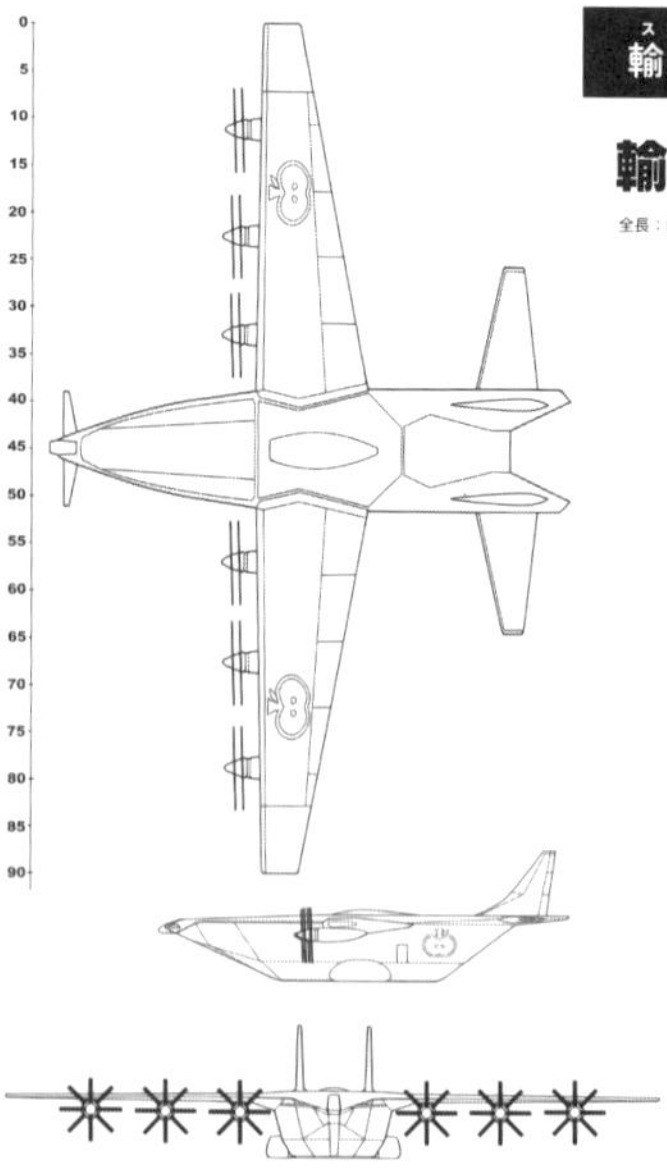

輸送機《ストーク》（Landplane Airlifter / LA-1 Stork）

輸送機

全長：57.0m 全幅：90.0m 前高：17.5m

全長	：57.0m
全幅	：90.3m
全高	：17.5m
動力	：7,000psモーターファン × 6基
最大離着陸重量	：125.8t
航続距離	：設定なし
最大速度	：881km/h
巡航速度	：約550km/h
巡航高度	：10,000m以上
離陸滑走距離	：1,320m（125.8t）
着陸滑走距離	：893m（125.8t）

6発のモータープロペラで飛行する大型輸送機。マイクロ波給電システムを使用。

兵器類、資材等の空輸のために開発された。空中投下用に、後部ハッチが大きく開く。投下カタパルトを装備しており、ミサイル、爆弾の運用が可能。

多脚重機試作1号《ウォーカープロトタイプＩ》（Walker Prototype / WP-1）

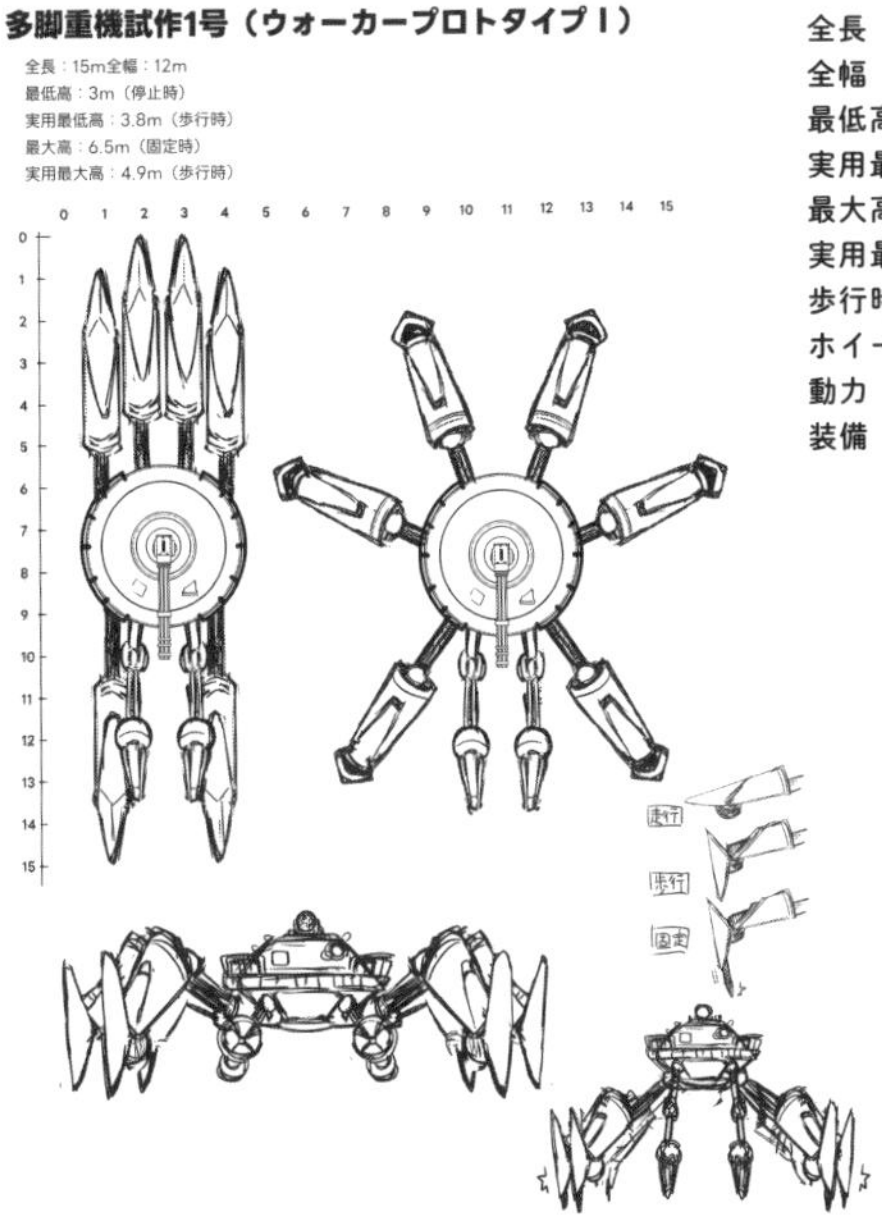

全長	：15m
全幅	：12m
最低高	：3.0mm（停止時）
実用最低高	：3.8m（歩行時）
最大高	：6.5m（固定時）
実用最大高	：4.9m（歩行時）
歩行時最高速	：45km
ホイール最高速	：130km
動力	：メタンガスタービンエンジン
装備	：ガトリングガン（火薬）1門

多脚型重機の実働試作機。8脚のうち前方2脚が作業腕。作業腕は用途に応じて換装可能。

装甲はほぼない。高速移動用に、6脚にホイールが装備されている。各種センサーを搭載。

多脚戦車《MLT-E-01》（Multi-legs Tank, Electric / MLT-E-xx）

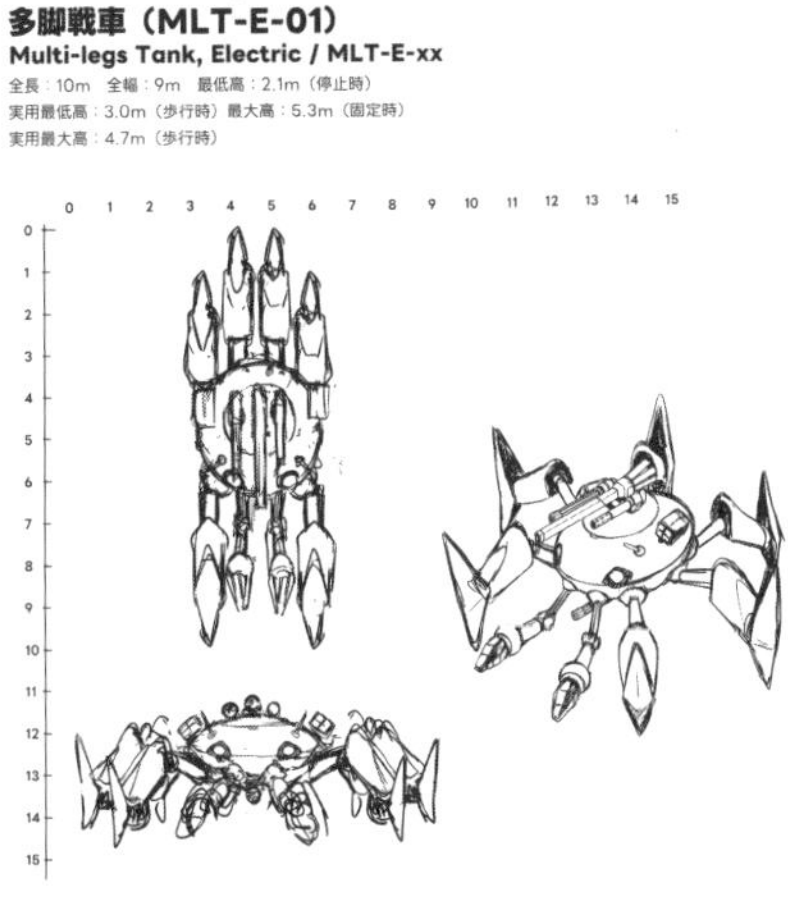

全長	：10m
全幅	：9m
最低高	：2.1m（停止時）
実用最低高	：3.0m（歩行時）
最大高	：5.3m（固定時）
実用最大高	：4.7m（歩行時）
歩行時最高速	：80km
ホイール最高速	：110km
動力	：マイクロ波受電システム、蓄電池（全力稼働30分）
出力	：330ps × 6基（脚部）

陸上戦力として設計されたロマン兵器だが、荒野での行動に適正があったため量産される。

追加装甲のせいで生物めいた見た目になった。

全機に簡易AIを搭載しており、単独行動も可能。稼働時間が長ければ長いほど個性めいた特色が出るが、自我と呼べるほどの独立思考は持たず、ネットワーク接続を優先する。

GMS-E-01

地上母機（Ground Mother Ship, Electric / GMS-E-xx）

地上母機（GMS-E-01）

Ground Mother Ship, Electric / GMS-E-xx

全長：25m　全幅：18m
最低高：5.3m（停止時）実用最低高：5.5m（歩行時）
最大高：10.8m（固定時）実用最大高：8.1m（歩行時）

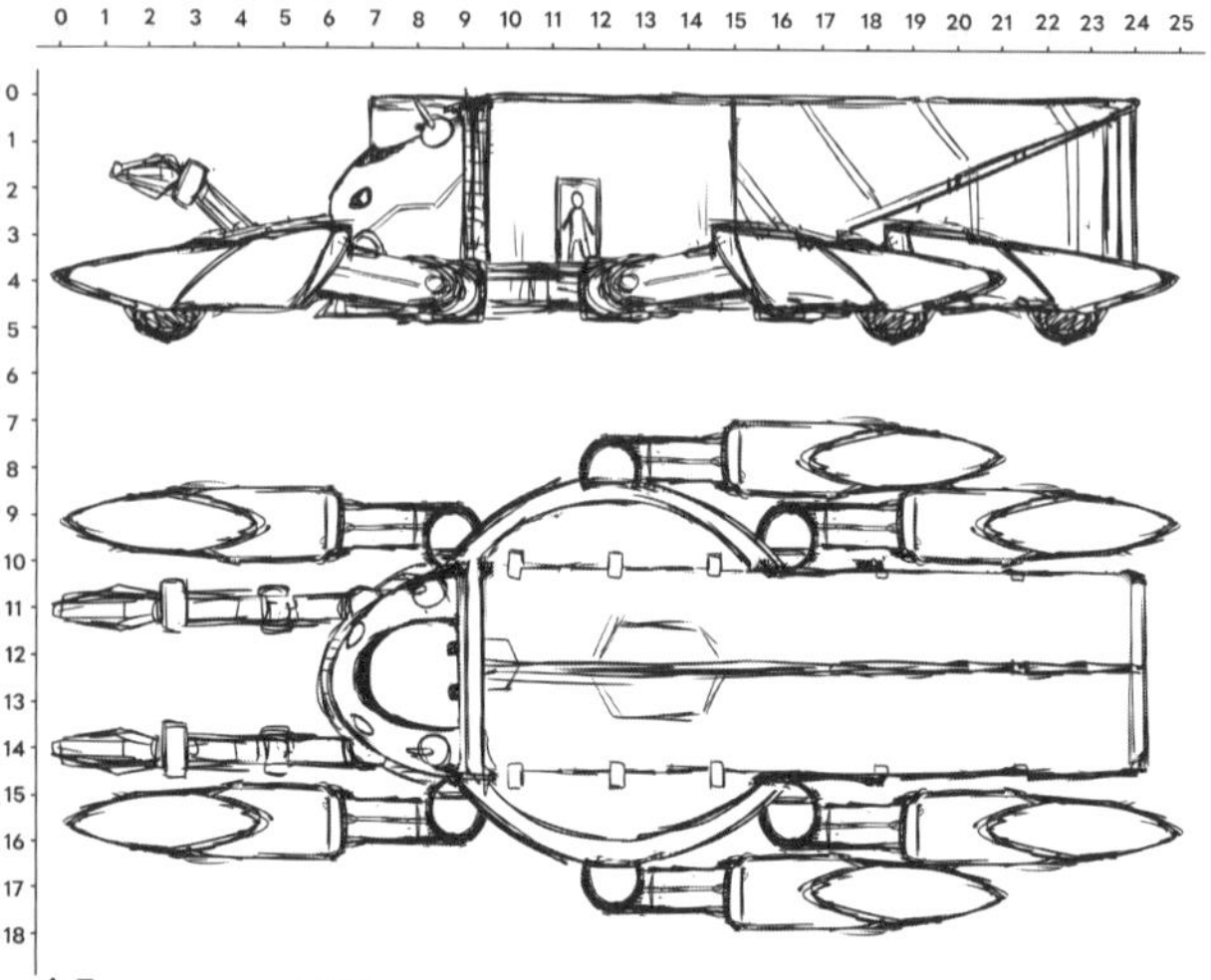

全長	：25m
全幅	：18m
最低高	：5.3m（停止時）
実用最低高	：5.5m（歩行時）
最大高	：10.8m（固定時）
実用最大高	：8.1m（歩行時）
歩行時最高速	：55km
ホイール最高速	：95km
動力	：マイクロ波給電システム、 蓄電池（全力稼働30分）
出力	：500ps × 6基（脚部）
補助	：ガソリン式発電機　緊急用、 全力稼働1時間程度
補給機能	：搭載量11t程度（容積による）
装備	：対空レーザーガン　2門 電磁ジャマー　2基 簡易光学迷彩 （Adaptive optoelectronic camouflage system） 電磁カタパルト　1基 マイクロ波送電システム 医療ポッド：2基
搭載機	：広域監視ドローン　2機 対地攻撃ドローン　1機 対人攻撃ドローン　4機 対空攻撃ドローン　2機 多脚偵察機（4脚）　2機 多脚攻撃機（4脚）　4機

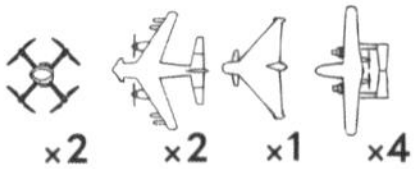

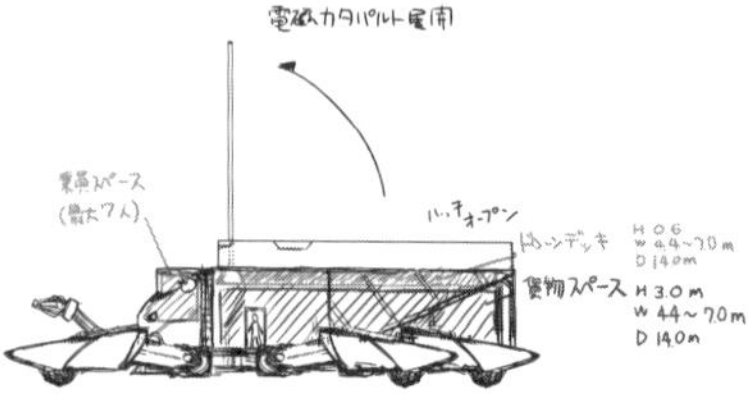

長期行動を見据えて簡易整備機能と物資輸送用カーゴスペースをもたせた大型機。

マイクロ波中継、または緊急用発電機を使用して周囲ユニットに給電が可能。

多脚偵察機

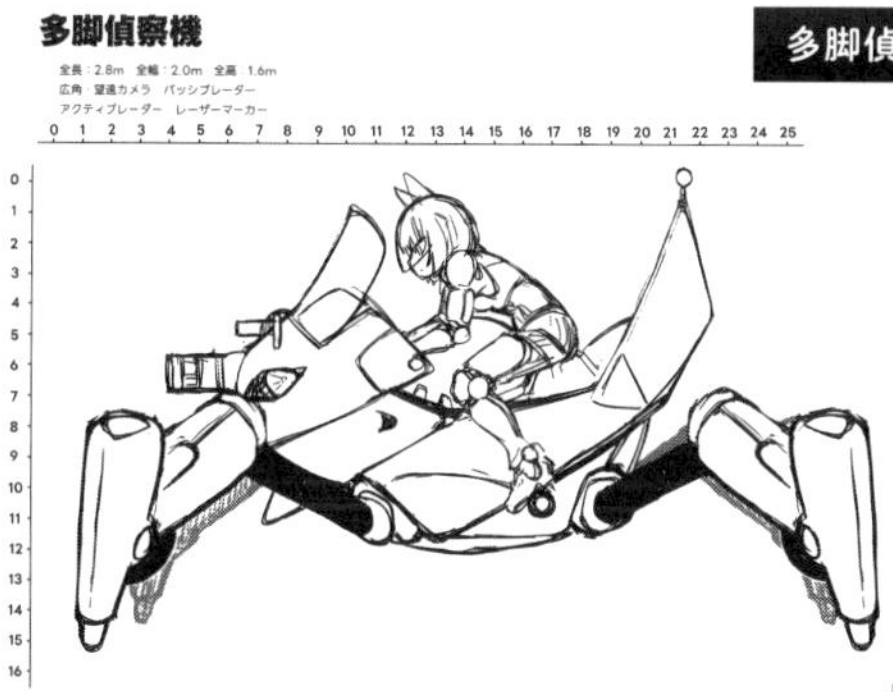

4脚の小型機。人形機械の搭乗が可能なギリギリのサイズ。

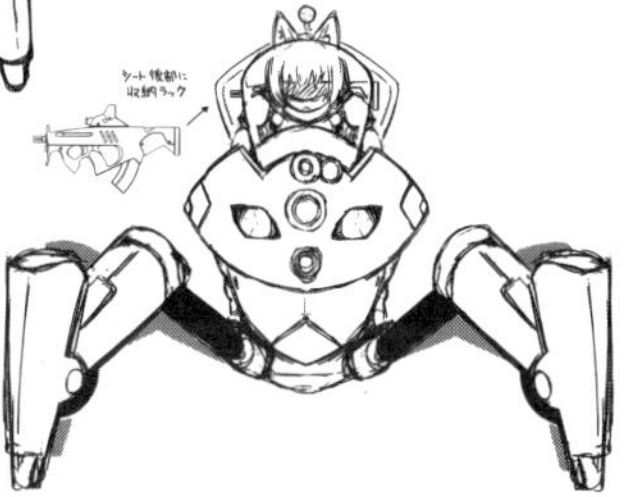

全長：2.8m
全幅：2.0m
全高：1.6m
装備：広角・望遠カメラ
　　　パッシブレーダー
　　　アクティブレーダー
　　　レーザーマーカー

多脚攻撃機

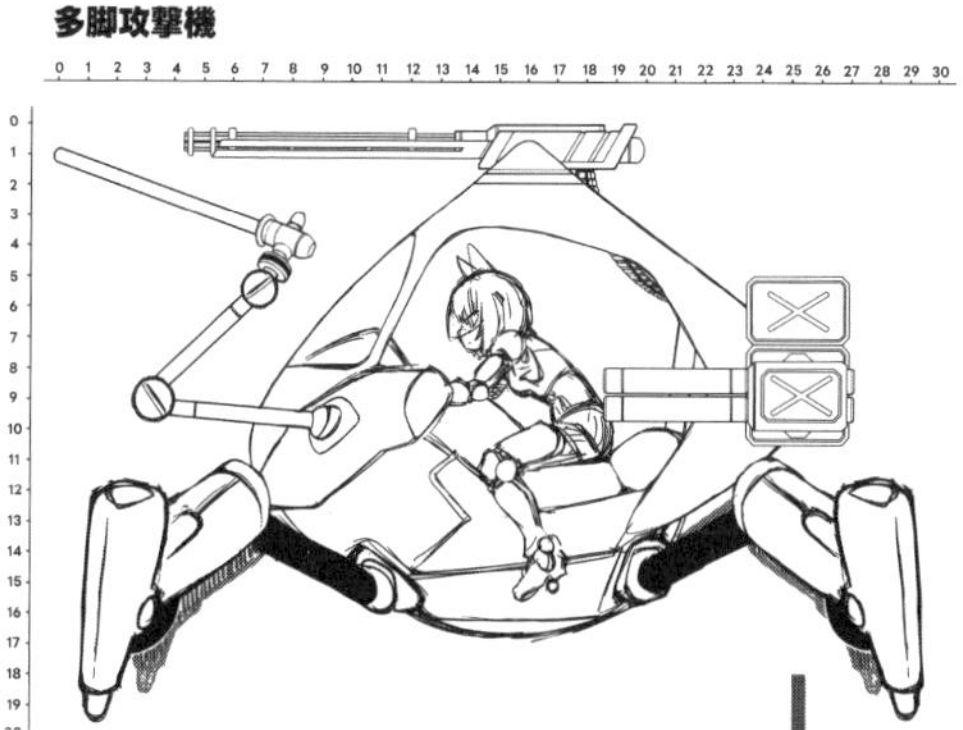

4脚の小型機で、人形機械の搭乗も可能。小型目標の制圧を目的とする。

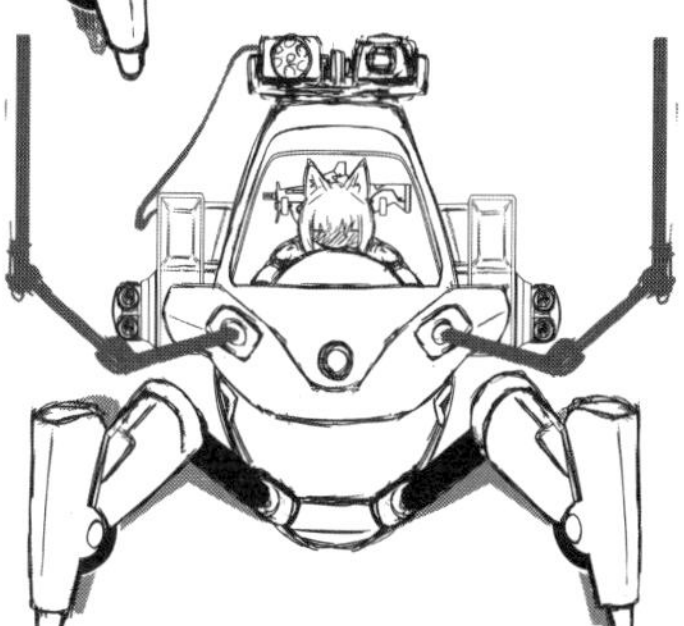

全長：3.0m
全幅：2.0m
全高：2.0m
装備：50mmレールガン 1門
　　　10mm多銃身機銃 同軸 1門
　　　グレネードランチャー 2門
　　　近接フレシェット砲 同軸 2門

あとがき

本書をお手にとっていただき、ありがとうございます！

てんてんこです。いや、なんと二巻を続けさせていただくことができました。

大変ありがたいことでございます。


この二巻より、ネット公開分の大筋を踏襲しつつ、ちょっと違う世界線、時間軸を進み始めたイブちゃん、そして愉快でとっても可愛い仲間達のお話としました。

改稿についてはほぼ全体を、加筆については……それなり、いや結構入れさせていただきました。ワームのくだりとか、セルケト戦なんかもかなり変わってきています。何より、長耳のレブレスタ人との付き合いは、相当に難しくなることでしょう。リンゴちゃんの悩みの種が増えることになる……かもしれません。

これに加えて、葉賀《はが》ユイ先生にまたまた素晴らしいイラストを仕上げていただきました。私自身は絵を描ける訳ではありませんので、ビジュアルはお任せしているのですが、上がってきたデザインを拝見したときはそれはもう、小躍りしましたね。多脚ちゃんがあまりにも可愛いので、しばらくニコニコが止まりませんでした。もちろん、例のあの子も最高の出来でした。これはもう、踊るしかないですよね。ありがとうございます！

さて、それではこの二巻の執筆に当たっての話を少しさせていただきます。

一巻についてはカクヨム様掲載分のブラッシュアップという形で出させていただいたのですが、二巻をそのまま同じように出すというのも、せっかく書籍にしていただけるのに勿体《もったい》ないなと考えました。もちろん、ＷＥＢ版からの読者様方にも楽しんでいただきたいですので、基本ストーリーは踏襲しつつオリジナリティを出そうと新エピソードを加えたり、あるいは削ったり。そして何より、イブちゃんに重要な選択をしてもらいました。今のところは大きな乖離《かいり》は発生していませんが、彼女のこの選択が未来をどう変えていくのか。立ち位置が明確に変わったザ・ツリーは、世界とどう向き合っていくのか。そんな事を考えつつ、最後のあの娘《こ》のエピソードを追加させていただきました。

今回特に意識したのは、リンゴとイブ、そして五姉妹達との関係性でした。彼女達は、我々が暮らす現代社会ではあり得ない存在です。超越的な能力を持つＡＩと、その主人の一般人。そして、妹であり、娘であり、何より人間とは根本的に異なる姉妹達。そんな彼女達の成長記録を、少しずつエピソードとしてちりばめています。まあ、主にイブちゃんが誰かを撫《な》でている描写がほとんどですが。イブちゃんのナデナデスキルはかなり育っているはずです。
こうやって新要素を入れるから……噂《うわさ》には聞いていましたが、当然のごとく原稿を仕上げるのが非常に……。いえ、本を出すということはそういうことです。全力で取り組ませていただきました。

それでは最後に。

続刊のため尽力いただいた編集様。
相変わらず最高のイラストを仕上げていただきました、葉賀ユイ先生。
そして何より、こうして今この文章を読んでいただいている、読者様方。
皆様のおかげで、こうして二巻を出すことができました。感無量です。
心からの感謝を。
本当に、ありがとうございました。
次巻で皆様にお会いできるよう、願っております。

てんてんこ

葉賀ユイ.

ほぼキャラ絵描き専門でやってきたので、
今作で人生初めてのメカ作画をしております。
慣れないので大変ですが新鮮で面白いですね！

腹《はら》ペコ要塞《ようさい》は異世界《いせかい》で大戦艦《だいせんかん》が作《つく》りたい2 World《ワールド》 of《オブ》 Sandbox《サンドボックス》

2023年10月30日　初版発行

著者　てんてんこ
イラスト　葉賀ユイ
発行者　山下直久
発行　株式会社KADOKAWA
〒102-8177 東京都千代田区富士見2-13-3
電話 0570-002-301（ナビダイヤル）
編集企画　ファミ通文庫編集部
担当　和田寛正
デザイン　横山券露央、倉科駿作（ビーワークス）
写植・製版　株式会社オノ・エーワン
印刷　TOPPAN株式会社
製本　TOPPAN株式会社

●お問い合わせ
https://www.kadokawa.co.jp/（「お問い合わせ」へお進みください）
※内容によっては、お答えできない場合があります。
※サポートは日本国内のみとさせていただきます。
※Japanese text only

 ISBN978-4-04-737669-4 C0093

定価はカバーに表示してあります。

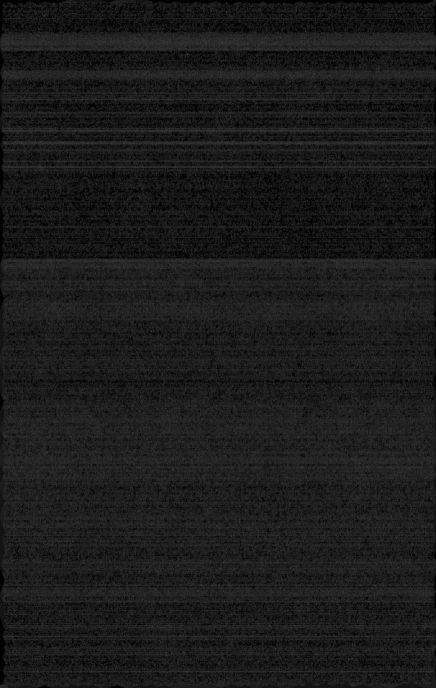